岩波文庫
31-225-2

次郎物語

岩波書店

目次

次郎物語　第二部

次郎物語　第二部

一　それから

母に死別してからの次郎《じろう》の生活は、見ちがえるほどしっとりと落ちついていた。彼《かれ》は、なるほど、はたから見ると寂《さび》しそうではあった。彼の眼《め》の底に焼きつけられた母の顔が、何かにつけ、食卓《しょくたく》や、壁《かべ》や、黒板や、また時としては、空を飛ぶ雲のなかにさえあらわれて、ともすると、彼の気持ちを周囲の人たちから引きはなしがちだったのである。しかし、母が、臨終《りんじゅう》の数日まえに、

「あたしは、乳母《ばあ》やよりももっと遠いところから、きっと次郎を見ててあげるよ。だから、……だから、腹がたったり、……悲しかったりしても……」

と息をとぎらせながら言った言葉が、いつも力強く彼の心をとらえていた。で、彼自身としては、彼が孤独《こどく》に見える時ほど、かえって気持ちが落ちついていたとも言えるのだった。

彼は、正木《まさき》のお祖母《ばあ》さんといっしょに、よくお墓《はか》まいりをした。お墓の前にしゃがむ

と、彼は拝《おが》むというよりは、じっと眼をすえて地の底を見とおそうとするかのようであった。彼は、母の屍体《したい》が日ごとにくずれて行っているなどとは、みじんも思いたくなかった。彼が地下数間《すうけん》のところに想像するものは、いつも、ほのかな光のなかにうき出した大理石像のようなものだった。この大理石像は、お墓まいりがたび重なるにつれて、いよいよ鮮明《せんめい》になって行った。しかも、不思議なことには、その顔は、彼の記憶《きおく》に残っている母の顔そのままのものではなかった。それは、もっと美しい、神々《こうごう》しい顔だった。やや伏《ふ》し眼《め》に半眼《はんがん》にひらいた眼つきには、どこかに観音《かんのん》さまを思わせるものさえあった。

次郎は、学校の綴《つづ》り方《かた》の時間に、このごろ感じたことを何でもいいから書け、と先生に言われて、「地下に眠《ねむ》る母」という題で、お墓まいりのおりのこうした感じを、そのまま書いて出した。すると、そのつぎの綴り方の時間には、先生は、みんなのまえでそれを朗読《ろうどく》したあと、黒板の横の壁にピンではり出した。題のうえには三重圏《さんじゅうまる》が朱《しゅ》で大きく書いてあり、文末には、

「先生も思わず静かな気持ちに誘《さそ》いこまれてしまいました。君《きみ》の孝心《こうしん》がこの名文を書かせたものと思います。」

と記してあった。

次郎は、しかし、先生が朗読をはじめた瞬間《しゅんかん》、後悔《こうかい》に似た感じに襲《おそ》われた。ひとりで

大事にしまっておいたものを、だしぬけに人に見つかったような気がしてならなかったのである。彼は最初顔をまっかにした。が、朗読が終わるころには、むしろ青ざめていた。そして、休み時間になって、みんなが黒板のそばに押《お》しよせた時には、飛びこんでいってそれを引っぱがしたいような気にさえなった。

次郎にとっては、彼の記憶に残っている実際の母の顔と、墓まいりをするうちに描《えが》き出《だ》した母の顔とは、決してべつべつのものではなかった。彼自身では、母の顔を二様《によう》に思《おも》い浮《う》かべているとは、ほとんど意識していなかったほど、まったく自然に、時に応じて、そのどちらかが彼の眼に浮かんで来たのである。彼が、彼なりに社会を持っている場合、つまり、学校や、家庭や、そのほかの場所で、周囲の人たちと何かの交渉《こうしょう》がある場合に、自然に彼が思い出すのは、彼の記憶に残っている実際の母の顔であり、仏壇《ぶつだん》の前にすわったり、墓まいりをしたり、夜中にふと眼をさましたりするときに、ひとりでに浮かんで来るのは、観音さまに似た母の顔だった。

もっとも、月日がたつにつれて、この二つの顔は、次郎のその時の気分しだいで、どちらになることもあった。そして、三、四か月もたったころには、彼は自分でも気づかないうちに、観音さまに似た顔ばかりを思い出すようになっていたのである。

彼は、乳母《うば》のお浜《はま》におりおり手紙を書くことを忘れなかった。お墓まいりをした時には、葉書《はがき》ぐらいはきまって出した。また、綴り方の時間に「地下に眠る母」と書いて出したのを後悔していたにもかかわらず、お浜には、三重圏《さんじゅうまる》のついたその綴り方をそのまま送ってやり、教室で先生に朗読してもらったことまで書きそえてやった。

お浜に手紙を書く時の彼の気持ちはきわめて自由だった。彼は、彼自身のことについてはむろんのこと、彼の周囲のことについても、町の本田《ほんだ》一家のことについても、彼の知っていることなら、何でも書いていいような気がしていた。もっとも、実際に書いたのは、たいていはお浜が喜びそうなことばかりだった。本田のお祖母《ばあ》さんについては、ただ一度だけ、「お祖母さんは、まだ僕《ぼく》をあまり好きでないようだが、僕はもうちっとも困らない。」と書いたきりだった。

これは、しかし、いやなことをつとめてさけようとする彼の心づかいからではなかった。お浜へあてた手紙を書きだすと、彼は、ちょうど甘《あま》い果物《くだもの》にでもしゃぶりついているような気になって、自然、不愉快《ふゆかい》なことを書く気がしなかったのである。

むろん、墓まいりをしたおりの彼の手紙には、母の追憶《ついおく》やら、墓場の光景《こうけい》やら、それに伴《ともな》う彼自身の感傷《かんしょう》やらが、かならず何行かは書きこまれてあった。しかも、時としては、彼はそのために誇張《こちょう》としか思えないような文句《もんく》まで考えだすのだった。これは、しかし、彼の母への思慕《しぼ》の不純《ふじゅん》さを示すものだとはいえなかった。彼は、まだ、思いきりお浜に甘えてみたい気持ちだったのである。母への思慕を濃厚《のうこう》に表わすことが、今では、お浜への思慕を濃厚に表わすことであり、彼はそうすることによってのみ、存分《ぞんぶん》にお浜に甘えているような気持ちになることができたのである。

次郎にとって、何の自制心も警戒心《けいかいしん》も必要としないただ一人の相手、うそであろうと、誇張であろうと、そのままにうけ入れてくれるただ一人の相手、そして、かりに腹をたてあうとしても、腹をたてあうことそのことが、愛のしるしでさえあるようなただ一人の相手、それは今でもお浜だけであるということを、読者はやはり忘れてはならない。

ところで、次郎は不思議にも、お浜自身に対する彼の思慕を、彼の手紙のなかに、あからさまに書いたことなど、一度だってなかった。彼は、お浜自身に関しては、いつも手紙の末には、「乳母《ばあ》や、では、たっしゃでお暮《く》らしなさい。」と書くだけだった。そのほかに、もし彼のお浜に対する深い愛情を示す直接の言葉を求めるとすれば、おそらく、母の葬式《そうしき》後別れてからの最初の手紙に、「僕が大きくなるまでじょうぶにしていてください。」と書いたのだけであったろう。これもしかし、何も不思議なことではなかった。というのは、次郎のお浜に対する思慕は、次郎にとってはあまりにも自然であり、それを意識的に言い表わす必要など、彼は少しも感じていなかったからである。

お浜からの返事は、いつも簡単だった。たいていは郵便葉書に、まず手紙を受け取ったお礼を書き、そのあとに、勉強して一番になってもらいたいとか、おとなしくせよとか、病気をするなとか、お墓まいりを怠《おこた》るなとか、いったような意味のことを、きまり文句でしるしてあるにすぎなかった。たまには、まるで返事さえ来ないこともあった。次郎は、それを物足《ものた》りなく感じながらも、少しも不服《ふふく》には思わなかった。というのは、彼は、お浜が字が書けなくて、いつもだれかに代筆《だいひつ》させていることをよく知っていたからである。

もっとも彼は、その代筆者をたぶんお鶴《つる》だろうと想像していた。そしてもしそうだとすると、もっと何とか書きようがありそうなものだ、お鶴はもう僕のことを忘れてしまっているのだろうか、などと考えたりした。

彼は、母を思うとすぐお浜を思い出し、お浜を思うときっと母を思い起こした。彼が二人からうけた印象は、色も匂《にお》いもまるでちがったものではあったが、それは彼にとって決して調和しがたいものではなかった。それどころか、彼は、いわば、高く澄《す》みきった暁《あかつき》の星を、咲《さ》きさかる紫雲英畑《れんげばたけ》の中からでも仰《あお》ぐような気持ちで、二人の思い出にひたることができたのである。暁の星と紫雲英畑とは、もはや彼にとって同時に必要なものになっていた。暁の星だけでは、清澄《せいちょう》にすぎて寂《さび》しかったし、紫雲英畑だけでは、何かしら心の奥《おく》に物足りなさが感じられた。彼は、この二つを同時に持つことによって、緊張感《きんちょうかん》と幸福感とをともに味わいつつ、無意識のうちに、彼自身の魂《たましい》を、永遠と現実との二本の軌道《きどう》のうえに正しく転じはじめていたのである。

むろん、彼の周囲には正木一家のひとびとがいて、あたたかく彼を見まもってくれた。正木のお祖父《じい》さんは、やはりなつかしくもこわくも思われる人だった。お祖母《ばあ》さんは母の死後いよいよやさしくなってきた。墓まいりのたびごとに、母の思い出を語り、ついでにお浜のことを言いだして次郎を慰《なぐさ》めるのは、いつもこのお祖母さんだった。次郎は、しかし、母の死後、この二人が目《め》だって元気がなくなったように見えて、何となく寂しかった。

謙蔵夫婦《けんぞうふうふ》や、従兄弟《いとこ》たちには、べつに変わったところもなかった。どちらかと言うと、次郎自身が、彼らに対して不必要に気をつかったり、小細工《こざいく》をしたりしなくなっただけに、彼らの次郎に対する態度にも、いっそうこだわりがなくなって来たと言えたであろう。

ともかくも、こうして、次郎は正木一家のひとびとに取りかこまれ、しばしば、お浜に手紙を書き、自由に母の追憶《ついおく》にふけっているかぎり、大して不幸な生活をおくっているとは言えなかったのである。

もっとも、竜一《りゅういち》の姉の春子《はるこ》が、いよいよ正式に縁《えん》づくことになり、母の死後まもなく、東京に発《た》って行ってしまったと聞いた時には、腹もたったし、悲しくも思った。このまえ彼女《かのじょ》が東京に行って、いったん帰って来た時に、すぐにも訪《たず》ねたいと思ったが、そのころは母が危篤《きとく》で、学校も休んでいたし、いよいよ葬式《そうしき》がすんで学校へ通えるようになってからも、忌中《きちゅう》におめでたまえの人の家を訪ねるものではないと、正木のひとびとに言いきかされていたので、とうとう会えないでしまったのが、とりわけ心残りでならなかった。しかし、それも母の死という大打撃《だいだげき》のあとだったせいか、このまえ春子が東京に行くと聞いた時にくらべると、不思議なほど、心にうけた痛みが軽かった。そして、時がたつにつれて、学校で竜一の顔を見ても、めったに春子のことを思い出さなくなり、たまに思い出しても、それは、春子の東京みやげにもらった硝子製《ガラスせい》のライオンとともに、むしろ甘い追憶の一つになりかけて来たのである。

ただ、彼の心にいつも暗い影《かげ》になってこびりついていたのは、やはり本田のお祖母《ばあ》さんだった。彼は、もう一人でも町に行けるようになっていたので、行きたいとさえ思えば、土曜ごとに泊《と》まりがけで行けるのだったが、実際に行くのは、せいぜい月一回ぐらいのものだった。それも、自分から進んで出かけようとしたことなど、ほとんどなく、たいていは、正木の老人たちにつれられたり、あるいはすすめられたりして、しぶしぶ出かけるといったふうだった。

それも、しかし、本田のお祖母さんの彼に対するしうちが、以前よりいっそうひどくなって来ている以上、無理もないことだった。本田のお祖母さんは、このごろでは、次郎をまるで本田の子供だとは思っていないかのようにあしらった。小学校を出たあと本田に帰って来られては迷惑《めいわく》だ、と言わぬばかりの口ぶりをもらしたことも、一度ならずあった。ある時など俊亮《しゅんすけ》に向かって、

「この子もやはり中学校に出す気なのかえ。」とか、「正木でお世話ついでに何とか考えてもらったら、どうだえ。」とか、次郎を目の前に置いて、平気でそんなことをいったことさえあった。

俊亮は、むろんそれには取りあわなかったが、次郎としては、将来の希望を打ちくだかれたような気がして、その時は正木に帰ってからも、ながいこと暗い気持ちになっていた。

何よりも、次郎を不愉快にしたのは、お祖母さんが彼に向かって、正木の人たちのことを何かと悪く言うことだった。しかも、その悪口は、どうかすると、亡《な》くなった母の上にまでとんで行くのだった。

「親の気位《きぐらい》が高いと、自然その娘《むすめ》も気位が高くなるものでね。このお祖母さんは、お前たちのお母《かあ》さんでどれほど苦労をしたかしれやしないよ。」

これが、何かにつけ、お祖母《ばあ》さんの言いたがることだった。また、

「気がきつくて、すなおでないところは、次郎がお母《かあ》さんそっくりだよ。恭一《きょういち》なんかお母さんにはちっとも似ていないがね。」

などとも言った。これには、はたで聞いていた恭一も、いやな顔をした。次郎はなおさらいやだった。自分が悪く言われるのは、慣《な》れっこになっていて、もうさほどには腹もたたなかったが、彼にとって神聖なものになりきっている母が少しでも傷つけられることは、何としてもたえがたいことだった。

彼は、しかし歯《は》がみをしてそれをこらえた。こらえなければ、いっそう母が悪者になるような気がしたのである。

彼が本田に行きたがらない理由は、正木一家にも、むろん、よくわかっていた。で、正木のお祖父《じい》さんは、最近しばしば俊亮にそのことを話して、次郎が中学校へ入学したあとの始末《しまつ》について、十分考えてもらうことにした。しかし、俊亮はその話になると、いつもため息をつくだけだった。

寄宿舎《きしゅくしゃ》に入れる手もあり、また、少しは無理でも正木の家から自転車で通わせるという方法も考えられないではなかったが、いずれにせよ、近くに自家《うち》があるのにそんなことをしては、ますます次郎をひがましてしまうのではないか、という心配が俊亮にはあ

った。実は、次郎本人が知ったら、そのほうをどのくらい望んだかしれなかったのだが、俊亮としては、そのことについて次郎の気持ちをきいてみることさえ、よくないことのように思われるのだった。それに、商売のほうも、不慣《ふな》れなために、とかく手ちがいだらけであり、次郎のために特別の支出でもすることになれば、それこそお祖母さんが黙《だま》ってはいまいし、正木から通わせることにすればそのほうの心配はないとしても、世間《せけん》の思《おも》わくというものを、元来《がんらい》そんなことにはわりあい無頓着《むとんちゃく》な俊亮も、さすがに無視するわけにはいかなかったのである。

（いっそ養子にでもやってしまおうか。）

俊亮は、ふとそんなことを考えてみたこともあった。しかし、それは、彼の良心、――というよりは、彼の次郎に対する愛情が許さなかった。

彼は、次郎を見ると、このごろ涙《なみだ》もろくさえなっていたのである。

この問題は、実を言うと、お民《たみ》の葬式がすむとすぐから、ないないだれの気にもかかっていたことで、法事のたびごとに、ひそひそとささやかれていたのだが、四十九日が過ぎ、百か日が過ぎ、その年も暮《く》れ近くになって、やっと正木の老人から俊亮に話しだしたのだった。

それでも、結局、解決がつかないままに年があけてしまったのである。

二　万年筆《まんねんひつ》

「次郎、父《とう》さんは、今日正木《きょうまさき》へ行く用ができたんだが、いっしょに行かないか。」

朝飯をすまして、火鉢《ひばち》のはたで、手紙の封《ふう》をきっていた俊亮《しゅんすけ》が、だしぬけに言った。

次郎は正月を迎《むか》えるために本田《ほんだ》に帰って来ていたが、むろん、一日だってお祖母《ばあ》さんに不愉快《ふゆかい》な思いをさせられない日はなかった。恭一《きょういち》や俊三《しゅんぞう》といっしょに、父と一度映画館につれて行ってもらったほかに、正月らしい気分は何一つ味わえず、とりわけ、食卓《しょくたく》での差別待遇《さべったいぐう》が、母にわかれてからの彼のしみじみとした気持ちを、めちゃくちゃにしそうだった。で、休みはまだ二日ほど残っていたが、父にそう言われると、彼は飛びたつようにうれしかった。

「すぐ行くの？　僕《ぼく》、じゃあ、カバンを取って来るよ。」

彼は、そう言って、二階へかけあがった。

「だしぬけに、どうしたんだね。」

と、まだちゃぶ台のそばで茶を飲んでいたお祖母さんが、不機嫌《ふきげん》そうに、俊亮にたずねた。

「いや、歳暮《くれ》にもぶさたをしていますし、どうせ一度行って来なければなりますまい。」

「でも、今年はまだ忌《いみ》があるんじゃないのかい。」

「そりゃそうです。しかし、べつに年始というわけではありませんから。」

「じゃあ、松《まつ》の内《うち》でも過ぎてからにしたほうが、よくはないのかい。あんまり物を知らないように思われても、何だから。」

俊亮は苦笑した。そして、ちょっと何か考えていたが、

「じつは、今、正木から至急《しきゅう》の手紙が来ましてね。」

と、膝《ひざ》の前に重ねて置いた四、五通の手紙に眼《め》をやった。

「何を言って来たのだえ。」

お祖母さんは、急いでちゃぶ台のそばをはなれ、不機嫌と好奇《こうき》心《しん》とをいっしょにしたような眼つきをして、俊亮の火鉢の前にすわった。

「今日の夕刻《ゆうこく》までに、ぜひ来てくれというんです。」

「そんな急な用件って、何だね。」

「それは、行ってみないと、はっきりしませんが……」

「何とも書いてはないのかい。」

「ええ……」

俊亮の返事は少しあいまいだった。

「用件も書かないで、人を呼びつけるなんて、ずいぶん失礼だとは思わないかい。」

俊亮はまた苦笑しながら、

「親類仲でそうこだわることもありますまい。それに、こちらのことを気にかけてのことらしいのですから。」

「こちらのこと? すると何かい、こちらのことで何か相談がある、と書いて来ているんだね。」

と、お祖母《ばあ》さんは、何か不安らしい眼をして、じろじろと手紙に眼をやった。

「そうらしく思われます。ごらんになりたけりゃ、ごらんくだすってもいいんです。」

俊亮は、渋《しぶ》い顔をしながら、正木からの手紙をぬきとって、お祖母さんのほうにつき出した。

「べつに、わたしが見なけりゃならん、ということもないのだけど……」

お祖母さんは、そう言いながらも、手紙をひろげて、念入《ねんい》りに読みだした。しかし「委細《いさい》は拝眉《はいび》の上」とあるきりで、はっきりしたことは何も書いてなかった。ただ「次郎の行《ゆ》く末《すえ》とも、自然関係ある儀《ぎ》につき、云々《うんぬん》」という文句《もんく》だけが、強くお祖母さんの眼を刺激《しげき》した。

俊亮は、お祖母さんにかまわず立ちあがった。

「夕方までに行けばいいのなら、お昼飯《ひる》でもすましてからにしたら、どうだえ。手紙を見たからって、そういそいで行くこともあるまいじゃないかね。」

お祖母さんは、もう一度、読みかえしていた手紙を膝《ひざ》の上に置いて、俊亮を見た。俊亮が出かける前にもっとよく話し合っておきたい、というのがその肚《はら》らしかった。俊亮は、しかし、

「日も短いし、早く行って、早く帰ったほうがいいんです。」

と、すぐ立ちあがって次《つぎ》の間《ま》の箪笥《たんす》の抽斗《ひきだし》から自分で羽織《はおり》を出しかけた。

次郎は俊三と肩《かた》を組んで元気よく二階からおりて来た。そのあとから恭一もついて来た。

「お祖母さん、次郎ちゃんはもう帰るんだってさあ、まだ休みが一日もあるのに。」

俊三が訴《うった》えるように言った。

お祖母さんは、しかし、それには答えないで、次郎のにこにこしている顔を、憎《にく》らしそうに見ながら、

「お前は正木へ行くのが、そんなにうれしいのかえ。」

次郎の笑顔《えがお》は、すぐ消えた。彼は黙《だま》って次の間から出て来た父の顔を見上げた。

「何か、おみやげになるものはありませんかね。」

俊亮は、その場の様子《ようす》に気がついていないかのように、お祖母《ばあ》さんに言った。

「何もありませんよ。」

と、お祖母さんは、きわめてそっけない。

「じゃあ、次郎、店に行って、壜詰《びんづ》めを三本ほど結《ゆわ》えてもらっておいで。」

次郎はすぐ店に走って行った。

「店の品じゃおかしくはないかい。それに重たいだろうにね。」

お祖母さんは、店の壜詰め棚《だな》が、このごろ寂《さび》しくなっているのをよく知っていたのである。

「なあに――」

と、俊亮はいったん火鉢《ひばち》のはたにすわって、ひろげたままになっていた手紙を巻《ま》きおさめながら、

「何か、次郎にやるものはありませんかね。」

「次郎に？　ありませんよ。」

「食べものでもいいんです。……もしあったら、お祖母さんからやっていただくといいんですが……」

お祖母さんは、じろりと上眼《うわめ》で俊亮を見た。それから、つとめて何でもないような調子で言った。

「飴《あめ》だと少しは残っていたかもしれないがね。でも、珍《めずら》しくもないだろうよ。毎日次郎にもやっていたんだから。」

俊亮は、もう何も言わなかった。そして、巻煙草《まきたばこ》に火をつけて、吸うともなく吸いはじめた。すると、その時まで黙っていた恭一が、お祖母さんのほうを見ながら、用心ぶかそうに、

「僕、次郎ちゃんに、こないだの万年筆《まんねんひつ》やろうかな。」

「歳暮《くれ》に買ってあげたのをかい。」

と、お祖母さんは、とんでもないという顔をした。

「ええ。」

「お前、どうしてもいると言ったから、買ってあげたばかりじゃないかね。」

「僕、赤インキをいれるつもりだったんだけど、黒いのだけあればいいや。」

「また、すぐ買いたくなるんじゃないのかい。」

「ううん、色鉛筆《いろえんぴつ》で間《ま》にあわせるよ。」

「でも、次郎は万年筆なんかまだいらないだろう。」

「いらんかなあ。でも、次郎ちゃん、ほしそうだったけど。」

「あれは、何でも見さえすりゃ、ほしがるんだよ。ほしがったからって、いちいちやっていたら、きりがないじゃないかね。」

お祖母《ばあ》さんは、恭一に言っているというよりも、むしろ俊亮に言っているようなふうだった。

恭一は黙って俊亮の顔を見た。俊亮は、巻煙草の吸いがらを火鉢に突《つ》っこみながら、

「お前は、次郎にやってもいいんだね。」

「ええ……」

と、恭一は、ちょっとお祖母さんの顔をうかがって、あいまいに答えた。

「じゃあ、やったらいい。お前のは、また父《とう》さんが買ってあげるよ。」

お祖母さんは、ひきつけるように頰《ほお》をふるわせた。そして、急に居《い》ずまいを正しながら、

「俊亮や、お前は、あたしが次郎にやりたくないから、こんなことを言うとでもお思いなのかい。あたしはね、どの子にだって、いらないものを持たせるのは、よくないと

思うのだよ。それに……」

俊亮は顔をしかめながら、

「ええ、もうわかっています。お母《かあ》さんのおっしゃることはよくわかっています。しかし、私は、恭一のやさしい気持ちも買ってやりたいと思ったんです。次郎の身になったら、それがどんなにうれしいでしょう。兄弟《きょうだい》の仲がそうして美しくなれたら、万年筆一本ぐらい、いるとかいらないとか、やかましく言う必要もないじゃありませんか。」

お祖母さんは、恭一のやさしい気持ちを買ってやりたい、と言った俊亮の言葉には刃《は》向《む》かえなかった。しかし、そのあとがいけなかった。次郎を喜ばせることは、お祖母さんにとっては、むしろ不愉快の種《たね》だったし、万年筆一本ぐらいどうでもいいようなふうに言われたのには、何としてもがまんがならなかった。

「ねえ俊亮や――」

とお祖母さんは声をふるわせながら、

「ほしがるものなら何でもやるがいい、と、お前がお考えなら、あたしはもう何も言いますまいよ。だけど、子供たちのさきざきのためを思ったら、ちっとは不自由な目を見せておかないとね。……何よりの証拠《しょうこ》がお前じゃないのかい。一人息子《むすこ》で、あまやかされて育ったばかりに、お前も今のような始末《しまつ》になったんだと、あたしは思うのだよ。

そりゃあ、悪かったのはあたしさ。あたしの育てようが悪かったればこそ、ご先祖《せんぞ》からの田畑を売りはらって、こんな身《み》すぼらしい商売を始めるようなことにもなったんだろうさ。だから、あたしは、罪《つみ》ほろぼしに、孫たちだけでもしっかりさせたいと思うのだよ。それがあたしの仏様《ほとけさま》への……」

お祖母《ばあ》さんは、袖《そで》を眼にあてて泣きだした。俊亮は、恭一と俊三とが、まん前にきちんとすわって、いかにも心配そうに自分を見つめているのに気がつくと、さすがにたまらない気持ちになったが、あきらめたように大きく吐息《といき》をして、店のほうへ眼をそらした。

その瞬間《しゅんかん》、彼は、はっとした。一尺《いっしゃく》ほど開いたままになっていた襖《ふすま》のかげから、次郎の眼が、そっとこちらをのぞいていたのである。次郎の眼はすぐ襖のかげにかくれたが、たしかに涙《なみだ》のたまっている眼だった。

「次郎！」

俊亮は、ほとんど反射的《はんしゃてき》に次郎を呼び、

「さあ、行くぞ。」

と、わざとらしく元気に立ちあがった。そしてマントをひっかけながら、

「じゃあ、恭一、万年筆はせっかくお祖母さんに買っていただいたんだから、大事に

しとくんだ。」

それから、お祖母さんのほうを見、少し気まずそうに、

「お母《かあ》さん、では、行ってまいります。」

お祖母さんは、まだ袖を眼に押《お》しあてたまま、返事をしなかった。

「次郎ちゃん、今度《こんど》はいつ来る？」

俊三は、重たそうに壜詰《びんづ》めをさげて部屋《へや》にはいって来た次郎を見ると、すぐ立って行ってたずねた。恭一は、考えぶかそうに次郎を見ているだけだった。

「うむ――」

と、次郎は生返事《なまへんじ》をしながら、壜詰めを上《あ》がり框《がまち》におくと、いそいで仏間《ぶつま》のほうに行った。仏間には田舎《いなか》にいたころのぴかぴかする仏壇《ぶつだん》がそのまますえてあり、その中に、まだ白木《しらき》のままの母の位牌《いはい》が、黒塗《くろぬ》りの小さな寄せ位牌の厨子《ずし》とならんで、さびしく立っていた。次郎はその前にすわると、眼をつぶって合掌《がっしょう》した。

観音《かんのん》さまに似た母の顔が、すぐ浮《う》かんで来た。お浜《はま》のあたたかい、そして励《はげ》ますような眼が、それに重なって、浮いたり消えたりした。彼は悲しかった。つぶった眼から急に涙があふれて、頰《ほお》を伝い、唇《くちびる》をぬらした。彼は、なんとなしに、この家の仏壇を拝《おが》むのもこれでおしまいだ、という気がしてならなかったのである。

「次郎ちゃん、父《とう》さんが待ってるよっ。」

俊三が仏間にはいって来ていった。

次郎はあわてて涙をふいた。そして俊三といっしょに茶の間《ちゃま》のほうに行きかけると、恭一が、足音を忍《しの》ばせるようにして、二階からおりて来た。彼は、俊三のほうに気をくばりながら、

「次郎ちゃん、ちょっと。」

と呼びとめた。

次郎が近づいて行くと、恭一は、梯子段《はしごだん》をおりたところで、自分のからだをぴったりと次郎のからだにこすりつけて、ふところにしていた右手を、すばやく次郎の左袖《ひだりそで》に突《つ》っこんだ。

次郎は、脇《わき》の下を小さなまるいものでつっつかれたようなくすぐったさを覚えた。彼はそれが万年筆であるということを、すぐさとった。そしてうれしいとも、きまりがわるいとも、こわいともつかぬ、妙《みょう》な感じに襲《おそ》われた。

「何してるの。」

と俊三がよって来た。

「くすぐってやったんだい。だけど、次郎ちゃんは笑わないよ。」

恭一はやっとそうごまかした。そして、顔をあからめながら、変な笑い方をしていた。これは、しかし、恭一にしては精《せい》いっぱいの芸当《げいとう》だった。

俊三は笑わない次郎の顔を、心配そうにのぞいて、

「怒《おこ》ってんの、次郎ちゃん。」

次郎はますますうろたえた。が、こうした場合の彼のすばしこさは、まだ決して失われてはいなかった。彼は、恭一のほうにちょっと笑顔を見せたあと、いきなり俊三の脇《わき》腹《ばら》をくすぐった。俊三はとん狂《きょう》な声をたてて飛びのいた。同時に恭一と次郎が、きゃあきゃあ笑いだした。

「何を次郎はぐずぐずしているのだえ。感心に仏様にごあいさつをしているのかと思うと、そんなところで、ふざけたりしていてさ。行くなら、さっさとおいで。」

お祖母《ばあ》さんの声が、するどく茶の間からきこえた。俊三は、口を両手にあてて渋面《じゅうめん》をつくった。恭一は心配そうに次郎の顔を見た。次郎は、しかし、ほとんど無表情な顔をして、茶の間に出て行き、お祖母さんのまえにすわって、

「さようなら、お祖母さん。」

と、ていねいにお辞儀《じぎ》をした。そして、脇腹に次第《しだい》にあたたまって行く万年筆の感触《かんしょく》を味わいながら、元気よくカバンを肩《かた》にかけた。

本田の家を出てからの次郎の気持ちは、決して不幸ではなかった。俊亮は、自転車に壜詰《びんづ》めを結《ゆわ》えつけて、それを押しながら家を出たが、町はずれまで来ると、次郎をいっしょにのせてペダルをふんだ。風は寒かったし、からだも窮屈《きゅうくつ》だったが、次郎は、父のマントをとおして、ふっくらした肉のぬくもりを感ずることができた。

彼は、恭一に万年筆をもらったことを、すぐにも父に話したかったが、なぜかいつまでも言いだせなかった。おおかた一里《いちり》あまり走ったころ彼はやっと言った。

「あのねえ、父《とう》さん、……恭《きょう》ちゃんが、そっと僕に万年筆をくれたよ。」

「ふうむ——」

俊亮はえたいの知れない返事をしたきりだった。次郎もそれっきり黙っていた。そして自転車の合《あ》い乗《の》りでは、どちらも相手の顔をまともにのぞいて見るわけには行かなかったのである。

それから一丁《いっちょう》あまり走ったころ、俊亮が思い出したようにたずねた。

「いつ、くれたんだい。」

「僕、母《かあ》さんのお位牌《いはい》を拝んで出て来ると、梯子段《はしごだん》のところで、くれたよ。」

「ふうむ——」

俊亮は、またえたいの知れない返事をしたが、今度は半丁も走らないうちに、ちょっ

と自転車の速力をゆるめながら、

「じゃあ、恭一には、父さんがもっと上等《じょうとう》なのを買ってやろうね。」

「うむ。」

次郎は造作《ぞうさ》なく答えた。答えてしまっていい気持ちだった。

彼はもっと上等の万年筆を、しかも、父自身に買ってもらう恭一の幸福を、少しもねたましいとは感じなかった。彼は、むしろ、恭一に万年筆をもらった喜びの奥《おく》に、何かしら気にかかっていたものが、父のその言葉で、すっかりぬぐい去られたような気がして、はればれとなった。そして、それから五、六分もたって、もう一度、落ちついて父の言葉を頭の中でくりかえしてみたが、やはりねたましい気には少しもならなかった。

（恭ちゃんが僕より上等の万年筆をもつのは、あたりまえだ。）

彼は何の努力もなしに、そう思うことができた。また、恭一に万年筆をもらわないで、そのかわりに、父に買ってもらうとしたらどうだろう、とも考えてみたが、これもむしろ、恭一にもらったことのほうがうれしいような気がした。

二人は、それからあまり口もききあわなかった。口をききあうには、二人の気持ちが、少し複雑《ふくざつ》になりすぎていた。それに、二人とも、口をききあわなければ物足《ものた》りない、とも感じていなかったのである。

荷馬車に出あったり、土橋《どばし》を渡《わた》ったり、そのほか、少しでも危険を感ずるような場所では、二人はかならず自転車をおりた。そんな時には、俊亮は、きまって次郎の顔をまじまじと見た。次郎も父の顔を見たが、いつもすぐ眼をそらして、少しはにかむようなふうだった。

二人は、正木につく前に、ちょっと寄り道をして、お民《たみ》の墓《はか》まいりをした。そこでも二人はあまり口をきかなかった。しかし、墓地《ぼち》の出口まで出て来たときに、ふと俊亮が言った。

「お前が恭一に万年筆をもらったのを、お母《かあ》さんもきっと喜んだろうね。」

次郎は黙って自分のカバンを見た。その中には、恭一にもらった万年筆が、もう何よりも大事にしまいこまれていたのだった。

三　大きなえくぼ

二人が正木《まさき》の家《うち》についたのは十一時を少し過ぎたころだった。正木では、俊亮《しゅんすけ》が午前中に来ると予想していなかったらしく、門口《かどぐち》をはいると、みんなが、「おや」という顔をした。

老夫婦《ろうふうふ》は、しかし、二人の顔を見ると、次郎のほうにはろくに言葉もかけないで、せきたてるように、俊亮だけを座敷《ざしき》に案内した。

次郎には、それが物足《ものた》りないというよりは、何かしら気になった。で、カバンを二階の子供部屋《べや》の机《つくえ》の上におくと、自分もすぐ座敷のほうに行ってみるつもりで、梯子段《はしごだん》を降りかけた。しかし、梯子段の下には、もう従兄弟《いとこ》たちが待っていて、やんやとはしゃぎながら、彼《かれ》を蠟小屋《ろうごや》のほうにひっぱって行った。

蠟小屋の蒸《む》し炉《ろ》には、火がごうごうと燃えていた。従兄弟たちは、そのまえに行くと、めいめいに火《ひ》かきや棒《ぼう》ぎれをにぎって、さきを争うように、炉口《ろぐち》にうずたかくなっている蠟灰をかきおこしはじめた。蠟灰のなかからは、まるごとに焼けた薩摩芋《さつまいも》がいくつもいくつもころがり出た。

次郎は、もうすっかり腹が減《へ》っていたので、その香《こう》ばしい匂《にお》いをかぐと、すぐその一つに手を出した。火傷《やけど》しそうに熱いのを、両手で持ちかえ持ちかえしながら、二つに折ると、黄いろい肉から、湯気《ゆげ》がむせるように彼の頰《ほお》にかかった。彼はふうふう吹《ふ》いては、それを食《く》った。従兄弟たちもさかんに食った。食いながら、みんなでいろんなおしゃべりをしては、笑った。

次郎は、急にのびのびしたあたたかい気持ちになり、きのうまでの不愉快《ふゆかい》な生活を夢《ゆめ》のように思《おも》い浮《う》かべた。そしていまさらのように、正木の家はいいなあ、と思った。

しかし、一方では、どうしたわけか、しばらくぶりであった従兄弟たちが、何とはなしに物足りないように思われてならなかった。むろん、彼らが次郎に対して、いつもよりは冷淡《れいたん》だったというのではない。それどころか、芋を焼いていた彼らが、次郎が帰って来たのを知ると、彼をも仲間に入れようとして、すぐ飛んで出て来たのには、むしろいつも以上の親しさが感じられた。それにもかかわらず、次郎は、彼らとこうしていっしょにおしゃべりをしたり、笑ったりしているのが、何とはなしに、いつもほどしっくりしない。

彼は、自分ながら変な気がした。

従兄弟たちは、いったいに、学校の成績はいいほうではない。久男《ひさお》は、恭一《きょういち》よりも二つ年上だが、少し耳が遠いせいもあって、中学校には二度も失敗し、やっと私立の商業学校にはいって、今二年である。源次《げんじ》は次郎より一つ年上で、気はきいているが、ずぼらなところがあり、やはり一度は中学校に失敗して、この三月に、次郎といっしょにもう一度受験することになっている。しかし、今でもちっとも勉強しようとはしない。この二人にくらべると、彼らの義理《ぎり》の弟になっている誠吉《せいきち》のほうが、ずっとできがいいのだが、彼はまだ尋常《じんじょう》四年だし、次郎の勉強の相手にはてんでならない。次郎が、そんな点で、ふだんから彼らにいくぶんの物足りなさを感じていたのはたしかだった。

しかし、きょうの物足りなさは、それとはまったくちがった物足りなさだった。従兄弟たちの好意は十分にみとめながらも、それがしっくり身について来ないといった感じだったのである。

これは、しかし、実は不思議でも何でもなかった。彼は、彼自身ではっきり意識していなかったとしても、やはり、心のどこかで、まだ万年筆《まんねんひつ》のことを思いつづけていたにちがいなかったのである。いや、万年筆をとおして、たまたま数時間まえに示された肉親の兄の愛が、久しく彼の血管の中に凍《こお》りついていた本能の流れを溶《と》かして、従兄弟たちの好意を、その流れの上に、木の葉でも浮かすように、浮かしはじめていたにちがいなかったのである。

血は水よりも濃《こ》い。そして濃い血は淡《あわ》い血よりも人の心を濃くする。次郎が今日《きょう》従兄弟たちの愛をいつもほどに味わい得《え》なかったとしても、それは決して彼の軽薄《けいはく》さを示すものではなかったのだ。

だが、実をいうと、次郎の気持ちを従兄弟たちから引きはなしていた理由は、ただそれだけなのではなかった。彼の心の動きはいつも単純《たんじゅん》ではない。生まれた瞬間《しゅんかん》から、八《はっ》方《ぼう》に気をつかうように運命づけられて来た彼は、焼《や》き芋《いも》をほおばったり、おしゃべりをしたりしている最中にも、やはり、老夫婦がせきたてるように父を座敷《ざしき》につれて行ったことを忘れてはいなかったのである。

彼は、焼き芋を三つ四つ食い終わったころ、ふと思い出したように言った。

「僕《ぼく》、まだお祖父《じい》さんにごあいさつしてないんだよ。」

これは、むろんうそだった。彼はさっき茶《ちゃ》の間《ま》にあがるとすぐ、まっさきにお祖父さんにあいさつをすましていたのである。

彼は、言ってしまっていやな気がした。このごろめったに小細工《こざいく》をやらなくなっている彼ではあったが、何かの拍子《ひょうし》に、われ知らずそれが出る。そしていつも後悔《こうかい》する。後悔はするが、すなおに小細工をひっこめる気にはなかなかなれない。その結果、いっそうまずい小細工をやって、あとでは手も足も出なくなってしまうことが多い。そんな時にかぎって、彼には母やお浜《はま》の顔を思い浮かべる余裕《よゆう》がない。それを思い浮かべるのは、たいてい何もかもすんでしまったあと、ひとりで、にがい後悔のあと味《あじ》をかみしめている時なのである。

「じゃあ、すぐ行っておいでよ。」

久男が年長者らしく言った。むろん次郎がどんな気持ちでいるのか、それにはまるで気がついていなかったらしい。

「すぐまた、ここにおいでよ。これから餅《もち》を焼くんだから。」

源次が芋の皮を炉に投げこみながら言った。

次郎は変にそぐわない気持ちで立ちあがった。すると、誠吉が、

「餅なら、僕がとってくらあ。……次郎ちゃん行こう。」

と、次郎と肩《かた》をくみそうにした。次郎の手は、しかし、ぶらさがったままだった。

蠟小屋《ろうごや》を出て、母屋《おもや》の土間《どま》にはいると、誠吉は、台所で昼飯《ひる》のしたくをしていたお延《のぶ》に言った。

「母《かあ》さん、源《げん》ちゃんが餅をくださいって、次郎ちゃんと、蠟小屋で焼いて食べるんだってさ。」

次郎には、誠吉のそうした卑屈《ひくつ》な言葉が、いまはとくべついやに聞こえた。

「もうすぐお昼《ひる》飯だのに。……でも、少しならもっておいでよ。」

お延は、そう言って、次郎のほうをちらと見た。次郎には、それもいい気持ちではなかった。

彼は茶の間をぬけて、座敷の次《つぎ》の間《ま》まで行ったが、そこで立ちすくんでしまった。襖《ふすま》のむこうからは、ひそひそと話し声がきこえるが、落ちついて立ち聞きする気にはもう

なれない。さればといって、口実《こうじつ》をつくって、思いきって座敷にはいって行く勇気も出ない。結局、従兄弟たちに言ったうそをほんとうらしくするために、わざわざここまでやって来たにすぎないような結果になってしまったのである。

彼はすぐ次の間から引きかえそうとした。が、もう一度蠟小屋に行って、いかにもお祖父《じい》さんにあいさつをして来たような顔をするのがいやだったので、ちょっと思案《しあん》していた。

すると、急に座敷の話し声が、高くなった。

「いや、先方《せんぽう》はまだ何も知りませんのじゃ。」

お祖父さんの声である。つづいてお祖母《ばあ》さんの声がきこえる。

「先方では、あんたが、きょうこちらにお見えのことも知らないでいるはずでございますよ。きょうは私どもの急な思いつきで、顔だけでもあんたに見ておいてもらったら、と思いましてね。幸《さいわ》い先方が訪《たず》ねて来るというものですから。」

「なあに、いけなけりゃ、いけないで、ちっとも構《かま》いませんのじゃ。じゃが、仏《ほとけ》に対する遠慮《えんりょ》なら、もう無用《むよう》にしてもらいましょう。ちっとでも次郎のためになることなら、仏も喜びましょうからな。」

次郎はもう動けなくなった。

「そりゃあ、気がきかないうえに、学校も小学校きりでございますから、何かと足りないがちだろうとは思います。ただすなおなのがとりえでございましてね。」

「生半可《なまはんか》に気がきいたり、学問があったりするのは、こういう場合には、かえってよくないものじゃ。ことに、次郎にはやさしいのが何よりじゃでのう。」

次郎はいつのまにか、襖《ふすま》のほうに二、三歩近づいていた。彼にはもう、話の内容がおぼろげながらわかりかけて来たのである。

「しかし――」

と、はじめて俊亮の声がきこえた。次郎はごくりと片唾《かたず》をのんだ。

「この話は、次郎本位《ほんい》に考えるだけでいい、というわけでもありませんし……」

「ごもっとも。」

とお祖父さんが言った。俊亮は少し声を落として、

「何しろ、ご存じのとおりの内輪《うちわ》の事情ですから、だれに来てもらったところで、ずいぶんつらいことがあろうと思います。」

「それはいたし方《かた》ない。先方も初婚《しょこん》というわけではないし、それに、さっきから話しましたような事情じゃで、とくと話せば、たいていのことはがまんする気になるだろうと思いますがな。」

「しかし、それも程度《ていど》がありますのでね。それに、万一《まんいち》来てくださる方が、次郎のほうにだけ親しみができるというようになりますと、いよいよめんどうになりまして、次郎のためだと思ったことが、かえって悪い結果にならんとも限りませんし……」

「なるほど、そこいらはよほど気をつけんとなりますまい。じゃが、かげになって次郎をかばってくれる女が、一人はおりませんとな。」

しばらく沈黙《ちんもく》がつづいた。次郎はただ頭がもやもやしていた。父にどう返事をしてもらいたいのか、それさえ自分でわからなかった。第二の母、そんなことは、まだこれまでに彼が考えてみようとしたことさえなかったことなのである。

「とにかく、会ってやってくださるぶんには、さしつかえございませんでしょうね。」

お祖母《ばあ》さんの声である。次郎は片唾をのんだ。

「ええ、それはかまいません。どうせ今日は、おそくなれば夜になる肚《はら》であがったんですから。」

次郎は、失望に似た感じと、好奇心《こうきしん》に似た感じとを、同時に味わった。

「次郎ちゃあん、——何してんだい。——餅《もち》が焼けたよう。——」

誠吉が土間のほうから呼んでいる声がきこえた。彼は、はっとして、急いで部屋《へや》を出た。

蠟小屋《ろうごや》に行ってみると、もう餅がふくらんで、熱い息を吹き出していた。蓆《むしろ》のうえには、醬油《しょうゆ》と黒砂糖《くろざとう》をいれた皿《さら》が二つ置かれていた。しかし彼には、もうほとんど食欲がなかった。彼は、蒸し炉にもえさかっている火の勢いで、自分の頭がぐるぐる回転しているような感じだった。

まもなくお延が、彼らを昼飯《ひる》に呼びに来た。

次郎は、しかし、ちゃぶ台のまえにすわっても、お延が盆《ぼん》をもって座敷に行ったり来たりするのに気をとられて、たった一杯《いっぱい》しかたべなかった。従兄弟たちは、それをべつに変だとも思わなかったらしい。――彼らの腹も、蠟小屋で食った薩摩《さつま》芋《いも》と餅とで、もう相当《そうとう》にふくらんでいたのである。

次郎は食事をすますと、一人で二階に行って、お浜に手紙を書きはじめた。

彼はまず、町から正木に帰って来たことを知らせ、それから、さっきの座敷での話について何か書くつもりだった。しかし、彼はそれをどう書いていいのか、さっぱり見当《けんとう》がつかなかった。で、町で一度父に映画を見せてもらったことや、恭一に万年筆をもらったことや、父といっしょにお墓《はか》まいりをしたことなどを、多少の感傷《かんしょう》をまじえて書いた。本田のお祖母さんのことは、何とも書かなかった。書きたくなかったのである。正木のお祖父《じい》さんや、お祖母さんについては、何かちょっとでも書いておきたいと思ったが、書こうとすると、ついさっきの話がひっかかって、筆《ふで》が進まなかった。で、とうとうそれを思いきって、最後に、例のとおり、「では乳母《ばあ》や、からだに気をつけてください」と書き、すぐ封筒《ふうとう》に入れて封をしてしまった。

彼は、しかし、何だか物足りなくて、それからしばらくは、ぽかんと机にほおづえをついていた。

そのうちに、継母《ままはは》を持っている数人の学校友だちの顔が、ひとりでに思い出されて来た。そのある者は彼の非常にきらいな子供だったたし、またある者は彼がかなり親しんでいる子供だった。彼は、しかし、それらの顔を思い浮かべたために、いっそう不愉快《ふゆかい》にもならなければ、慰《なぐさ》められもしなかった。

彼は、そのうちに、万年筆のことを思い出して、カバンの中からそれを取り出した。そしてキャップをとって、ためつすかしつ眺《なが》めはじめた。それは吸い上げポンプ式だったが、まだインキが入れてなかった。彼は町で恭一がそれに水を入れたり出したりしたのを見ていたので、どうすればインキがはいるのかがわかっていた。彼は部屋を見まわして、久男の机の上にインキ壺《つぼ》を見つけると、すぐそこに行ってインキを入れた。そして、自分の机のところに帰って来ると、それでお浜に出す手紙の上《うわ》がきを書いた。筆や鉛筆《えんぴつ》で書くのとはちがって、非常に書きづらかった。ペン先に紙がひっかかって、インキが点々と散った。それでも彼は、お浜あての手紙に、兄にもらった万年筆をはじめて使ったのが心からうれしかった。そして何度《なんど》も封筒をひっくりかえしては、青みがかった文字の色をながめた。

彼はそれでいくらか気が軽くなって、階下《した》におりた。そして従兄弟たちを捜《さが》すために、蠟小屋《ろうごや》のほうに行きかけた。

すると門口《かどぐち》から、背《せ》のばかに高い、頭のつるつるにはげた、まっ白な顎鬚《あごひげ》のある老人がはいって来た。次郎は、一目《ひとめ》見ると、それが母の葬式《そうしき》の時に来ていた人だということを、すぐ思い出した。天狗《てんぐ》の面《めん》を思わせるような顔が、次郎の記憶《きおく》に、はっきり残っていたのである。

老人は、そりかえるように背をのばして、おおまたに土間を歩いて行った。

次郎が、ぼんやり突《つ》っ立《た》ってそれを見送っていると、つづいて三十あまりの年頃《としごろ》の女が門口をはいって来て、小走《こばし》りに彼のそばをすりぬけた。彼はちらとその横顔を見たが、少しも見覚えのある顔ではなかった。色が白くて、頰《ほお》がやわらかにたれさがっているような感じの女だった。

彼は、しかし、その瞬間《しゅんかん》はっとした。そして吸いつけられるように、うしろ姿《すがた》に視線をそそいだ。

「まあ、よくいらっしゃいました。さあどうぞ。父もたいへんお待ち申しておりました。」

お延があいそよく二人を迎《むか》えた。

「きょうはお延さんにお造作《ぞうさ》をかけますな。はっはっはっ。」

老人は肩をそびやかすようにして、そう言いながら、さっさと上にあがった。女の人は、上《あ》がり框《がまち》のところで、土間に立ったまま、何度もお延に頭をさげていたが、これもまもなく障子《しょうじ》の向こうに消えた。

次郎は、それまで、一心《いっしん》に女を見つめていた。そして障子がしまると、急に自分にかえって、あたりを見まわした。あたりにはだれもいなかった。

彼は、これからどうしようかと考えた。

むろん、もう従兄弟《いとこ》たちを捜す気にはなれなかった。二階に一人でいる気もしなかった。彼は、何度も門口《かどぐち》を出たりはいったりしたあと、いつのまにか、母屋と土蔵《どぞう》との間の路地《ろじ》をぬけて庭のほうにまわり、座敷の縁障子《えんしょうじ》のそとに立った。しかし障子が二重になっていて、内からの話し声はほとんどきこえなかった。ただ、みんなの笑い声にまじって、さっきの老人の声が一《ひと》きわ高くひびいてくるだけだった。

彼は、障子の内に、父とさっきの女の人とのすわっている位置をさまざまに想像しながら、寒い風にふかれて、しばらく植《う》え込《こ》みをうろつきまわっていたが、ふと、従兄弟たちが自分のいないのに気づいて、捜しに来てもいけない、と思った。で、何食《なにく》わぬ顔をして、急いで蠟小屋《ろうごや》のほうに帰って行った。

蠟小屋には、しかし、もう従兄弟たちはいなかった。仕事も早じまいだったらしく、炉の中には、灰になりかかった燠《おき》が、ひっそりとしずまりかえっていた。

次郎は、一人でいるのが結局気安いような気がして、蓆《むしろ》の上にごろりと寝《ね》ころんだ。そして、次第《しだい》に白《しら》ちゃけて行く燠にじっと眼《め》をこらした。

「ちっとでも次郎のためになることなら、仏も喜びましょうからな。」

そう言ったお祖父《じい》さんの言葉が思い出された。それはいいことのようにも思えたし、また悪いことのようにも思えた。自分のために、悪いことを考えるようなお祖父さんではない。——そう信じていたが、ふだんのお祖父さんの言葉のように、彼の心にぴったりしないものがあった。

「かげになって次郎をかばってくれる女が、一人はおりませんとな。」

そうもお祖父さんは言った。が、次郎にはやはりそれもぴんと響《ひび》かなかった。

（もし、さっき見た女の人がそうだとすると、あんな人に、乳母《ばあ》やのような親切な心があるわけがない。だいいち、あの女は自分がこれまで見たこともない人ではないか。）

彼は、それからそれへと、いろんなことを考えつづけた。しかし、考えれば考えるほど、いよいよわけがわからなくなって来た。

そのうちに、あたりがそろそろ暗くなりだし、おりおり炉の中でくずれる燠《おき》が、ぱっと明るく彼の顔をてらした。そして彼の眼に浮かんで来るのは、母や乳母《ばあ》やの顔ではなく、いつも、さっき見た女の人の横顔だった。

彼は、しかしそうながくは蠟小屋《ろうごや》にも落ちつけなくて、まもなく茶の間のほうに行った。

茶の間には、もうあかあかと電灯《でんとう》がともっており、客用のお膳《ぜん》がいくつも用意されていた。

彼は、火鉢《ひばち》のそばにすわってそれを見ているうちに、お膳の上のものをめちゃくちゃにひっくりかえしてみたいような衝動《しょうどう》を感じた。

「ひとりでいるの？　みんなどこに行ったんだろうね。」

お延が忙《いそが》しそうに立ち働きながら、次郎に言った。

「どこに行ったんかね。」

次郎は、気のない返事をして、相変《あいか》わらずお膳を見つめていた。

「けんかをしたんではない？」

「ううん。」

「誠吉もいないの。」

「僕、知らないよ。」

お延は、心配そうに何度も次郎の顔をのぞいていたが、そのうちに、女中と二人で座《ざ》敷《しき》にお膳を運びはじめた。次郎は、お膳が一つ一つ眼の前から消えて行くごとに、座敷の様子《ようす》を想像して、ただいらいらしていた。

ご馳走《ちそう》がおわって、客が帰ったのは九時すぎだった。

ほかの子供たちはもう寝てしまっていたが、次郎だけは茶の間にがんばっていて、みんなにあいさつしている女の人の顔を注意ぶかく観察した。それは幅《はば》の広い、ぼやけたような顔だった。ただ、笑うと右の頬《ほお》に大きなえくぼができるのが、はっきり次郎の眼にうつった。次郎は、その顔からべつに不快な感じはうけなかった。しかし、記憶《きおく》に残っている母の引きしまった顔とくらべて、何だか気のぬけた顔だと思った。

俊亮《しゅんすけ》は、座敷に残ったまま、二人を送って出なかった。そして、それから老夫婦と二十分ほど何か話したあと、帰りじたくをはじめた。次郎は彼の顔にも注意を怠《おこた》らなかったが、別にいつもと変わった様子がなかった。

「次郎はまだ起きていたのか。」

あっさりそう言って、上《あ》がり框《がまち》をおりた父の様子には、次郎だけが味わいうるいつもの親しさがあった。次郎は何かしら安心したような気持ちになった。

俊亮は土間で自転車に灯《ひ》を入れながら、お祖母《ばあ》さんに向かって言った。

「急にっていうわけにも行きますまいが、いずれ母の考えもききました上で、手紙ででもご返事いたしますから。」

次郎はそれでまた変な気になった。

彼は床《とこ》にはいってからも、ぼやけたような顔だと思った女の顔を、あんがいはっきり思いうかべた。そして何度もねがえりをうった。

四　寝《ね》言《ごと》

正月も終わりに近いころだった。次郎が学校から帰って来ると、茶《ちゃ》の間《ま》でお針《はり》をしていたお延《のぶ》が、いかにも意味ありげな微笑《びしょう》をもらしながら、言った。

「お帰り。……今日《きょう》は次郎ちゃんにうれしいことがあるのよ。」

次郎は、土間《どま》に突《つ》っ立《た》ったまま、きょとんとしてお延の顔を見ていたが、

「はやくお座敷《ざしき》に行ってごらん。お祖母《ばあ》さんが待っていらっしゃるから。」と、お延にせきたてられ、あわてたようにカバンを茶の間に放り出して、座敷のほうに走って行った。

「お祖母さん、ただいま。」

次郎は元気よく座敷の襖《ふすま》をあけた。が、その瞬間《しゅんかん》、彼はまったく予期《よき》しなかった人の眼《め》にぶっつかって、そのまま立ちすくんでしまった。――座敷には、こないだの女の人が、お祖母さんと火鉢《ひばち》を中にしてすわっていたのである。

「お帰り。どうしたのだえ、そんなところに突っ立って。」

お祖母さんがにこにこしながら言った。次郎があわてて襖をしめようとすると、

「おはいりよ。そして、お辞儀《じぎ》をするんですよ。」

次郎は、敷居《しきい》にすわって、お辞儀をした。

「まあ、おかしな子だね。いつもにも似合わない。ちゃんと中にはいって、お辞儀をするんだよ。」

次郎は、しぶしぶ膝《ひざ》をにじらせて、敷居の内側にはいった。そしてもう一度お辞儀をしたが、それをすますと、急いで立って行こうとした。

「ここにいてもいいんだよ。お客様ではないのだから。……もっと火鉢のそばにおよ

り。」

お祖母《ばあ》さんは、そう言って立ちあがり、自分で次郎のうしろの襖《ふすま》をしめた。次郎は監《かん》禁《きん》でもされたかのように、窮屈《きゅうくつ》そうにすわっていた。

「どうしたのだえ、次郎。お客様ではないと言ってるのに。……この方《かた》はね……」

と、お祖母さんは、もとの座にかえりながら、

「この方は、これからうちの人になっていただくんだから、そんなに窮屈にしないでもいいのだよ。そばによってお菓子《かし》でもおねだり。」

すると、女の人がはじめて口をきいた。

「次郎ちゃん、こちらにいらっしゃい。お菓子あげますわ。」

何だか張りのない声だった。彼女は、そう言いながら、菓子《かし》鉢《ばち》から丸芳露《まるぼうろ》を一つ箸《はし》にはさんで次郎のほうにさし出した。

次郎は、しかし、手を出さなかった。

「おきらい？」

次郎は、伏《ふ》せていた眼をあげて、ちらと相手の顔を見た。相手は笑っていた。右頰《みぎほお》のえくぼがこないだ見た時よりも、いっそう大きく見える。ふっくらした頰の形は、どこかに春子《はるこ》を思わせるものがあった。しかし吸いつけられるような感じには、ちっともな

れなかった。

「おいただきなさいよ。」

お祖母さんがうながした。それでも次郎は手を出そうとしない。女の人は箸にはさんだ丸芳露を、ちょっともちあつかっている。

「まあ、ほんとにどうしたというんだね。いつもはお菓子に眼がないくせに。……くださるものは、すなおにいただくものですよ。」

次郎は、お祖母さんにそう言われると、だしぬけに手をつき出して、丸芳露を受け取ったが、いかにも厄介《やっかい》なあずかり物でもしたように、すぐそれを膝《ひざ》の上においた。

「はじめて、お目にかかるものですから、きまりが悪いのですよ。」

と、お祖母さんは取りなすように言って、

「次郎、おたべよ、……お芳《よし》さんもひとついかが。次郎が一人ではきまりが悪そうだから、あたしたちもお相伴《しょうばん》いたしましょうよ。」

「ええ、いただきますわ。」

二人は次郎の様子《ようす》に注意しながら、丸芳露をたべだした。次郎は、しかし、食べようとしない。

彼は「お芳さん」という女の名を何度《なんど》も心の中でくりかえした。そして、さっきお祖母さんが、「これからうちの人になっていただくんだから――」と言ったのを思い出して、変だなあと思った。

だれもしばらく物を言わない。二人がむしゃむしゃ口を動かしている音だけが聞こえる。

次郎は畳《たたみ》のうえに落としていた眼をあげて、もう一度、そおっとお芳の顔をぬすみ見た。ほんの一瞬《いっしゅん》ではあったが、相手が都合《つごう》よく彼のほうを見ていなかったので、かなりこまかに観察することができた。下唇《したくちびる》が少し突き出ている。顎《あご》の骨も、肉で円味《まるみ》を帯びてはいるが、並《なみ》はずれて大きい。その唇と顎とが盛《さか》んに活動している様子は、次郎の眼にあまり上品《じょうひん》には映《うつ》らなかった。

「たべたくないのかえ。」

お祖母《ばあ》さんがもどかしそうに言った。

「ううん。」

「じゃあ、おたべよ。」

次郎はやっと丸芳露《まるぼうろ》を口にもって行った。しかし、たべだすと、またたくうちに平《たい》らげてしまった。

「もう一つあげましょうね。」

お芳が、丸芳露を箸《はし》ではさみながら言った。次郎は返事をしなかったが、差し出されると、今度《こんど》はすぐ受け取って、ぱくぱく食べだした。

お祖母さんとお芳とがいっしょに笑いだした。

「さあ、もうきまり悪くなんかなくなったんだろう。もっとそばにおより。」

お祖母さんが火鉢を押《お》し出《だ》すようにして言った。

次郎の気持ちは、しかし、まだちっとも落ちついてはいなかった。彼は、一刻《いっこく》も早く部屋《へや》を出て行きたいと思った。

「僕《ぼく》、宿題があるんだけれど――」

彼はとうとうまたうそを言った。が、この時は不思議に気がとがめなかった。

「そう?」

と、お祖母さんはちょっと思案《しあん》してから、

「じゃあ、宿題をすましたら、すぐまたおいでよ。お話があるんだから。」

次郎は、お話があると言われたのが気がかりだったが、それでも、何かほっとした気持ちになって、座敷《ざしき》を出た。

茶の間には、お延が微笑《びしょう》しながら彼を待っていた。

「次郎ちゃん、どうだったの、いいことがあったでしょう?」

次郎はむっつりして、お延の顔を見た。そして、返事をしないで、放り出しておいたカバンを乱暴《らんぼう》にひきずりながら、二階のほうに行きかけた。

お延の顔からは、すぐ微笑が消えた。

「どうしたの、次郎ちゃん。」

彼女は縫《ぬ》い物《もの》をやめ、次郎のまえに立ちふさがるようにして、その肩《かた》をつかまえた。

「まあ、ここにおすわりよ。」

次郎はしぶしぶすわった。しかし顔はそっぽを向いている。

「どうしたのよ、次郎ちゃん、何かいやなことがあったの。叱《しか》られた?」

次郎はそれでも黙《だま》っている。

「まあ、おかしな次郎ちゃん。この叔母《おば》さんにかくすことなんかありゃしないじゃないの。」

すると、次郎は急にお延の顔をまともに見ながら、

「お芳さんって、どこの人?」

お延は、ちょっとあきれたような顔をした。が、すぐわざとのように笑顔《えがお》をつくって、

「まあ、お芳さんなんて、だめよ、そんなふうに言っちゃあ。」

「どうして?」

「どうしてって、お祖母《ばあ》さんは何ともおっしゃらなかったの。」

「言ったよ、これからうちの人になるんだって。」

お延はちょっと考えてから、

「そう？　いいわね。うちの人になっていただいて。」

「うちってどこ？」

「うちはうちさ。」

「ここのうち？」

「そうよ。」

「どうしてうちの人になるの。」

「さあ、どうしてだか、次郎ちゃんにわからない？」

お延は探《さぐ》るように次郎の眼を見た。

「うちの何になるの？」

「あたしのお姉《ねえ》さん。……あたしより年はおわかいのだけれど、お姉さんになっていただくの。」

お延の姉――亡《な》くなった母――と、次郎の頭は敏捷《びんしょう》に働いた。もう何もかもはっきりした。彼は、しかし亡くなった母の代《か》わりに、いま座敷にいる「お芳さん」を「母《かあ》さん」と呼ぶ気にはむろんなれなかった。

「じゃあ、僕、あの人を何て言えばいいの、やっぱり叔母《おば》さん？」

「そうね――」

と、お延はちょっと考えていたが、すぐ思い切ったように、

「叔母さんでもいけないわ。――ほんとはね、次郎ちゃん、あの方は次郎ちゃんのお母《かあ》さんになっていただく方なの。あとでお祖母《ばあ》さんから次郎ちゃんに、よくお話があるだろうと思うけれど。……」

お延はそう言って次郎の顔をうかがった。

次郎は、しかし、もうちっとも驚《おどろ》いてはいなかった。また、そう言われたために、まえよりも不機嫌《ふきげん》になったようにも見えなかった。彼はただ考えぶかそうな眼をして、じっとお延の顔を見つめていた。

「ね、それでわかったでしょう？――」

と、お延は、いくらか安心したような、それでいていっそう不安なような顔をしながら、

「だから、叔母さんなんて言ったら、おかしいわ。今のうちは叔母さんでもかまわないようなものだけれど、今度いよいよお母さんになっていただいた時に、すぐこまるで

しょう。だから、はじめっから、お母さんって言うほうがいいわ。」

次郎は、あらためて「お芳さん」の顔を思いうかべてみた。しかし、その顔が母らしい顔だとはどうしても思えなかった。

「恥《は》ずかしがったりして、はじめにぐずぐずすると、あとでよけい言いにくくなるのよ。きょうから思いきってお母さんって言ったら、どう?」

「だって――」

と、次郎は、火鉢《ひばち》にさしてあった焼《や》き鏝《ごて》を灰の中でぐるぐるまわしながら、

「だって、母さんのようじゃ、ちっともないんだもの。」

「そりゃあ、はじめてお目にかかったばかりなんだから、そうだろうともさ。だけど、きっと次郎ちゃんをかわいがってくださるわ。次郎ちゃんのために来ていただいたんだもの。」

「僕、もうお母さんなんか、なくてもいいんだがなあ。」

次郎は嘆息《たんそく》するように言った。お延はしばらくじっと次郎の顔を見ていたが、

「でも、もうまもなくよ、次郎ちゃんが町に帰るのは。……町にかえったら、ひとりで寂《さび》しかぁない?」

「町にはお父《とう》さんがいるからいいや、それに恭《きょう》ちゃんや、俊《しゅん》ちゃんだって、このごろ

仲よく遊んでくれるんだもの。」

彼は、その時、万年筆《まんねんひつ》のことを思い出していたのである。

「だけど、女の人はお祖母《ばあ》さんだけなんでしょう。お祖母さんだけだと――」

お延は言いかけて、口をつぐんだ。そしてしばらく考えたあと、急にお針の道具を片方に押しやって、次郎のひびだらけの手をにぎりながら、

「ねえ、次郎ちゃん、お父《とう》さんはね、次郎ちゃんがかわいいばっかりに、お母《かあ》さんをお迎《むか》えになるのよ。だから、もし次郎ちゃんが、どうしてもお母さんがいらないってお言いなら、お父さんは無理をしてもおよしになると思うわ。だけど、どう？　ほんとうにいらない？　町に帰ってもだいじょうぶ？　女の人、お祖母さんだけでもいいの？」

次郎はだまりこんだ。それは、しかし、町での生活が心配だからではなかった。正木《まさき》の老夫婦《ろうふうふ》と、父とが、自分のために考えてくれたことを、ぶちこわしてしまうのが、何となく大へんなことのように思えて来たからである。

「そりゃあ、次郎ちゃんがどんな気持ちだか、この叔母《おば》さんにもよくわかるわ――」

と、お延は、あたりをはばかるように声をおとして、

「誠吉《せいきち》のように、この家で生まれてさえ、まだあんなだからね。何といったって他人だもの、そりゃあほんとうの親子のような気持ちにはなれないだろうともさ。だけど、

あの方は、本田《ほんだ》のお祖母さんよりか、きっと次郎ちゃんをかわいがってくださるわ。」

次郎は、お延がいくぶんかでも自分の気持ちに同情してくれているのが、妙《みょう》にうれしかった。

「それに――」

と、お延は次郎の手をなでながら、

「もし次郎ちゃんが、うそでもいいから、今日《きょう》から思いきって、お母さんと呼んであげたら、どんなにお喜びでしょう。あの方はね、そりゃあお気《き》の毒《どく》な方よ、ちょうど次郎ちゃんと俊ちゃんぐらいな男のお子さんがお二人あったんだけれど、お二人とも、お亡くなりになってしまったんだってさ。だから、だれかにお母さんて呼ばれてみたいのよ。」

次郎は、はっとしたように、伏《ふ》せていた眼をあげて、お延を見た。

「だのに、次郎ちゃんが寄りつきもしないようだと、どんなにあの方、がっかりなさるでしょう。……それにね、次郎ちゃん、あの方はもう正木の人になっておしまいになったんだよ。お祖父《じい》さんとお祖母さんとでね、亡くなったお母さんの代わりをしていただく方なんだから、そうしてもらったほうがいいっておっしゃってね。わからない？　わかるでしょう。」

次郎はうなずいた。

「だから、もしかして、あの方が次郎ちゃんとこに行けなくなったら、そりゃあ大変《たいへん》なことになるのよ。だいいち、あの方どこにどうしていいか、わからなくなっておしまいになるわ。せっかく、次郎ちゃんのために来てくださろうとおっしゃっているのに、お気の毒じゃないの？　お祖父《じい》さんや、お祖母《ばあ》さんだって、もしかそんなことにでもなったら、どんなにおこまりでしょう。」

次郎は、もう、世間《せけん》というものがまるでわからない子供ではなかった。むしろ、そうしたことでは、兄弟《きょうだい》や従兄弟《いとこ》たちのだれよりも、ませているともいえるのだった。それに、彼の持ちまえの侠気《きょうき》というか、功名心《こうみょうしん》というか、そうしたものが、彼自身でも気づかない間に、そろそろと頭をもたげていた。

「僕、じゃあ、母《かあ》さんって言うよ。」

彼はいかにも無造作《むぞうさ》に答えた。しかし、答えてしまって妙な味気《あじけ》なさを覚えた。それはちょうど精《せい》いっぱい力を入れて角力《すもう》をとっている最中、何かのはずみで、がくりと膝《ひざ》をついたような気持ちだった。

お延には、次郎の返事があまりにもだしぬけだった。彼女は、もっと何か言うつもりでいたらしかったが、一瞬、あっけにとられたように眼を見はった。それから、膝をの

り出し、次郎の顔を下からのぞくようにして、

「そう？　ほんとう？」

と、念《ねん》を押した。

次郎は念を押されると、何だかあともどりしたくなって来た。そのくせ、首を強く縦《たて》に動かした。そして、お延がまだ疑《うたが》わしそうな眼をして、自分の顔をのぞいているのを見ると、

「ほんとうさ。」

と、おこったように言って、ぷいと座を立った。

「じゃあ、お祝いに、叔母《おば》さんがこれから御馳走《ごちそう》をこさえるわ。」

お延は、追っかけるようにそう言って、お針の道具をしまいはじめた。

次郎は、ふり向きもしないで土間におり、門口《かどぐち》を出たが、足はひとりでに墓地《ぼち》に向かっていた。

墓地をかこむ女竹林《めたけばやし》は、暮《く》れ近い風に吹《ふ》かれて、さむざむと鳴っていた。次郎は、母の墓《はか》がきょうは妙に寄りつきにくいような気がして、しばらくは、五、六間《けん》もはなれたところから、じっとそれを見つめていた。

そのうちに、彼はふと、去年の夏休みに、恭一《きょういち》と俊三《しゅんぞう》とが久方《ひさかた》ぶりに母の見舞《みま》いに来

ていたのを、本田のお祖母《ばあ》さんが、いろいろと口実《こうじつ》を設けてつれ帰った時のことを思い起こした。

彼は、恭一たちが帰ったあと、母の眼尻《めじり》から、彼のまったく予期しなかったものが真珠《しんじゅ》のようにこぼれ落ちたのを、今でもはっきり覚えている。ことに、うるんだ眼で微笑《びしょう》しながら、「次郎だけは、いつもあたしのそばにいてもらえるわね。」と言った、あの悲しい言葉は、忘れようとしても忘れられない言葉だった。

(次郎だけは――次郎だけは――)

と、彼は何度も心の中で母の言葉をくりかえした。そして、ひきつけられるように墓に近づいて行った。

墓はまだ土饅頭《どまんじゅう》のままだったが、ところどころに、しめった落ち葉がぴったりとくっついていた。彼は手で一枚一枚それをはがして行くうちに、急に悲しさがこみあげて来た。

彼はしゃがんで掌《て》を合わせ、額《ひたい》をその上にのせて眼をつぶった。そして、このごろ忘れがちになっていた母の顔を、一心《いっしん》に思《おも》い浮《う》かべようとした。

しかし、彼の眼にすぐ浮かんで来たものは、母の顔ではなくて、「お芳さん」の顔だった。えくぼがはっきり見える。彼はそれを払《はら》いのけるように頭をふった。そして、小《こ》

声《ごえ》で、

「母《かあ》さん――母さん――」

と呼んでみた。しかし母の顔はどうしてもはっきり浮かんで来ない。浮かんで来たと思った母の顔は、いつも「お芳さん」の幅《はば》の広い顔にかくれてぼやけていた。

彼は、もう、悲しいというよりは、何か恐《おそ》ろしいような気になって来た。そして、手の甲《こう》でやけに眼をこすりながら立ちあがったが、一瞬、土饅頭に視線を落としたあと、逃《に》げるように墓地の入り口に向かって走りだした。

＊

夕飯には、お芳も台所に来て、みんなといっしょにちゃぶ台についた。ご馳走《ちそう》は大したこともなかったが、赤飯《せきはん》がたいてあり、酢《す》のものがついていた。次郎はお芳とならんですわらされたが、始終《しじゅう》むっつりしていた。

お芳のほうは、はた目《め》には物足《ものた》りないほど平気な顔をしていた。強《し》いて次郎にちやほやするのでもなく、さればといって、次郎のむっつりしているのを不快に思うようなふうもなかった。彼女は、ただ、自分の食べるものだけを食べてさえいればいい、といったふうに、はた目には見えた。

お祖母《ばあ》さんとお延とが、おりおり、気をきかして、

「次郎のお母《かあ》さん、これいかが。」

と、どんぶりのものなどを二人の前に押しやったりした。お芳は、それでも、

「はい、ありがとう。」

と言ったきり、次郎の皿《さら》にそれをわけてやろうとする気《け》ぶりも見せなかった。

次郎には、どんぶりのものはどうでもよかった。彼は、しかし、「次郎のお母さん」という言葉をきくごとに、従兄弟《いとこ》たちの視線を顔いっぱいに感じて、気が重くなり、物をかむのでさえおっくうになった。

夕食後、「次郎のお母さんのおみやげ」だといって、みんなに煎餅《せんべい》がふるまわれた。おとなたちも子供たちも茶の間に集まって、それを食べた。

お祖父《じい》さんは朝から留守《るす》だったが、ちょうどその最中に帰って来た。そして、

「ほう、にぎやかだのう。」

と、みんなのなかに、次郎とお芳の顔をさがしながら、座敷《ざしき》のほうに行った。お祖母さんとお芳とがすぐそのあとについた。

しばらくすると、お芳がまた茶の間の入り口に来て、例のえくぼを見せながら、

「次郎ちゃん、ちょいと。」

と手招《てまね》きした。

次郎は相変《あいか》わらずむっつりしていたが、呼ばれるままに立っていった。するとお芳は、襖《ふすま》のかげの小暗いところで、包み紙にくるんだ平《ひら》たい箱《はこ》を次郎に渡《わた》しながら言った。

「これはね、次郎ちゃんへのおみやげ。きょうお祖父さんが町にいらしったので、お頼《たの》みして買って来ていただいたの。」

次郎は、顔をまっかにして、茶の間に帰った。お芳もそのあとからついて来た。みんなの視線がいっせいに次郎のさげているおみやげの包みにそそがれた。次郎は、もとの場所にすわるにはすわったが、その包みの置き場に困って、膝《ひざ》にのせたり、尻《しり》のあたりに置いたりしていた。

「次郎ちゃん、あけて見せろよ。」

源次《げんじ》が言った。次郎はすぐそれを源次の前につき出した。

源次はさっさと包みの紐《ひも》を解《と》いた。中は文房具《ぶんぼうぐ》の組み合わせだった。赤、黄、青、金、緑などの色がまばゆくみんなの顔を射《い》た。

「いいなあ。」

誠吉が、心からうらやましそうに、まず、言った。それから、下男や、婢《おんな》たちまでがいっしょになって、「くずすのは惜《お》しい」とか「そのまま飾《かざ》り物《もの》にしてもいい」とか、

「これだけあったら何年もつかえるだろう」とか、口々《くちぐち》にほめそやした。

次郎もうれしくないことはなかった。しかし、はしゃぐ気には少しもなれなかった。彼は、お延と何度も視線をぶっつけあっては、顔を伏せた。そして、お芳がほとんど自分のほうに注意を向けていないのを、不思議にも思い、気安くも感じた。

まもなく、座敷からお祖父《じい》さんとお祖母《ばあ》さんとが出て来た。お祖父さんはにこにこしながら、言った。

「次郎にはちと上等《じょうとう》すぎたようじゃのう。」

すると、源次が、

「僕のにちょうどいいや。」

それで、みんながどっと笑いだした。次郎は思わず笑った。

「次郎、だれも知らないところにしまっておかないと、みんなにとられてしまうよ。」

お祖母さんが言った。それでまたみんなが笑った。次郎の気持ちは、いつとはなしに少しずつほぐれて行くようだった。

寝《ね》る時刻《じこく》になった。

次郎の寝床《ねどこ》は、従兄弟たちとはべつに、座敷の次《つぎ》の間《ま》に、お芳のとならべて敷《し》かれてあった。次郎はそれを知った時には、きまりが悪いような、寂《さび》しいような、変な気がしたが、何も言わずに、お芳よりさきに、ひとりで床《とこ》についた。しばらくは眼がさえて寝《ね》つかれなかった。それでも、お芳がいつ寝たのかは、ちっとも知らないで眠《ねむ》っていた。

翌朝は、いつもより一時間あまりも早く眼をさました。お芳は、もう起きあがって帯をしめているところだったが、次郎が眼をさましたのを知ると、例の大きなえくぼを見せながら言った。

「次郎ちゃんは、ゆうべ夢《ゆめ》を見たんでしょう。」

「ううん。」

「でも、何度も寝言《ねごと》を言っていたのよ。」

次郎は何だか気がかりだった。しかし、どんな寝言だったかを問いかえしてみるだけの楽な気持ちには、まだなっていなかった。するとお芳が、またえくぼを見せながら、

「どんな寝言だったと思うの。」

「わかんないなあ。」

「教えてあげましょうか。」

「ええ。」

「それはね――」

とお芳は少し間《ま》をおいて、

「母《かあ》さん、母さんって。――」

次郎は、はっとしてお芳を見た。お芳のえくぼは、まだ消えていなかった。しかし、次郎の眼には、そのえくぼが妙にゆがんでいるように見えた。

次郎は、いそいでふとんを頭からかぶってしまった。するとお芳が枕元《まくらもと》によって来て、

「次郎ちゃんは、きっと亡くなったお母さんを呼んでいたのね。でも、あたしもうれしかったわ。」

次郎はふとんの中で、思わず身をちぢめた。そして、心のうちで、

「うそつけ!」

と叫《さけ》んでみた。しかしそれはまるで力のない叫びだった。彼は生まれてこのかた感じたことのない妙な感じに包まれていた。それはうれしいような、それでいて腹がたつような感じだった。

(どうして母さんと呼ばなければならないのだろう。もし叔母《おば》さんと呼んでもいいのなら、どんなにでも気安く話ができるのに。)

彼はそんな気がしていた。そして、いつまでもふとんから顔を出そうとしなかった。

五　外科手術《げかしゅじゅつ》

「実は、ぶちまけたところ、そんなような事情なんです。……むろん、正木《まさき》のほうから、いちおう申しあげたはずだと存じますが、私からじかに申しあげてみたら、また、いくぶんお感じの上でちがう点もあろうかと存じまして……」

と、俊亮《しゅんすけ》は、まるっこい膝《ひざ》を、手のひらでこすりこすり言った。

「なるほど、それでわざわざお出《い》でくだすったとおっしゃるのか。じゃが、正木さんからうかがったところと、ちょっともちがってはいませんな。」

大巻運平老《おおまきうんぺいろう》は、とぼけたようにそう答えて、顎鬚《あごひげ》をぐいとひっぱった。その大きな眼《め》玉《だま》は、天井《てんじょう》を見ている。あまり愉快《ゆかい》そうな表情ではない――。運平老は、お芳《よし》の父で、次郎が天狗《てんぐ》の面《めん》に似ていると思っている人なのである。剣道《けんどう》に自信があり、裏の土蔵《どぞう》を道場代わりにして、村の青年たちに、おりおり稽古《けいこ》をつけてやっている。鉄庵《てつあん》と号して画《え》も描《か》く。四君子《しくんし》のほかに、鹿《しか》の密画《みつが》が得意《とくい》である。

俊亮は、運平老の気持ちをはかりかねて、用心ぶかくその顔色をうかがった。すると運平老は、急に背骨《せぼね》をまっすぐにし、天井《てんじょう》に注《そそ》いでいた視線を、射《い》るように俊亮の顔に転じて、かみつくように言った。

「あんたは、つまるところ、今度《こんど》の話を取り消しにおいでになったわけじゃな。」

「いや、決してそんなわけでは……」

「なるほど、あんたの口から取り消そうとはおっしゃらん。じゃが、その代《か》わりに、わしに取り消させようというのが、あんたの本心じゃろう。」

「とんでもない。そんなふうにとられましては……」

「すると、やっぱりお芳は約束《やくそく》どおりもらってくださるのかな。」

「そりゃあ、もう、こちら様さえ、ただ今申しあげたような事情を、十分ご承知《しょうち》くだすったうえのことであれば……」

「その事なら、はじめから承知していますがな。」

「そうですと、きょうわざわざおじゃまにあがる必要もなかったんです。ただ、私としましては、どの程度《ていど》に正木からお話し申しあげてありますか、実はその点が非常に気がかりだったものですから……」

「あんたも、よっぽど神経質じゃな、はっはっはっ。じゃが、わしもそれで安心しましたわい。」

と、運平老は、がらりとくだけた態度になり、

「いや、恥《はじ》を言えば、おたがいさまでしてな。何しろ、お芳という女は、ごらんのとおりのの、ろ、まで、女学校にもとうとうあがれなかったし、かたづいた先からは、子供が亡《な》くなったのを幸《さいわ》いに追い出されるし、実は、もう、わしのほうで一生飼《か》い殺《ごろ》しの腹をきめておりましたのじゃ。ところが、正木さんでは、そのの、ろ、まなところが、かえって気に入《い》ったとおっしゃるのでな。」

「恐縮《きょうしゅく》です。」

「それで、あんたにも、そのの、ろ、まなところを買っていただきたい、と思っていますのじゃ。の、ろ、まなだけに辛抱《しんぼう》はいくらでもしますぞ。あんたが無理やりに引きずり出すようなことさえなさらなきゃあ、めったなことで、自分からおんでるような、気のきいた女ではありませんのでな。そこはあんたとちがって、豚《ぶた》のように無神経ですよ。」

「これはどうも……。」

「いや、ほんとうじゃ。豚ではちとかわいそうなら、まあ山出《やまだ》しの女中と思っていただければ、まちがいありますまい。」

「何をおっしゃいます。」

「いや、山出しの女中と言えば、あいつも一つだけとりえがありますのじゃ。それは

漬物《つけもの》がなかなかじょうずでしてな。あいつの漬けた糠味噌《ぬかみそ》じゃと、お母《かあ》さんにもきっとお気に召《め》しますわい。」

運平老はすこぶるまじめである。俊亮は、むずがゆそうに頰《ほお》をゆがめた。

「ところで——」

と、運平老は、急に思い出したように、うしろの茶棚《ちゃだな》にのせてあった一枚の葉書《はがき》をとって、それを俊亮のほうにさし出しながら、

「きのう、次郎君がわしにこんな葉書をくれましてな。字はあまりじょうずでもないようじゃが、書くことが気がきいとりますわい。これには大巻運平も一本参りましてな。」

「へえ——」

俊亮は、葉書を受け取って、すぐそれに眼《め》を走らせた。ペン書きである。恭一《きょういち》にもらった万年筆《まんねんひつ》をつかったものらしい。慣《な》れないせいか、字は、なるほど鉛筆《えんぴつ》書きの時ほどうまく書けていない。文句《もんく》にはまずこうあった。

「お祖父《じい》さん。こないだは大へんお世話になりました。僕《ぼく》は、剣道を教えてくださるお祖父さんができて、うれしくてなりません。このつぎの日曜日も、きっと参りますから、また教えてください。」

俊亮は、そこまで読むと、葉書から眼をはなして、

「へえ――。もうこちらにおじゃまにあがったんですか。」

「この前の土曜に、お芳がつれて来ましてな。一晩《ひとばん》泊まって行きましたのじゃ。」

「それに、さっそく剣道の稽古《けいこ》までしていただいたんですね。」

「大いにやりましたよ。……じゃが、まあ、葉書を終わりまで読んでもらいましょうか。」

俊亮は読みつづけた。

「しかし、お祖父さん、こんど教《おそ》わる時には、もう「かあっ、かあっ」とかけ声を出すのはよしたいと思います。お祖父さんが出せとおっしゃっても出しません。それは、昨日《きのう》から、そんなかけ声を出さなくってもいいようになったからです。こんどの日曜には、もっとほかのかけ声を教えてください。さよなら。」

俊亮はわけがわからなくて、何度《なんど》も読みかえした。運平老は、ひとりでにこにこしながら、

「な、どうです。なかなか要領《ようりょう》を得とりましょうが。」

「はあ――」

「もうそんなかけ声を出さなくてもよいようになった、という文句には、まさに千鈞《せんきん》

の重みがありますわい。」

「はあ。――しかし、私には、何のことだか、ちっともわかりませんが――」

「いや、なあるほど。こりゃ、あんたには、ちとわかりかねますかな、はっはっはっ。」

と、運平老は膝《ひざ》をゆすった。それから、急にまじめな顔をして、

「実を言いますと、わしはお芳を正木さんにおあずけしたあと、次郎君との仲がどうだろうかと、そればかりが気になっていましてな。で、お芳に手紙を出して、わしも助《すけ》太刀《だち》をしてやるから一度次郎君をこちらにつれて来い、と申しつけましたのじゃ。ところが、来てみると、二人の仲は案じたほどわるくない。こりゃお芳にしては上《じょう》できじゃ、と思いましたわい。」

「そのことは、私のほうにも正木から報《し》らしてもらっていましたので、内心喜んでいたところです。」

「もっとも、これはお芳ひとりではどうにもならんことじゃで、次郎君の心がけがよいからでもありますのじゃ。」

「いや、あいつ、まったく一筋縄《ひとすじなわ》では手におえん子供でして――」

「そう言えば、なるほどそういうところもありますな。じゃが、お芳との仲は、あん

がいうまくいっとりますぞ。そこは、わしがちゃんとにらんでおきましたのじゃ。お芳ののろまも、こうなると、まんざら捨てたものではありませんな。はっはっはっ。」

俊亮はあいさつに困っている。

「ところで、わしがひとつ気になりましたのは、次郎君の口から、まだどうしても、母《かあ》さんという言葉が出ないことでしたのじゃ。あんたは、それはまだ早すぎる、とおっしゃるかもしれん。じゃが、こんなことは、はじめが大事でしてな。はじめに言いそびれると、あとでは、いよいよむずかしくなりますのじゃ。」

「ごもっともです。」

「それも、いっそ、そんなことが気にならなければ、何でもないようなものじゃが、なかなかそうは行きませんのでな。母さんと呼べないばかりに、さきざきちょっとした用事を言うにも、奥歯《おくば》に物がはさまったような言葉づかいをしなけりゃならん。一生そんな気まずい思いをしちゃあ、ばかばかしい話ですよ。」

「ごもっとも。」

「そりゃあ、母でもないものを母と呼ばせようとするのが、そもそもの無理じゃで、そんな無理をしないですめば、それにこしたことはない。じゃが、必要があって無理をするからには、思いきりよくやるほうがよいと思いますのじゃ、無理というやつは、外《げ》科手術《かしゅじゅつ》のようなもので、用心しすぎると、かえってしくじりますのでな。」

「ごもっとも。」

俊亮は、ただ「ごもっとも」をくりかえしている。そのうちに、運平老は、次郎の葉書のことなど忘れてしまったかのように、家じゅうにひびきわたるような声で、ひとくさり「なさぬ仲論」を弁じたてた。

それによると、なさぬ仲はあくまでもなさぬ仲で、自然の親子ではない。自然の親子でないものに、自然の親子と同じような気持ちになれと求めるのは、そもそも間違《まちが》いである。そんな間違った要求をするから、何でもないことまでが、ややこしくなって、かえって二人の仲が他人より浅《あさ》ましいものになる。それは、ごまかそうとしてもごまかせないものを、強《し》いてごまかそうとして、人間が不純《ふじゅん》になるからである。何よりもいけないのは、この不純だ。人間が不純でさえなければ、なさぬ仲はなさぬ仲のまま楽しくなれないわけはない、というのである。

俊亮もこれにはまったく同感だった。しかし、それでは強いて「母《かあ》さん」と呼ばせなくてもいいことになりはしないか、という気もして、運平老のそれに対する意見を、内心興味をもって待っていた。

運平老は、しかし、その点になると、論理の筋道《すじみち》をたてる代わりに、相変《あいか》わらず外科手術の比喩《ひゆ》を用いた。つまり、なさぬ仲は、人間と人間とを外科手術で縫《ぬ》いつけるようなものだから、縫いつけるに必要な手数だけは、びくびくしないで、やっておかなければならぬ。子供に「母さん」と呼ばせるのも、その手数の一つで、それは世間体《せけんてい》や何かのためではない。それが手おくれになると、きずがうまく癒着《ゆちゃく》しない、というのである。

「世間体など、どうでもよいことですよ。外科手術のきずはどうせかくせませんからな。ただ、わしは、そのきずがどんなに大きいきずでも、よく癒着していさえすりゃよい、とそう思いますのじゃ。」

運平老は、そう言って正月以降考えぬいていたらしい「なさぬ仲論」をやっと終わった。

俊亮は、次郎にとってこれはいいお祖父《じい》さんができたものだ、と思い、次郎の葉書《はがき》に、意味はわからないが、何となく愉快《ゆかい》な調子が出ているのも、なるほど、という気がした。そうして、もう一度葉書に眼をとおした。

「そこで、次郎君のその葉書じゃが――」

と、運平老も、やっと葉書のことを思い出したらしく、

「わしは、次郎君に、母さんと呼ぶのを、剣道で仕込《しこ》んでみたいと思いつきましてな。」

「そうです。剣道で。……こいつは、自分ながら妙案《みょうあん》じゃと思いましたわい。」

運平老は、そう言って、ひとりで愉快そうに笑った。俊亮は、まるで狐《きつね》にでもつままれたような顔をしている。

「へえ？　剣道で？」

「次郎君はなかなか元気でしてな、竹刀《しない》を握《にぎ》らせると、もう夢中《むちゅう》になって打《う》ち込《こ》んでまいりましたわい。ところで、これははじめのうちだれでもそうじゃが、うまくかけ声が出ない。出ても気合《きあ》いがかからない。そこをうまく利用しましてな、口を大きくあけてかあっ、かあっ、かあっと怒鳴《どな》ると気合いがかかる、と言ってやりましたのじゃ。」

「へえ――？」

「すると、次郎君、言われたとおりに、かあっ、かあっと叫《さけ》んで打ち込んで来る。そのかあっという声がうまく出るたびに、わしが、わざとわしの面《めん》を打たせてやりますと、次郎君いよいよ調子づきましてな。」

「へえ――」

「次郎君はあんがいすなおな子供ですぞ。」

俊亮は眼をぱちくりさした。

「すなおじゃから、かあっと気合いをかけさえすれば、面がとれると思い込んで、一《いっ》所懸命《しょけんめい》に打ち込んでまいりますのじゃ。」

「なるほど。」

「それで、うんと汗《あせ》をかきましてな、それからいっしょに風呂《ふろ》にはいりましたのじゃ。すると、次郎君、風呂小屋の中でも、ときどき思い出しては両手をふりあげて打ち込みのまねをする。相変わらずかあっ、かあっ、かあっと気合いをかけましてな。」

「へえ――」

「そこをすかさず、わしが、小声《こごえ》でさんとあとをつけましたのじゃ、そのたんびに。」

「なるほど。」

俊亮は、しかし、まだちっとも、なるほどだという顔をしていない。

「次郎君も、最初のうちはそれに気がつかないでいたようじゃが、何度もやっているうちに、けげんそうな眼をしてわしの顔を見ましてな。それから、しばらく突《つ》っ立《た》って何か考えるようなふうでいましたが、急に、ああそうか、と言って恥《は》ずかしそうに横を向きましたわい。」

「いや、なるほど。」と、俊亮は笑いながら、

「それで、風呂を出たあと、うまく母《かあ》さんと言いましたか。」

「いいや、なかなか言いません。そりゃあ、そう急に言うわけがありませんわい。わ

しも、そんなに急に言わせるつもりもありませんでしてな。わしは、しかし、次郎君は剣道が好きじゃと見込《みこ》みまして、それに望みをかけましたのじゃ。」

「はあ――」

「剣道が好きじゃとすると、またここに来て稽古《けいこ》がしてみたくなる。稽古がしてみたくなると、きっとかあっというかけ声のことを思い出す。ついでに風呂小屋でのさんを思い出す。さあ、そうなると、剣道をよすか、思いきって母《かあ》さんと言うか、二つに一つじゃが、そこは次郎君が自分で考えることになりますわい。それも、次郎君が、母さんと呼ぶのを心からきらっておれば話になりませんがな。」

「なるほど。」

俊亮は、今度はいくぶん、なるほどという顔をした。

「ところで、どうです。この葉書は？　わしもこんなに早く計画が図《ず》に当たるとは思いませんでしたわい。はっはっはっ。」

運平はいかにも愉快そうに、からだをそらして笑った。

俊亮は、しかし、笑わなかった。彼《かれ》は、むしろ涙《なみだ》ぐんでいるようにさえ見えた。そして握《にぎ》っていた次郎の葉書に、じっと眼をおとしながら、いかにも感慨深《かんがいぶか》そうに言った。

「次郎も、すると、まだ子供らしいところがいくらかはありますかね。」

「そりゃあ、ありますとも。次郎君はやっぱり子供ですぞ。はっはっはっ。」

運平老はもう一度大きく笑った。

俊亮も微笑《びしょう》した。しかし彼は、鼻の奥《おく》にあまずっぱいものを感じて、眼を伏《ふ》せたままだった。

運平老は、それから、襖《ふすま》の向こうにいた夫人を呼んで、湯豆腐《ゆどうふ》と酒とを用意させた。まだ夕食には早い時刻《じこく》だったし、俊亮はそれを辞退《じたい》して帰ろうとしたが、運平老が、息子《むすこ》の徹太郎《てつたろう》ももう帰るころだから、ぜひ会っておいてくれと言うので、腰《こし》をおちつけることにした。

大巻夫人は、でっぷりと肥《ふと》ったお婆《ばあ》さんだった。俊亮も、口をきくのは今日《きょう》がはじめてだったが、無口《むくち》なわりに人が好さそうで、いかにもお芳の母らしいにぶさがあった。

運平老が陶然《とうぜん》となって、

「お芳もこれでいよいよ落ちつくところがきまって、安心じゃな、婆さん。」と言うと、

「どうか末ながくお頼《たの》みいたします。徹太郎の嫁《よめ》をもらうにも、あれがおりましては、何かとぐあいが悪うございましてな。」

と正直《しょうじき》なところを言って、俊亮の前にていねいに頭をさげた。その様子《ようす》が、俊亮をほろりとさせた。

徹太郎が帰って来たのは、もう暗くなるころだった。彼は師範《しはんで》出の秀才で、付属の訓《くん》導《どう》をつとめており、一里《いちり》ほどのところを自宅から通っている。今年ちょうど三十歳《さい》で、眼《め》鼻《はな》だちのいかついところが、運平老そっくりである。背《せ》も高い。俊亮との初対面のあいさつも、きびきびしていて気持ちがよかった。

「次郎君のことは、父からいろいろ聞いています。こないだは、あいにく学校の用件で出張していたものですから、お会いできなくて残念でした。これから僕もできるだけお相手をしてみたいと思っています。中学校の入学試験も、もうまもなくですが、それがすみましたら、ひとつ山登りにでもおつれしましょうかね。」

彼は俊亮に酒をすすめながら、しきりに次郎のことを話題にした。

俊亮もつい気持ちよく杯《さかずき》を重ねて、九時近くに大巻の家を辞した。彼は自転車で寒い風を切りながら、きょうの訪問が決してむだではなかったと思い、重荷をひとつおろしたような気がした。が、また、一方では、何ひとついい条件なしにお芳を迎《むか》えなければならない家庭の事情を思って、いよいよ気が重くなるのであった。

六　卑怯者《ひきょうもの》

三月にはいると、まもなく中学校の入学試験だった。次郎《じろう》たちの学校からは、昨年不合格だった源次《げんじ》たちの仲間を加えて、都合《つごう》十五名が願書を提出した。

毎年の例で、みんなは一名の先生につきそわれて、試験のはじまる二日まえから、西福寺という町のお寺に合宿することになった。二日もまえから合宿をはじめるのは、町の地理や、中学校の建物の様子《ようす》などに、まえもっていくらかでも慣《な》れさしておくことが、みんなの試験度胸《どきょう》をつくるのに必要だと思われたからである。しかし、みんなとしては、そんなことよりも、一日も早くにぎやかな町に行き、そこでいっしょに寝泊《ねと》まりできるということが、ただわけもなく楽しかった。——一般《いっぱん》にこのへんの児童は、入学試験に対しては割合《わりあい》にのんきで、競争意識で神経をいらだたせる、といったようなことはあまりなかったのである。

付《つ》き添《そ》いの先生は、次郎や竜一《りゅういち》たちを四年から受け持ってくれていた権田原《ごんだわら》先生だった。

この先生は、児童たちが何かいたずらでもやっているのを見つけると、その大きな眼《め》をむいて拳固《げんこ》をふりかざしておきながら、すぐその手でやさしく児童たちの頭をなで、「これから気をつけるんだぞ。」と言って、それっきり、けろりとなるといったふうな、飄然《ひょうぜん》としたなかに、いかにも温情のあふれている先生で、年齢《とし》はもう四十を越していたが、師範《しはん》を出ていないせいか、学校での席次は、まだ四席かそこいらのところだった。毛《け》むくじゃらな、まんまるい顔を、羊羹色《ようかんいろ》の制服の上にとぼけたようにのっけて、天井《てんじょう》を見ながらのっそりと教壇《きょうだん》に上がって来るくせがあったが、その様子が、不思議に児童たちの気持ちをまじめにもし、またなごやかにもするのだった。

　この先生が付き添いときまってからは、合宿はみんなにとっていよいよ輝《かがや》かしいものに思われ、彼らはよるとさわるとその話をして、町に行く日を首をながくして待っていた。

　ただひとり楽しめなかったのは次郎だった。彼は、むろん、合宿に加わりたいのが精《せい》いっぱいで、町に自分の家があるのがうらめしい気にさえなり、

（先生のほうで、みんなを合宿させることにきめてくれるといいが――）

と、心のうちで祈《いの》ったりしていた。しかし、権田原先生は、自分が付き添いときまった日に、みんなを集めて、合宿に必要な諸注意や、費用のことなどを話したあと、次郎

の頭をなでながら言った。

「本田《ほんだ》は合宿のめんどうがなくていいね。だが、試験の時間におくれんように気をつけるんだぞ。いずれ先生が君《きみ》のうちに寄って、よく打ち合わせておくが。」

次郎はがっかりした。それでも、彼は、正木《まさき》のお祖父《じい》さんが、「源次は本田にお世話になるより、合宿のほうで先生にめんどうを見ていただくほうが安心じゃ。」と言ったのを知っていたので、自分から願いさえすれば、源次と同じにしてもらえそうな気もして、それを言いだす機会をねらっていた。しかしそんな機会はとうとう見つからなかった。お祖父さんも、お祖母《ばあ》さんも、試験の話にさえなると、「このごろは恭一《きょういち》が、次郎をきっと試験にうかるようにしてやると、はりきって待っているそうだ。」といったような話をして、次郎を励《はげ》ますことばかりに熱心になるのだった。

次郎は、合宿がだめなら、源次か竜一のうち、せめて一人だけでも町の自分の家に泊まってくれればいいと思って、そっと二人にそれをすすめてみた。源次は、しかし、即《そく》座《ざ》に「いやだ」と答えた。そして、

「お祖父さんだって、僕《ぼく》は先生のそばにいるほうがいいって言っているじゃないか。」

と、いかにもお祖父さんが自分の肩《かた》をもって、そんなことを言いでもしたかのような口《くち》ぶりだった。

竜一のほうは、次郎の家に泊まるのが、まんざらいやでもなさそうだったが、その場ではっきりした返事もせず、翌日になって、

「うちでいけないって言うよ。」

と、気《き》の毒《どく》そうにことわった。

次郎は、そうなると、いよいよみんなにのけ者にでもされたような気になり、幼《おさな》いころから本田の家で味わって来た不快な感情が、どこからともなくよみがえって来て、だれかが合宿の話でもしだすと、つい荒《あら》っぽいことを言ったり、皮肉《ひにく》な態度に出たりしたくなるのだった。――過去の深刻《しんこく》な運命というものは、それに似た新しい小さな運命をあざけるとばかりは限らない。それは、ちょうど骨《ほね》の髄《ずい》をいためた古疵《ふるきず》と同じように、ちょっとした寒さにもうずきだすことがあるものなのである。

町に出て行くのは、次郎もみんなといっしょだった。その日、みんなは、いつもの朝礼の時間に学校にあつまり、全校児童のまえで、校長先生からの激励《げきれい》の辞《じ》をうけ、ばんざいの声におくられて、権田原先生を先頭に、寒い春風のなかを粛々《しゅくしゅく》として校庭を出た。

校門を出て五、六分も行くと、天満宮《てんまんぐう》の前だった。

権田原先生は、そこでみんなにひとりびとり拝殿《はいでん》の鈴《すず》を鳴らさした。それから、また列を作って歩きだしたが、しばらくたつと、みんなはもうわいわいはしゃぎだし、列も

いつのまにか乱れて、道いっぱいにひろがり、先頭も後尾《こうび》もないようになった。先生は、それでも何とも言わないで、例のとおり、ふとった頸《くび》の肉を詰《つ》め襟《えり》のうえにたるまして、のそのそと歩いていた。が、だしぬけに立ちどまって、うしろをふり向いたかと思うと、

「こらあっ！」

と、破鐘《われがね》のような声でどなりつけ、にぎりこぶしを高くふりあげた。

みんなは、一瞬《いっしゅん》ぴたりと足をとめて、先生を見た。しかし、だれも心から恐怖《きょうふ》を感じているようには見えなかった。先生のにぎりこぶしはいかにも豪壮《ごうそう》だったが、その眼《め》は微笑《びしょう》をふくんで、みんなの頭ごしにずっと遠くのほうを見ているように思えたのである。

先生は言った。

「勝手《かって》に列をくずしたり、おしゃべりしたりするのは卑怯《ひきょう》だぞ。先生の眼はうしろにはついとらんからな。」

そして、そう言ってしまうと、すぐまたくるりと向きをかえて、のそのそと歩きだした。みんなは、自分たちで、校庭を出た時のようにきちんと列を正し、しずかにそのあとについた。が、それで一丁《いっちょう》ほども歩いたかと思うと、先生は、今度《こんど》は、前を向いたまま、弁当をぶらさげていた手を高くふりあげて言った。

「うむ、それでいい、もうそれでおしゃべりをはじめてもかまわん。ついでに列をく

ずすことも許してやろう。別れっ。みんな先生より先に行くんだ。いつまでも先生のあとにばかりついているような人間は偉《えら》くなれん。試験も落第《らくだい》だ。」

みんなは、いっせいにわっとわめいて、先生を半丁ほども追いぬいた。中には一丁以上も追いぬいたものがあった。次郎もみんなといっしょに先に出るには出たが、しかし、みんなのなかでは、彼が一番あとで、先生との距離《きょり》は五間《けん》とははなれていなかった。彼は、みんなといっしょになってはしゃぐ気がしなかったのである。

おおかた十四、五分間も、彼はだれとも口をきかないで歩いた。まだ芽をふかない道ばたの櫨《はぜ》の木から、一羽《わ》の大きな鴉《からす》が、ため池の向こうの麦畑に舞《ま》いおりて、首をかしげながらこちらを見ているのが、妙《みょう》に彼の心をひいた、彼は、その鴉を見た眼で、ひょいとうしろをふりかえって見た。すると、権田原先生もその鴉を見ていた。しかし、次の瞬間《しゅんかん》には、二人の眼がぶっつかった。先生の眼は無表情なような、それでいて次郎の心をとらえずにおかない、深い眼だった。

次郎は、何かきまりわるいような気がして、いそいで正面を見た。すると先生が言った。

「本田、お前は先生といっしょに歩け。」

二人はすぐ並《なら》んで歩きだした。しかし、どちらも、しばらくは口をきかなかった。

「君は中学校にはいると、いよいよ本田の人になるんだね。」

五、六分もたってから、先生がやっと言った。

次郎は、答える代《か》わりにそっと先生を見上げた。すると先生がまた言った。

「君が正木のお祖父《じい》さんのうちに行ってから、もうどのくらいになるかね。」

「四年生からです。」

次郎は今度ははっきり答えた。しかし彼の眼は自分の足先《あしさき》ばかり見ていた。

「ふむ、そうだったね。先生が君らの受持ちになった年の夏からだったね。……ふむ。」

次郎は、正木のお祖父さんが、そのころめずらしく学校にやって来て、権田原先生と教員室で何かしきりに話しあっていたことがあったのを思い起こした。

「ふむ、するともうあれから二年半になるんか、ふむ。」

先生は、それから、何度《なんど》も思い出したように、「ふむ」をくりかえした。次郎は、その「ふむ」を聞きながら、いまに先生が、亡《な》くなった母や、今度の母のことを言いだしそうな気がして、妙に緊張《きんちょう》した気分になっていた。先生は、しかし、とうとうそれには触《ふ》れなかった。

「先生、合宿ってどんなことをするんですか？」

かなり沈黙《ちんもく》がつづいたあと、今度は次郎がたずねた。

「合宿か――」

と、権田原先生はちょっと言葉をきって、

「合宿はなんでもないさ、いっしょに食《く》って寝《ね》るだけだよ。」

次郎は、先生がわざとそんなふうに言っているような気がして、何か物足《ものた》りなかった。

「合宿なんかより、自分の家《うち》がいいさ。」

権田原先生は、しばらくして、またぽつりとそう言った。次郎は、しかし、それも先生の本心から出た言葉ではないように思って、寂《さび》しかった。

ほかの児童たちは、もうそのころには、めいめい一本ずつの竹ぎれや棒《ぼう》ぎれを握《にぎ》って、ちゃんばらのまねをしたり、並木《なみき》の幹《みき》や枝《えだ》をなぐりつけたりしながら、歩いていた。先生は、それに気がつくと、だしぬけに例のどら声《ごえ》をはりあげてどなった。

「おうい、黙《だま》って立っている木をなぐるのは卑怯《ひきょう》だぞうっ。」

「卑怯だぞ」というのは、先生の口癖《くちぐせ》だったが、次郎には、それがその時いかにもおもしろく響《ひび》いた。で、つい笑顔《えがお》になって先生の横顔を見上げた。先生の眼は、しかし、まっすぐに児童のほうに注《そそ》がれていた。

二人は、それからまたかなりながいあいだ口をきかなかった。

次郎は、児童たちのちゃんばらのまねから、ふと、大巻《おおまき》のお祖父《じい》さんに剣道《けんどう》を教《おそ》わった事や、お芳《よし》を「母《かあ》さん」と呼ぶようになったことなどを連想しながら、歩いていた。すると、先生は、ひょいと帽子《ぼうし》の上から次郎の頭に手をあて、それをゆさぶるようにしながら、言った。

「本田はいろんな人にかわいがってもらって、しあわせだね。」

次郎は、これまで、自分で自分をしあわせな人間だと思ったことなど、一度だってなかった。また、周囲の人々にそんなふうに言われた覚えも、かつてないことだった。自分も周囲の人々も、自分を不幸な子供だときめてしまっているところに、自分のその日その日が成り立ってでもいるかのような気持ちで、あらゆる場合をきりぬけて来たのが、彼の物《もの》ごころついてからの生活だったのである。だから、彼は、権田原先生にそう言われても、変にそぐわない気がするだけだった。

「どうだい、自分ではそう思わないかね。」

と、先生は次郎の頭をもう一度ゆさぶった。次郎は顔をあげて、ちらと先生の眼を見たが、やはり返事はしなかった。

「世の中にはね――」

と、先生は次郎の頭から手をはずして、ゆっくり言葉をついだ。

「たくさんの幸福にめぐまれながら、たった一つの不幸のために、自分を非常に不幸な人間だと思っている人もあるし、……それかと思うと、不幸だらけの人間でありながら、自分で何かの幸福を見つけだして、勇ましく戦っていく人もある。……わかるかね。……よく考えてみるんだ。」

次郎には、先生の言い方が少しむずかしかった。しかし、まるでわからないというほどでもなかった。で、何度もその言葉を心のうちでくりかえしているうちに、先生が何のためにそんなことを言ったのかが、次第《しだい》にはっきりして来た。彼は、乳母《うば》、父、正木一家、春子《はるこ》、恭一、そして最近の大巻一家と、つぎからつぎに、自分との交渉《こうしょう》の深かった人たちのことを思いうかべてみた。そして、現在自分の不幸の原因になっている人は、けっきょく本田のお祖母《ばあ》さんだけだと気がついた時に、彼は、自分というものが急にまるでちがった世界におかれたような気がして、何か驚《おどろ》きに似たものを感じずにはおれなかった。

この驚きは、彼にとって決して無意味ではなかった。むろん、それは、まだ何といってもかるい知的な驚き以上には出ていなかったので、それによって、彼がはじめて母の愛を感じた時のような大きな転機を、彼に求めるわけにはいかなかった。しかし、彼の年配《ねんぱい》での、物《もの》ごとの知的理解というものは、これまでそれをくらましていた主観の雲が濃《こ》ければ濃いほど、時としては、かえって大きな力になっていくものなのである。

実際、権田原先生は、自分の予測した以上の変化を次郎の様子にみとめて、自分ながら驚いた。重かった次郎の足は、それから見ちがえるほど軽くなり、口のきき方も次第にはればれとなって来たのである。

次郎は、それからかなりたってから、だしぬけに言った。

「先生、僕、これまで、まちがっていたんです。僕、こんどはうちで恭《きょう》ちゃんに教えてもらって、うんと勉強します。」

「うむ。……恭ちゃんて、君の兄《にい》さんだったね。」

「ええ、中学校の二年生です。僕と仲よしなんです。」

「そりゃいいね。だが、試験間《ま》ぎわの勉強はかえってよくない。それよりか、気持を愉快《ゆかい》にしていることだ。つまらんことで腹をたてたりしちゃいかんぞ。ひょっとして腹がたつことがあったら、すぐ合宿のほうに遊びにやって来い。」

「はい。でも、僕、もう腹をたてません。」

次郎は、先生が自分のことをなにもかも知っていてくれるような気がして、うれしかった。で、彼は誓《ちか》うように、はっきり答えたのである。

「そうか、うむ。……だが、君は、合宿に加われんぐらいなことで、こないだから腹をたてていたようだね。」

次郎は頭をかいた。先生は微笑しながらその様子を見ていたが、また急にまじめな顔になって、「君を合宿に加えるのは何でもないことさ。だが、それでは本田次郎は卑怯《ひきょう》者《もの》になってしまう。先生は、君を卑怯者にしたくなかったんだ。正木のお祖父《じい》さんだって、先生と同じ考えにちがいない。……偉い人にはね、本田、きらいな人間もなければ、きらいな場所もないんだ。それは勇気があるからさ。正しい勇気さえあれば、どんなことにだってぶっつかっていける。本田のように好ききらいがあるのは、ちと卑怯だぞ。」

先生はまた「卑怯だぞ」と言った。そして次郎には、この時ほど先生の「卑怯だぞ」がぴんと心にひびいたことはなかった。

(そうか、先生はそんなことを考えていたんか――)

次郎は、何度も心の中でそう思いながら、このごろにない快い興奮《こうふん》を感じた。

まもなく、みんなは一軒《いっけん》の茶店にはいって弁当をひらいたが、その頃《ころ》には、次郎はもうほかの児童たちといっしょになって、いつものとおり元気よくものを言っていた。

七　枕時計《まくらどけい》

入学試験の第一日は無事にすんだ。その日は、次郎の得意《とくい》な読み方や綴《つづ》り方《かた》だったので、彼《かれ》は成績にも十分の自信を得て帰って来た。

第二日目は算術だった。

算術は、どちらかというと、次郎には苦手《にがて》なのである。恭一《きょういち》はそれを心配して、次郎が正木《まさき》から帰って来たその日から、ほとんどつきっきりで、そのほうの勉強を手伝ってやった。二人は頬《ほお》をよせあって問題を解《と》いた。次郎は、学校で先生に教《おそ》わるのとは何かちがった、身にしみるような新しい気持ちで勉強に熱中するのだった。

だが、その試験も明日にせまると、恭一は、いかにも心得顔《こころえがお》に言った。

「算術の試験には、うんと頭をやすめておくほうがいいんだぜ。だから、きょうは早くねようや。」

で、九時近くになると、二人は床《とこ》につく用意をはじめた。

二階の勉強部屋《べや》が、二人の寝間《ねま》だった。二人は自分たちの机《つくえ》のまえに、ほとんど重なりあうようにして、床をのべるのだった。恭一はこれまで、自分の家に寝《ね》るかぎり、一晩《ひとばん》だってお祖母《ばあ》さんと部屋《へや》をべつにしたことがなく、いつも俊三《しゅんぞう》と三人で座敷《ざしき》に枕《まくら》をならべる習慣だったが、今度《こんど》次郎が帰って来ると、さっそく二人で相談して、勉強の都合《つごう》を理由に、そんなことにきめたのだった。

むろん、それがお祖母さんに気に入るはずがなかった。お祖母さんにしてみると恭一が自分の遊ぶ時間もないようにして、次郎の勉強の相手になっているのが、だいいち心外にたえなかった。もうそれだけで、恭一がひどくばかをみているように思えたし、それに恭一の親切をいいことにして、あくまでも図《ず》にのっている次郎が、小面憎《こづらにく》くてならなかった。次郎のため少しでも恭一が犠牲《ぎせい》になるなんて、まったくあるまじきことだ、というのが、お祖母さんのながい間の信念みたようになっていたのである。だから、恭一が寝間を二階にかえる話をしだすと、お祖母さんは、とんでもないというような顔をして言った。

「ばかになるのもいいかげんにおしよ。お前、そんなふうだと、次郎にどこまでも甘《あま》く見られて、今にお尻《しり》までふかされるよ。」

恭一は、そう言われて黙《だま》りこんだ。生まれつき繊細《せんさい》な彼の神経は、お祖母さんのそんな物の言い方を、正面からはねかえすことができなかったのである。

「だって、どうせ次郎ちゃんは座敷にいっしょに寝られないんでしょう。狭《せま》いんだもの。」

恭一はしばらく考えたあと、やっと自分の言うことが見つかったらしかった。

「そりゃあ寝られないとも、八畳《じょう》に四人はね。」

「すると、次郎ちゃんはどこに寝るんです。」

「そんなこと、お前が心配しなくてもいいじゃないかね。次郎はどこにだってねるよ。」

「やっぱり父《とう》さんとこにねるんです?」

「それが好きなら、それでもいいさ。」

「でも、僕《ぼく》と俊《しゅん》ちゃんがいっしょで、次郎ちゃんがべつになるのは、いけないと思うんです。」

「それがどうしていけないのかい、どうせ三人のうち一人はべつになるんだろう。」

お祖母さんは、兄弟《きょうだい》三人をいっしょにして、自分がべつの部屋にねることなんか、ちっとも思いつかないらしい。

「一人だけ別になるんなら、僕がならなくちゃあ。」

恭一はいつになくはき出すような調子で言った。

「お前、どうしてそんなことをお言いだい。お祖母《ばあ》さんといっしょのお部屋に寝るのが、いやにでもなったのかい。」

「ううん、そんなことありません。だって、次郎ちゃんより僕のほうが年上なんだもの。」

「まあ、まあ、急にお兄《にい》さんにおなりだこと。」

と、お祖母さんは、冗談《じょうだん》のように言って笑ったが、すぐまた真顔《まがお》になって、

「そりゃあね、恭一、年ではお前のほうが兄さんにちがいないともさ。だけど、何もかも兄さんだと思ったら大間違《おおまちが》いだよ。次郎には、そりゃあお前たちの思いもよらない悪知恵《わるぢえ》があるんだからね。いつかも、ほら、お前、うまいこと万年筆《まんねんひつ》をまきあげられたんだろう。うっかりあれの手にのって、二人っきりで二階に寝たりしていると、ろくなことはないよ。」

「お祖母さん――」

と、恭一はもう泣きそうな顔になって、

「万年筆は次郎ちゃんにねだられたんじゃないんです。僕、いらないからやったんです。二階に寝るのだって、僕のほうから言いだしたんです。次郎ちゃんはかわいそうです。ずるくなんかないんです。お祖母さんは、どうして次郎ちゃんがそんなにきらいで

すか。」

恭一も、もうまもなく中学の三年だった。彼は、精《せい》いっぱいにその正義感を唇《くちびる》にほとばしらせながら、青ざめた頰《ほお》を涙《なみだ》でぬらしていた。

これには、さすがに、お祖母さんもすっかりあわてたらしかった。三、四歳《さい》ごろ、よくひきつけていた恭一の顔つきまでが思い出されて、恐《おそ》ろしい気さえしたのである。そうなると、お祖母さんは折れるよりしかたがなかった。

「お祖母さんが悪かったんだよ。二階に寝て、お前が風邪《かぜ》でもひいてはいけないと思ったものだから、ついあんなことを言ってしまったんだよ。二階に寝たけりゃあ、寝ていいともさ……次郎も喜ぶだろうよ。」

恭一と次郎とが、二人で二階に寝るようになったのには、お祖母さんとのこんないきさつもあったのである。それだけに、恭一は、床について次郎と顔を見合わせると、安心とも興奮《こうふん》ともつかない、異様な感じになるのだった。

次郎はそんないきさつについてはまったく知らなかった。彼は、恭一が、その晩《ばん》、お祖母さんに相談してくると言って階下《した》におりたきり、三十分近くも帰って来ず、やっと帰って来たその顔がいくぶん青ざめているように思えたので、どうしたのかと、ちょっと不安にも感じたが、恭一がすぐ、

「お祖母《ばあ》さん、いいって言ったよ。」

と、何でもないように言ったので、その後、べつに気にもとめないでいたのだった。

二人は電灯《でんとう》をつけたまま床に入り、恭一は寝ながら、枕時計《まくらどけい》を六時半にかけて、ねじを巻いた。それからしばらく顔を見あったあと、今度は次郎が手をのばして電灯のスウィッチをひねった。しかし、いつも十時過ぎに寝るのを、今夜《こんや》は九時にならないうちに寝たので、ちょっと寝つかれなかった。

「あすは落ち着いてやるんだよ。」

「うん。」

「むずかしい問題があったら、あとまわしにして、できるのからさきにやるほうがいいぜ。」

「うん。」

そんなようなことをしばらく話して、二人は眼《め》をつぶった。が、やはり眠《ねむ》れなかった。二人はしばらくは代《か》わる代《が》わる眼をあけ、闇《やみ》をすかして、そっと相手をのぞいたりしていたが、夜具《やぐ》のけはいで、おたがいに相手がまだ眠っていないのがわかると、ついまた言葉をかわすのだった。

話が、いつのまにか、今度来る母のことになった。恭一も、もうその話をお祖母さんに聞いていたのである。

「どんな人だい。」

「肥《ふと》った人さ。大きいえくぼがあるんだぜ。」

「次郎ちゃんをかわいがるかい。」

「うむ。――だけど、よくはわからないや。亡《な》くなった母《かあ》さんとは、まるっきりちがった顔だもの。」

「次郎ちゃんは、もうその人に母さんって言ってるんかい。」

「ああ、きまりが悪かったけど、とうとう言っちゃったよ。言ったっていいんだろう。」

「そりゃあいいさ。どうせ、言わなきゃあならないんだから。」

「恭《きょう》ちゃんも、言うんかい。」

「ああ、言うとも。……だけど変だなあ。まるっきり知らない人に、母さんなんて。僕、ほんとうは、そんな人来ないほうがいいと思うよ。」

「そうかなあ――」

次郎は何か考えるらしかったが、

「でも、大巻《おおまき》のお祖父《じい》さん、僕、大好きだよ。」

「大巻のお祖父《じい》さんってだれだい。」

「母《かあ》さんになる人の父《とう》さんさ。剣道《けんどう》を教えてくれるよ。うちに行くと。」

「ふうむ。……次郎ちゃん行ったことあるんかい。」

「ああ、もう何度《なんど》も行ったよ。いつも土曜から行って泊《と》まるんさ。」

「そんなにいいお祖父さんかい。どんな顔の人？　正木のお祖父さんみたい？」

「ううん、天狗《てんぐ》の面《めん》そっくりだい。正木のお祖父さんも背《せ》が高いんだけど、もっと高いよ。いつも肩《かた》をいからしてらあ。」

「ふうむ。……それでやさしいんかい。」

「やさしいかどうか知らないけれど、おもしろいよ。僕、あのお祖父さんだと、どなられたってこわくなんかないや。」

「どなられたことある？」

「うん、あるよ。僕、あのうちの泉水《せんすい》の鯉《こい》をつりあげちゃったもんだから。」

「泉水の鯉って緋鯉《ひごい》かい。」

「ううん、本当の雨鯉さ。大っきいのがいるぜ。」

「ふうむ。そして、その人、何て言ってどなったんだい。」

「ただこらあって言ったきりさ。僕、びっくりしてすぐ鯉を逃《に》がしてやったら、惜《お》しかったなあって、笑ってたよ。」

「次郎ちゃんがつるのをどっかから見てたんだね。」

「見てたんだよ。座敷《ざしき》から。でも、僕にはとてもつれないと思って、安心していたんだろう。」

「そりゃおもしろかったなあ。次郎ちゃんより、そのお祖父さんのほうがびっくりしたんだろう。」

二人は笑った。それから、恭一は、しばらく何か考えているらしかったが、

「お祖母《ばあ》さんもいるんかい。」

「いるよ。豚《ぶた》みたいに大っきいお祖母さんだけれど、やさしいよ。それから、付属の先生もいるんだ。僕、その人も好きさ。」

「付属の先生？　ふうむ……それから？」

「三人きりさ。僕たちの母さんになる人まで合わせると四人だけど。」

「付属の先生って、いくつぐらいの人？」

「よくわかんないけど、三十ぐらいかなあ。……弟だろう、母さんになる人の。……徹太郎《てつたろう》っていうんだってさ。」

「母さんになる人、何ていう名？」

「お芳《よし》。大巻お芳だよ。……でも、正木のうちの人になったたっていうから、正木お芳かなあ。」

「今度は本田《ほんだ》お芳になるんか。……次郎ちゃんは変な気がしない。」

「ふふふ。」

次郎は笑った。彼は、しかし、はじめてお芳にあった時のことを思い出して、恭一が今どんな気持ちでいるかがわかるような気がした。

恭一の眼はいやにさえていた。彼は、襖《ふすま》の向こうの梯子段《はしごだん》が、かすかにきしむように思ったので、ちょっと耳をすましたが、それっきり、またしいんとなった。

「次郎ちゃんは、亡くなった母《かあ》さんの名を知ってる？」

「知ってるとも、お民《たみ》っていうんだろう。」

二人はまっ暗な中で、ぽつりとそう言って、また黙《だま》りこんでしまった。

恭一は、梯子段がまたきしむように思った。彼は枕からちょっと頭をもたげて、そのほうに注意したが、べつに人の気配《けはい》はしなかった。

「ねむたくないね。」

と、次郎が言った。

「うむ、まだ九時半ぐらいだろう。だけど、もうねむったほうがいいよ。」

「僕、十時に眠ればいいや。もっと話そうよ。」

「うむ――」

と恭一は生返事《なまへんじ》をしたが、すぐ、

「その人、いつごろうちに来るんかね。」

「母さんになる人？……もうすぐだろう。僕の入学試験がすんだら、すぐって言ってたから。」

「でも、次郎ちゃんは、また正木に行くんだろう。」

「そうさ。まだ卒業証書をもらわないんだもの。」

「すると、べつべつになるんかい、その人と。」

「ちょっとだよ。卒業したら、僕、またすぐここに来るんだから。」

「僕、次郎ちゃんがいないと、いやだなあ。」

「どうして？」

「次郎ちゃんがいないで、その人と話すの、何だかきまりがわるいや。」

「平気だい、そんなこと。だって、ここのお祖母《ばあ》さんのようないじわるなんかじゃないよ。」

恭一は黙りこんだ。

次郎は、恭一に黙りこまれたので、自分が何を言ったかにはじめて気がついて、はっとした。恭一にお祖母《ばあ》さんの悪口を言うのはいけなかったんだ。そう思うと、自分の言った言葉が、いやに耳にこびりついてはなれない。

恭一は、しかし、まもなく言った。

「次郎ちゃんは、正木にいるのが一等《いっとう》好きなんだろう。」

次郎は返事をしない。恭一も、強《し》いて返事をうながすのでもなく、しばらくじっとしていたが、

「今度の母《かあ》さんのうち、――大巻だったんかね、――そのうちだって、次郎ちゃんには、ここよりはいいんだろう。」

次郎は、それにも返事をしなかった。

「ね、そうだろう。ちがう？」

次郎はやはり黙りこくっている。

恭一は、ちょっと身を起こして次郎のほうをのぞいたが、またすぐ枕に頭をつけ、今度は、寝たまま腕《うで》をのばして、次郎の夜具の中を手さぐりしはじめた。

次郎は胸に両手をあてててねていた。彼は、恭一の手を自分の夜具の中に感じたが、身《み》じろぎもしなかった。しかし、その手が自分のひじから腕、腕から手の甲《こう》へと伝わって、

最後に指をぎゅっと握《にぎ》りしめた時に、彼は、自分のもう一方のあいてる手で、しっかり恭一の手の甲をおさえた。

「次郎ちゃんの気持ち、僕にだってよくわかるよ。」

と恭一が顔を近づけて言った。

「僕――」

と、次郎はため息に似た声で、

「父《とう》さんや恭ちゃんはだれよりもすきなんだがなあ。」

「もしお祖母さんがいなかったら、ここのうちどう？　ほかのうちより好き。」

「うん、――だけど、恭ちゃんはお祖母さんが好きなんだろう。」

「ううん、このごろはそうでもないや。」

「だって、お祖母さんは恭ちゃんを一等かわいがるんじゃないか。」

「僕だけかわいがって、次郎ちゃんをかわいがらなきゃあ、何にもならんよ。お祖母さんのすること、僕、もうきらいになっちゃったさ。いやぁな気持ちがするんだもの。」

次郎には、恭一の気持ちがそのままぴったりとはのみこめなかった。彼はただ、それを自分への同情の言葉として聞いただけだった。――むろん、公平ということのいかに望ましいかは、彼が彼自身の過去から、みっちり学んで来たことだった。しかし、彼の乗せられている天秤《てんびん》の皿《さら》は、恭一のそれとは、いつも反対の側についていたのである。餓《う》えた者の求める正義と、飽《あ》いた者の求める正義とは、同じ正義でも、気持ちの上で大きな開きがあることは、次郎と恭一との場合だけには限られないであろう。

「そうかなあ。」

と、次郎は解《げ》せないといった調子だった。

「そうだとも。だから、僕、これからなるたけお祖母《ばあ》さんのそばにいないようにするよ。そして何かお祖母さんがくれたら、半分はきっと次郎ちゃんにもわけてやるよ。」

「ほんとう?」

「ほんとうさ。」

「じゃあ僕も、正木のお祖父《じい》さんや、大巻のお祖父さんにもらったもの、恭ちゃんにわけてやるよ。」

「ああ、俊《しゅん》ちゃんにもね。」

「そうだい。俊ちゃんにもわけてやるんだい。」

次郎は妙《みょう》に力《りき》んで言った。

「三人で仲よくなりゃあ、次郎ちゃんも、ここのうちきらいではないんだろう。」

「うん。――もうお祖母さんなんか、へっちゃらだい。一人ぽっちにしてやらあ。」

次郎はすっかり調子にのっていた。恭一には、しかし、次郎のそうした言葉が、あまり愉快《ゆかい》でなかった。で、彼は、握っていた次郎の手をその胸の上で神経的にゆさぶりながら、言った。

「そんなこと言うの、よせよ。僕ら、ただ三人で仲よくすればいいんだよ。」

次郎は真暗《まっくら》な中で思わず眉根《まゆね》をよせ、五体をちぢめた。あたたかい夜具《やぐ》をとおして、何か冷《ひ》やりとするものが、彼の心臓のあたりに落ちて来たような感じだったのである。

彼はしばらく自分の気持ちを始末《しまつ》しかねていた。むろん適当な言葉も見つからなかった。お座《ざ》なりをいう気にはいっそうなれなかった。

と、だしぬけに、そして、ちょうど銀幕に暗い夜の場面が映《うつ》し出《だ》されたかのように、襖《ふすま》がすうっと開いて、梯子段《はしごだん》の下からさしているほのかな光線の中に、その人影《ひとかげ》が浮《う》いた。

恭一も次郎も、一瞬《いっしゅん》息をつめて、その人影を凝視《ぎょうし》した。

人影はせかせかと、しかし、足もとに用心しながら部屋にはいって来た。そして、二人の机のそばまでやって来ると、しばらくぐずついていたが、やがて電灯がぱっとともった。二人とも、人影を見た瞬間《しゅんかん》、てっきりお祖母さんだと思ったが、はたしてそうだったのである。

次郎はすぐ夜具を頭からかぶった。恭一は神経的に眼をぱちぱちさせて、お祖母《ばあ》さんを見た。お祖母さんの頬《ほお》からのどにかけての肉が、蛙《かえる》が息をつく時のように動いている。お祖母さんは、二人の様子《ようす》をじっと見くらべてから、恭一の枕もとにすわった。そして、強《し》いて自分を落ちつけているらしい声で、

「恭一や、だから、言わないこっちゃないだろう。お祖母さんは、お前たちの話をみんな聞いていたよ。次郎といっしょに寝たりすると、どうせろくなことは覚えないのだからね。」

恭一は何と思ったか、くるりと起きあがって、敷蒲団《しきぶとん》のうえにすわった。寝巻《ねまき》一枚のままだった。

「風邪《かぜ》をひくじゃないかね。どてらをおかけよ。それに、もうこんなところに寝るのは、よしたほうがいいんだから、階下《した》においで。蒲団はすぐ運ばせるから。」

恭一は、どてらを着たが、そのまま動かなかった。

「やはり、ここに寝たいのかい。」

恭一はうなずいた。

「ああ、あ。何というわからない子になったのだろうね。ふだんはあんなによくお祖

母さんの言うことをきく子だのに、次郎といっしょになると、こうも変わるものかね。」

恭一の青白い頬がぴくぴくとふるえた。何か言おうとするが、唇《くちびる》のところで声がとまるらしい。彼は、次第《しだい》に首を深くたれた。お祖母さんは、それを自分の言ったことに対するいい反応だと思ったのか、手をのばして彼のどてらの襟《えり》を合わせてやりながら、

「さあ、早く階下《した》においで、わるいことは言わないから。いつまでもこうしていると、ほんとに風邪をひくよ。」

「僕、いやです！」

恭一は、きぬをさくような声で、そう叫《さけ》ぶと、敷蒲団の上につっぷして、はげしく息《いき》ずすりした。

お祖母さんは、ぎくりとして、しばらくその様子に眼をすえていたが、急に自分も恭一の背中《せなか》に顔を押《お》しあてて、泣きだした。

「恭一や、お前がそれほど階下におりるのが、いやなら、……もう、むりにおりておくれとは……言わないよ。……だけど、だけど、お前、さっき、なるだけお祖母さんのそばにいないようにするって、お言いだったね。……あれは、ほんとうかい。そんなにお前は、このお祖母さんが、きらいになったのかい。……ねえ、恭一や、このお祖母さんは、……何を楽しみに生きているとお思いだえ。……次郎が……次郎が……お前は、

そんなにこのお祖母さんより……たいせつなのかい。」

「お祖母《ばあ》さん、……ぼ……僕、わるかったんです。あんなことといったの、わるかったんです。だけど、次郎ちゃんとも仲よく……したいんです。お祖母さんにも、次郎ちゃんをかわいがってもらいたいんです。」

恭一は、うつぶしたまま、どてらの中からむせぶように言った。

次郎は、いつのまにか敷蒲団のうえに起きあがって、二人の様子を眼を皿のようにして見つめていた。しかし、その時、彼の心を支配していたものは、怒《いか》りでも、悲しみでも、驚《おどろ》きでもなかった。彼は恐ろしく冷静だった。耳も眼も、これまでに経験したことのないほど、さえきっていた。彼は、恐らく、お祖母さんが彼のほうに鋒先《ほこさき》を向けかえて、何を言い、何をしようと、そのどんな微細《びさい》な点をでも、見のがしたり、聞きのがしたりはしなかったであろう。それほど彼は落ちついていたのである。

むろん、彼のこうした落ちつきは、彼が幼《おさな》いころから、窮地《きゅうち》に立った場合いつも発揮《はっき》して来たところで、いわば彼の本能であった。しかし、この場合、その中味は、以前のそれとはずいぶんちがっていた。この場合の彼には、すこしもずるさがなかった。自分を安全にするために策略《さくりゃく》を用いようとする気持ちなどは、みじんも動いていなかった。彼はただ無意識のうちに真実を見、真実を聞き、真実を味わっていたのである。

なるほど、彼の心のどこかには、お祖母さんに対する皮肉《ひにく》と憐憫《れんびん》との妙に不調和な感情が動いていた。また、自分のこれまで持っていなかった、ある尊《とうと》いものを、恭一の言葉や態度に見いだして、単なる親愛以上の高貴《こうき》な感情を、彼に対して抱《いだ》きはじめていた。しかし、そうしたことのために、真実が、次郎のまえに、少しでもその姿《すがた》をゆがめたり、くもらしたりはしていなかったのである。いな、かえって、真実をはっきり見、聞き、味わった結果として、そうした感情が彼の心に動きはじめていたといったほうが本当であろう。

「運命」と「愛」と「永遠」とは、こうして、いろいろの機会をとらえては、次郎の心の中で、少しずつおたがいに手をさしのべているかのようだった。だが、次郎はまだ何といっても少年である。「永遠」は見失われやすいし、「愛」は傷つきやすい。ただ「運命」だけは、どんな場合にも彼をとらえてはなさないであろう。

お祖母さんは、それから、いつまでたっても恭一のそばをはなれなかった。二人とも、もう泣いているようでもなかったが、やはりつっ伏《ぶ》したままだった。口もききあわなかった。次郎は次第に凝視《ぎょうし》につかれて来た。少し寒くもなって来た。枕時計を見ると、もうやがて十一時だ。あすの試験が気になって来る。彼は、お祖母さんが自分を叱《しか》るなら叱るで、さっさと叱ってくれるといい、と思ったが、恭一の背中に押しあてたその頭は、石のようにがんこだった。彼はそろそろ腹がたって来た。

（お祖母《ばあ》さんは、あんなことをして、僕の試験のじゃまをしているんだ。）

彼はふとそう思った。亡くなった母に対して、自分でもしばしばそうした押しづよい態度に出た経験のある彼としては、そう思うのも自然であった。また、そのぐらいのことは、実際お祖母さんのやりかねないことでもあったのである。その点では、お祖母さんと次郎とは、さすがに争えない血のつながりであった。しかし、悪魔《あくま》の心を最もよく見ぬく者は悪魔であり、そして、それゆえに悪魔と悪魔とは永遠に親しむことができない、ということが、もし二人の場合にもあてはまるならば、二人は、何という呪《のろ》われた星の下《もと》に生まれあわせたものだったろう。

時計はようしゃなく三分、五分と進んで、もう十一時を過ぎてしまった。お祖母さんはやはり動かない。次郎は何かをその頭になげつけてやりたいような衝動《しょうどう》を感じた。また、三、四年まえに、お祖母さんが自分にかくしてしまいこんでいた羊羹《ようかん》の折《お》り箱《ばこ》を、そっと盗《ぬす》み出《だ》して、裏の畑で存分《ぞんぶん》にふみつけてやったことを思い出し、何か武者《むしゃ》振《ぶる》いのようなものを全身に感じた。彼は、しかし、さすがに、もうそうして乱暴《らんぼう》なまねをするまでに、自分を忘れることができなかった。それに、彼のまえには、お祖母さんのほかに恭一がいた。そのつっ伏している姿は、お祖母さんのそれとはまるでべつな意味をもって、彼の眼にうつった。それは、彼の目には神聖なもののようにさえ思えて来たのである。

彼はいきなり立ちあがって便所に行った。そして帰って来ると、すぐふとんを頭からかぶって、ねた。電灯はつけたままだったし、お祖母さんの姿勢《しせい》は、便所に立つまえとはいくぶんちがっていたが、やはり二人ともつっ伏したままだった。

彼は、むろん眠れなかった。枕時計の音がいやに耳につく。何度も、もぞもぞとふとんのなかで動いては、大きなため息をつき、そのたびに、そっと二人の様子をのぞいたり、枕時計を見たりした。

十一時を三十分以上も過ぎたと思うころ、お祖母さんがやっと起きあがって、恭一にふとんを着せてやる気配がした。

「そんなにまるまっていないで、足をおのばしよ。」

お祖母さんの声は、もうふるえてはいない。やがて電灯のスウィッチをひねる音がした。暗くなったのが、ふとんをかぶっていても、よくわかる。

が、またすぐぱっと明るくなった。そして枕元に足音が近づいたかと思うと、次郎のふとんの襟《えり》がすうっとあがった。お祖母さんが次郎の顔をのぞきこんだのである。

次郎は眼をはっきり開き、上眼《うわめ》づかいでお祖母さんを見た。

「そんな根性《こんじょう》で、中学校にはいったって、何の役にたつんだね。」

お祖母《ばあ》さんは、毒々《どくどく》しく言って、ふとんの襟《えり》をばたりと次郎の顔に落とした。次郎はしかし、身じろがなかった。

やがてまた電灯が消えて、お祖母さんが階下におりて行く足音がした。

「次郎ちゃん、すまなかったね。早く寝よう。」

恭一が涙声《なみだごえ》で言った。

「うん。」

次郎はふとんの奥《おく》からかすかに答えた。答えると同時に、彼の眼からは、とめどもなく涙がこぼれだした。

彼が、やっとほんとうに眠ったのは、恐《おそ》らく二時にも近いころであったろう。

八　蟻《あり》にさされた芋虫《いもむし》

翌日、次郎は、枕時計《まくらどけい》がまだ鳴らないうちに眼《め》をさましてしまった。

彼は、かなり眠《ねむ》ったような気もし、またまるで眠らなかったような気もした。頭のなかには、水気《みずけ》のない海綿《かいめん》がいっぱいにつまっているようだったが、それでいて、どこかに砂のようにざくざくするものが感じられた。

部屋《へや》はまだ暗かった。枕時計を手さぐりして、それを自分のほうに引きよせていると、恭一《きょういち》が声をかけた。

「もう眼がさめちゃったの？　僕《ぼく》、七時過ぎてから起きてもだいじょうぶだと思って、めざましのベル、とめといたんだがなあ。……今日《きょう》は九時からだろう。」

「うん。もっと寝《ね》ててもいいね。」

次郎は、そう言いながら、枕時計の表字板に眼をすえたが、暗くてはっきりしなかった。

（恭《きょう》ちゃんは、まるで眠らなかったんじゃないかなあ。）

彼は、蒲団《ふとん》の襟《えり》に顔をうずめて、そんなことを考えていたが、つい、またうとうととなった。が、ほとんど眠ったような気がしないうちに、

「次郎ちゃん、もう七時半だぜ。起きろよ。」

と言う恭一の声を、耳元で聞いた。

眼をあけると、もう洗面をすましたらしい恭一の顔が、すぐ自分の顔の上にあった。

彼は、はね起きた。敷蒲団《しきぶとん》の上で重心をとりそこねて、ちょっとよろけかかったが、

そのまま泳ぐように壁《かべ》ぎわに行って、そこにかけてあった学校服を着た。

「すぐ顔を洗っておいでよ。床《とこ》は僕があげとくから。」

次郎は、言われるままに急いで階下におりた。そして洗面をすまして、梯子段《はしごだん》のところまで来ると、恭一がもう次郎の筆入《ふでい》れと帽子《ぼうし》とをもっておりて来ていた。筆入れには、鉛筆《えんぴつ》、小刀《こがたな》、メートル尺《じゃく》、消しゴムなど、試験場に入用なものが全部入れてあったのである。

二人は、すぐ台所に行って、ちゃぶ台のまえにすわった。飯を食べながら、昨夜来はじめてしみじみとおたがいの顔を見あったが、どちらも相手の顔色がいつものようでないのに気がつき、ともすると眼をそらしたがるのだった。

お祖母《ばあ》さんが仏間《ぶつま》のほうから出て来て、ちゃぶ台につきながら、じろりと次郎を見た。しかし何とも言わなかった。きのうの朝は、恭一が次郎のために生卵《なまたまご》をねだったりしたが、きょうはだれもそんなことを思い出すものさえなかった。

お祖母さんは、それからも、じっとすわって二人の顔を見くらべていたが、

「恭一、お前、顔色がよくないようだよ。今日《きょう》は次郎について行くの、よしたらどうだえ。」

そして、わざとのように、恭一の額《ひたい》に手をあてて、

「少し、熱があるんじゃないのかい。」

恭一は、その神経質な眼をぴかりとお祖母さんのほうへ向けた。が、すぐうつむいて、

「ううん、どうもないんです。」

と、首を強く横にふった。お祖母さんもそれっきり黙《だま》ってしまった。

茶《ちゃ》の間《ま》で新聞を見ていた俊亮《しゅんすけ》が、ちょっと台所のほうをのぞいて、何か言いそうにしたが、思いかえしたように眼を天井《てんじょう》にそらして、ふっと大きな吐息《といき》をした。

「次郎ちゃん、便所すました？　まだ時間はゆっくりだぜ。」

恭一は、食事をすまして立って行こうとする次郎に言った。

「ううん、だいじょうぶ。」

二人が家を出たのは、八時を十二、三分ほど過ぎたころだった。中学校までは二十分とはかからなかったが、途中《とちゅう》、西福寺によって、合宿の連中といっしょに行く約束《やくそく》になっていたのである。西福寺までは七、八分だった。

「頭がいたいことない？」

恭一が家を出るとすぐたずねた。

「ううん、何ともないよ。」

次郎はわざと元気らしく答えたが、やはり耳鳴りがして、頭のしんがいやに重かった。

西福寺の門をくぐると、もうみんなは本堂の前に出そろって、わいわいさわいでいた。権田原《ごんだわら》先生も、まもなく庫裡《くり》のほうから出て来たが、次郎を見ると、

「どうしたい？　眼が少し赤いようじゃないか。」

それから、恭一を見、また次郎を見て、何度《なんど》も二人を見くらべていたが、

「二人で夜ふかしをしたんだろう。だめだなあ、そんなことをしちゃあ。」

二人は黙《だま》って顔をふせた。

「ゆうべ、何時に寝たんだい。」

「九時少しまえです。」

次郎がすぐ顔をあげて答えた。

「九時まえ？　そうか。じゃあ、みんなよりも早く寝たわけなんだね。……ふうむ。……」

先生はけげんそうな顔をして、またしばらく二人の顔を見くらべていたが、まもなく外套《がいとう》のかくしから、黒い紐《ひも》のついた大きなニッケルの時計を出して、時刻《じこく》を見た。そして、

「みんな便所はすましたかね、大便は？……じゃあ行くぞ。」

みんなは元気よく門を出た。次郎もそのなかにまじったが、妙《みょう》にしょんぼりしていた。

恭一は一番あとから、権田原先生とならんで歩いた。

「ほんとうに九時まえに寝たんかね。」

権田原先生がたずねた。

「ええ。寝るには寝たんです。」

「すると、寝てから何かあったんだね。」

「ええ、……二人で話しこんじゃったんです。」

「話しこんだ？……ふうむ、……そんなにおそくまで。」

「ええ、少しおそくなりすぎたんです。」

「何をそんなに話したんだい。」

恭一は首をたれて、返事をしなかった。

権田原先生も、それ以上強《し》いてたずねようとはしなかった。そして、中学校の門をくぐってからも、先生は、だれとも口をきかないで、校庭のポプラの幹《みき》に腕組《うでぐ》みをしてよりかかっていたが、合《あ》い図《ず》の鐘《かね》が鳴る五、六分前になると、急に何か思い出したように、みんなのかたまっているところに来て、いきなり次郎の頭をゆさぶりながら、言った。

「あせるな、いいか、今日《きょう》は試験場でいねむりをするつもりでやって来い。……先生の友だちにね、よく試験の時にいねむりをしていた人があるが、その人はいまは大学の先生になっている。」

みんなが笑った。次郎も寂《さび》しく笑って頭をかいた。すると、源次《げんじ》がはたから口を出した。

「その人、落第《らくだい》したことないんですか。」

「む、落第したこともあるが、たいていは及第《きゅうだい》した。」

みんながまた笑った。今度《こんど》は竜一《りゅういち》が、

「そんな人、先生、ほんとうにいるんですか。」

「ほんとうだとも、その人は非常な勉強家でね、よく本を読んで夜ふかしをしていたんだ。しかし、それは試験のためではなかった。試験なんかどうでもいいっていう気でいたんだから、眠くなりゃあ、試験の最中でも眠ったのさ。」

「でも、その人、落第したのは、いねむりをしたためじゃありません?」

他の一人の児童がたずねた。

「うむ、それはそうだ。その時はちょっと眠りすぎたんだね。まだ一問も書かないうちに眠ってしまって、鐘が鳴るまで眼がさめなかったんだ。しかし落第したのはその時いっぺんきりだぜ。」

「でも、試験にいねむりするのは、いいことなんですか、先生。」

さらに他の児童がたずねた。

「たいしてよくもないだろう。だから、お前たちにまねをせいとは言っとらん。まねせいたって、どうせお前たちにはまねもできんだろうがね。しかし、本田《ほんだ》はゆうべあまり寝ていないそうだから、ひょっとすると、まねができるかもしれん。……まあ、とにかく、そのぐらいの気持ちでやるんだね。はっはっはっ。」

みんなは先生がほんの冗談《じょうだん》にそんなことを言ってみたのだと思ったらしかった。しかし、先生の気持ちは、次郎と恭一とには、よくわかった。

やがて入場の鐘が鳴って、みんなはぞろぞろと校舎にはいった。二百人の募集に千人近くの応募者だったので、昇降口《しょうこうぐち》はかなり混雑していた。次郎は、きのうまでは何とも思わなかったその光景《こうけい》が、いやに気になりだした。

試験場にはいってからの次郎は、それでもあんがい落ちついていた。問題紙が配られると、彼はゆっくりそれに眼をとおした。すべてで十問だった。べつに手におえない問題もなさそうに思えたので、彼はいよいよ落ちついて鉛筆を動かしはじめた。

最初に手をつけた三問だけは、わけなくできた。次に手をつけたのが、小数や分数がごっちゃになっている計算問題だった。ところが、これをやってみると見かけに似ずうるさかった。

やっと答えを出すには出したが、何だか不安だったので、もう一度やり直してみると、まるでちがった答えが出た。で、少しあせり気味《ぎみ》になりながら、さらにやり直してみた。すると、またちがった答えが出た。そのうちに頭がじんじんしだして来たので、いちおうその問題を思い切って他の問題にうつることにした。

しかし、それからは、気ばかりあせって、ちっとも頭がまとまらなかった。すぐうしろの席で、がしがしと鉛筆を削《けず》る音が、いっそう彼の神経をいらだたせた。彼の膝《ひざ》はひとりでに貧乏《びんぼう》ゆるぎをはじめた。しかも、何という不幸なことか、そのころになって大便を催《もよお》して来たのである。それは、さほど激《はげ》しい要求ではなかった。しかし、頭をまとめるのに、それが非常にじゃまになったことはいうまでもない。

それでも、自信のある解答が、それからどうなり二つだけはできた。まえの三つと合わせて五つである。しかし、十問中七問以上が確実にできなければ及第圏《きゅうだいけん》にはいらない、というのが次郎たちの常識だった。あと二問！　彼は残った問題のうち、どれを選ぶべきかを決めるために、鉛筆を机《つくえ》の上におき、強《し》いて自分を落ちつけた。しかし、腰部《ようぶ》の生理的要求は、もうその時はかなりきびしくなっていた。それに、教壇《きょうだん》の上から、監督《かんとく》の先生がだしぬけに叫《さけ》んだ。

「あと三十分！」

次郎は、反射的《はんしゃてき》に鉛筆をとりあげた。そして、まえにやりそこなった小数と分数との問題を、もう一度計算してみた。その結果、最初にやった時の答えと同じだった。

（何だばかを見た。）

彼は心の中でそうつぶやいたが、それでも、それがひとつかたづいて、いくらか気が楽になった。そして、時間はたっぷり二十分はあまされていたのである。で、もし、腰部の要求さえ彼をじゃましなかったら、彼はあと二問ぐらいは、確実に片づけることができたかもしれなかった。だが、すべては運命であった。自然の要求の切迫《せっぱく》は、たといそれが爆発点《ばくはってん》にまで達していなかったとしても、残された彼の時間をたえず動揺《どうよう》させ、彼の頭を混乱させていたのである！

鐘が鳴るまでに、彼は、残された四問のうち二問だけを、まるで芋虫《いもむし》が蟻《あり》に襲撃《しゅうげき》されてでもいるかのように、いらいらした気持ちで片づけた。それが自信のある解答でなかったことはむろんである。答案を提出して試験場を出ると、彼はすぐその足で便所に走っていった。

便所から出て来た時の彼は、ちょっと気ぬけがしたような気持ちだった。が、もうほとんど人影《ひとかげ》のない渡《わた》り廊《ろう》下《か》を、校庭のほうに向かって歩いて行くうちに、何ともいいようのない無念《むねん》さがこみあげて来て、ひとりでに涙《なみだ》がこぼれた。彼は廊下の柱に両腕《りょううで》をあ

て、顔をうずめて、しばらく動かなかった。すると、

「次郎ちゃん、こんなところにいたんか。……どうしたんだい。」

と、恭一の声がすぐうしろのほうからきこえた。

「ぼ、……僕、だめだい。」

次郎は柱によりかかったまま、息《いき》ずすりした。恭一は悲痛な顔をして、しばらくうしろから彼を見つめていたが、

「みっともないよ。それに権田原先生が待ってるじゃないか。」

次郎は、やっと涙をふいて、恭一といっしょに校庭のほうにあるきだした。そして問われるままに、成績のだいたいを話した。恭一は、国語のほうの成績次第では、望みがまるでないこともない、といって慰《なぐさ》めたが、そういう恭一本人が、非常に暗い顔をしていた。

権田原先生は、校庭で児童たちに取り囲まれ、両腕を組んで二人の近づくのを無言《むごん》で待っていた。

「便所に行ったんだそうです。」

と、恭一がいいわけらしく言うと、先生は、

「ふうむ……」

と、うなるように答えて次郎の顔を見、それっきり何も言わないで、つっ立っていた。それから、かなり間《ま》をおいて、

「ふむ、そうか、ふむ。……じゃあ、みんな帰ろう。」

と、さきに立って校門のほうに歩きだした。

校門を出て、しばらく行くと、先生はうしろをふりかえって、

「あとは口頭試問《こうとうしもん》と体格検査だけになったね。きょうは本田も合宿に遊びに来い。恭一君もどうだね、いっしょに？　昼飯《ひるめし》二人分ぐらいどうにでもなるぜ。」

「でも、うちで心配しますから……」

と、恭一は次郎の顔をのぞきながら答えた。

「うむ、それもそうだね。……では、先生があとで君《きみ》の家へ行くから、お父《とう》さんにそう言っといてくれ。」

恭一と次郎とは、西福寺の門前でみんなにわかれ、家にかえって、まずそうに昼飯をすますと、そのまま、人眼《ひとめ》をさけるように二階にあがってしまった。そして、しばらくは、机にほおづえをついて、お互《たが》いに顔を見あっては、眼を伏《ふ》せていたが、あとでは二人ともぽたぽたと涙をこぼしはじめた。

恭一は、そのうちに、ふいに立ちあがって、押《お》し入《い》れから二人分の夜具《やぐ》を引き出し、

それをいつものとおりひろげた。そして、

「次郎ちゃん、寝ようや。」

と、自分で先にその中にもぐりこんでしまった。

次郎は、やっと顔をあげ、恭一がのべてくれた自分の寝床《ねどこ》をみつめていたが、急に飛びかかるように恭一の蒲団《ふとん》のうえに身を伏せた。

「僕、……来年はきっと及第《きゅうだい》するんだから、許してね。」

恭一は、返事をしないで、ふとんの中に身をちぢめた。が、しばらくたつと、顔をかくしたまま息づまるように言った。

「僕、悪かったんだよ。……ゆうべ、次郎ちゃんにいろんなことをきいたの……悪かったんだよ。」

二人は、それからかなりながいこと同じ姿勢《しせい》でいた。

しかし、そのうちに次郎もやっとあきらめたらしく、恭一の蒲団から身を起こして、校服のまま自分の寝床にはいった。そして、二人とも、さすがに疲《つか》れていたらしく、権田原先生がたずねて来て、俊亮《しゅんすけ》と階下《した》で話していたのも知らないで、夕方まで眠った。

九　靴《くつ》

次郎は、あんがい悪びれずに、翌日の口頭試験《こうとうしけん》や体格検査をうけた。しかし、ほかの受験者たちが、ちょいちょい昨日《きのう》の算術の試験について話しあっているのを、耳にはさんだりしているうちに、自分のだめなことが、いよいよはっきりして来た。

彼《かれ》は、くやしいというよりも、何か気ぬけがしたようなふうだった。

彼にとって何よりもつらかったのは、正木《まさき》に帰って不成績を報告することだった。で、万一《まんいち》に望みをかけて、及第《きゅうだい》の発表をまって帰ろうかとも考えた。しかし、いよいよ受からなかった場合のことを考えると、本田《ほんだ》に残っている気にはなおさらなれなかったので、合宿の連中といっしょに、ともかくも正木に帰る決心をし、源次《げんじ》と竜一《りゅういち》とにもそのことを約束《やくそく》していたのだった。

ところが、試験場からの帰りに、権田原《ごんだわら》先生は、例の無表情なような、奥深《おくぶか》いような眼《め》をして言った。

「本田は、もう三、四日こちらに残るんだそうだね。ひょっとすると、成績発表の日まで残ることになるかもしれんが、失敗していても、平気で学校に帰って来るんだぞ。落《らく》第《だい》の仲間はたくさんいるんだ。」

次郎は、先生にはじめて成績のことを言われて、眼を伏《ふ》せたが、それよりも、三、四日こちらに残るといわれたのがいやに気になった。で、そのわけをたずねると、先生は微笑《びしょう》しながら、

「それは、帰ってお父《とう》さんにきいてみるとわかるよ。」

と言ったきり、べつにくわしい説明をしなかった。

彼は、恭一《きょういち》と二人で、急いで家に帰ってみた。しかし、父は留守《るす》だった。お祖母《ばあ》さんにきけばわかるだろうと思ったが、一昨夜のことが、まだ大きな壁《かべ》になってのしかかっているようで、二人ともきいてみる気がせず、そのまま二階にあがってしまった。

すると、俊三《しゅんぞう》が、すぐあとからついて来て、声をしのばせながら、しかし、いかにもおおぎょうらしく言った。

「僕《ぼく》たちに、母《かあ》さんが来るんだってさ。」

「なあんだ、そうか。」

と次郎は、それで何もかもわかったという顔をした。恭一は、しかし、何かにうたれたように俊三の顔をみつめた。

「え？　いつ？　いつ来るんだい？」

「あさっての晩《ばん》だって。」

「ほんと？　父さんがそう言ったんかい。」

「ううん、お祖母さんにきいたよ。」

恭一は次郎の顔を見た。次郎は、しかし、母が来るのはあたりまえだ、といったような顔をしていた。

「お祖母さんはね、――」

と、俊三はまた、声をひそめて、

「そんな人、来なくてもいいんだけど、正木のお祖父《じい》さんがそう言うからしかたがないって、言ってたよ。」

今度《こんど》は、次郎が眼を光らせて、恭一を見た。恭一は非常に複雑《ふくざつ》な表情をして、次郎と俊三とを見くらべた。

三人は、それっきりおたがいに顔ばかり見合っていたが、恭一が、しばらくして、

「俊《しゅん》ちゃんは、どう？　母さんが来るほうがいい？　来ないほうがいい？」

「僕、どっちでもいいや。……恭ちゃんは？」

「う……うむ……」

と恭一は妙《みょう》に口《くち》ごもって、

「僕だって、どっちでもいいさ。」

「次郎ちゃんは？」

と、俊三はずるそうに次郎を見た。

「僕も、どっちでもいいよ。」

次郎は、わざと平気らしく答えて、そっぽを向いた。

「だって、お祖母《ばあ》さんは、今度の母《かあ》さん、次郎ちゃんを一等《いっとう》かわいがるんだって、言ってたよ。」

「…………」

次郎は、ちょっと顔をあからめて、横目で恭一を見た。恭一も彼のほうをちらと見たが、すぐ視線を俊三のほうに向けて、

「そんなことないよ。……そんなこと言うの、悪いよ。」

「どうして？」

「どうしてって、はじめっから、そんなわけへだてなんかする人だって思うの、悪いよ。」

「だって、お祖母さんがそう言ったんだもの。」

「お祖母さんが言ったって、悪いさ。お祖母さんは次郎ちゃんが……」

と言いかけて、恭一は急に口をつぐみ、落ちつかない眼をして次郎を見ていたが、

「ねえ、俊ちゃん――」と調子をかえ、

「僕たちこれから、だれにでも同じようにかわいがってもらうようにしようじゃないか。」

俊三はわかったような、わからないような眼をして、恭一を見た。恭一は今度は次郎に向かって、

「今度の母さん、そんなわけへだてなんかしないね、次郎ちゃん。」

「うん、……しないだろう、……きっと。」

次郎は、とぎれとぎれにそう言って、妙にくすぐったそうな顔をした。

三人は、それっきりまた黙《だま》りこんで、めいめいに何か考えているらしかったが、俊三はそのうちに、つまらなそうな顔をして、ひとり階下《した》におりていってしまった。

すると、まもなく、階段の下から、

「恭一や、ちょっとおいで。」

とお祖母さんの声がきこえた。恭一は、しばらく次郎の顔色をうかがってから、しぶしぶ立って行った。

次郎は一人になったが、べつにそれが気にもならず、また、何でお祖母《ばあ》さんが恭一を階下《した》に呼んだのか、そんなことは考えてみる気もしなかった。彼はいつのまにか、また入学試験のことを思い出していたのである。

(あさっての晩までは、成績の発表はない。だが、母《かあ》さんが来たら、きっといろいろきくにきまっている。それにどう答えたものだろう。いっそ、母さんと入れちがいに、正木に帰ってしまおうかしらん。)

彼はそんなことを考えて、小半時《こはんとき》もひとりで机にほおづえをついていた。

しかし、恭一があまりながいこと帰って来ないので、そろそろそれが気になりだした。で、自分も階下におりてみようかと思ったが、思いきって立ちあがる気にはなれなかった。階下に行けば、何かきっと気まずいことがあるにちがいない、と、思ったのである。

彼は、いらいらしながら、とうとう夕飯時まで、ぽつねんと一人で二階にすわっていた。

「ご飯《はん》だようっ、次郎ちゃん。」

階段の下から俊三にそう呼ばれて行ってみると、みんなはもうちゃぶ台の前にすわっていた。見ると、恭一は泣いたような顔をしており、お祖母さんは怒《おこ》ったような顔をしていた。父はまだ帰ってきていないらしく、そのお膳《ぜん》にはおおいがしてあった。

みんなむっつりして箸《はし》をうごかした。恭一はやっと一杯《いっぱい》だけかきこむと、すぐ箸を置いて、二階に行った。次郎もまもなくそのあとについた。二人は、しかし、どちらからも口をきこうとしなかった。

「どうしたんかい。」

次郎がやっと口を切った。

「ううん、何でもないよ。」

それっきり二人は電灯《でんとう》もつけないで、黙りこんですわっていた。

七時過ぎになって俊亮《しゅんすけ》が帰って来たが、飯をすますと、すぐ兄弟《きょうだい》三人を座敷《ざしき》に呼んで、ごくあっさりと母を迎《むか》える話をした。「亡《な》くなった母さんの代《か》わりに、正木の家の人として来てもらう。」ということと「お祖母さんに何もかもお骨折《ほねお》りいただくわけにはいかんから。」というのが、話の要点《ようてん》だった。そして、

「なあに、そう窮屈《きゅうくつ》に考えんでもいい。親切な小母《おば》さんにでも来てもらったつもりでいればいいんだ。ただ、お母さんと呼んであげることだけは、忘れんようにしてもらいたいね。」

と、ちらっと次郎の顔を見て微笑した。

お祖母さんもその席にいたが、俊亮がそう言うと、膝《ひざ》をにじりだすようにして、

「恭一や、お前が一番の兄《にい》さんだから、次郎や俊三のお手本になるように、今度のお母さんに孝行《こうこう》をするんだよ。このお祖母《ばあ》さんのことなんか、もう忘れてしまってもいいんだからね。」

恭一の眼が悲しそうに光った。俊亮は、一瞬《いっしゅん》、眼をつぶって眉根《まゆね》をよせたが、すぐわざとらしく笑いだして、

「孝行だなんて、そんなおおげさなことは、今度の母《かあ》さんにはいらないんだ。孝行は、お祖母さんとお父《とう》さんにだけすればいい。母さんには、三人ともうんとわがままを言うんだね。」

「わがまま言ってもいいの?」

と、俊三がまじめになってたずねた。

「いいとも。」

と俊亮は、笑いながら答えた。

お祖母さんは、はぐらかされたような格好《かっこう》になったので、不機嫌《ふきげん》らしかった。恭一は何かそぐわない気持ちだった。次郎は、しかし、数日来の憂《ゆう》うつな気分が、それでいくらかぬぐわれたような気がした。そして、母と入れちがいに正木に帰ってしまおうかと考えていたことも、いつのまにか忘れてしまっていた。

＊

翌々晩の、俊亮とお芳《よし》との結婚式は、きわめて簡素《かんそ》だった。お芳は式服も着ず、紋《もん》のついた羽織《はおり》をひっかけて、正木夫婦《ふうふ》と青木《あおき》医師――竜一《りゅういち》の父――とに伴《ともな》われてやって来た。ほとんど同じ時刻《じこく》に大巻《おおまき》夫婦も来た。それだけの顔がそろうと、みんなが狭《せま》い八畳《じょう》の座敷《ざしき》に座蒲団《ざぶとん》を重ねあうようにしてすわり、青木医師の肝煎《きもいり》で簡略《かんりゃく》に杯事《さかずきごと》をすました。

恭一たち三人にお芳の杯《さかずき》をまわしながら、青木医師は言った。

「これが今日《きょう》の一番大事な杯です。」

恭一はその杯をいやに固くなってうけた。次郎には、その様子《ようす》がいかにもおかしく感じられた。杯事が終わると、すぐ大人《おとな》だけの酒宴になった。正木のお祖母さんにうながされて、お芳はすぐお酌《しゃく》やお給仕《きゅうじ》をはじめ、茶の間や台所にも何度《なんど》かやって来た。恭一たちはそのたびに彼女《かのじょ》の顔に注意したが、彼女は大きなえくぼを見せるだけで、一度も口をきかなかった。

座敷では、大巻運平老《うんぺいろう》がひとりで座をにぎわした。老はここでもまたお芳の漬物《つけもの》じょうずなことを話しだしたが、そのあとで、

「じゃが、本人は少々塩気が足りませんのでな。これはお母《かあ》さんにこれから程《ほど》よくもんでいただかなければなりますまい。はっはっはっ。」

と、例のはりきった声で笑った。

運平老は、座敷《ざしき》をにぎやかにするだけでなく、茶の間にいた恭一たちの気持ちまで浮《う》き浮《う》きさした。三人はあとでは襖《ふすま》のかげから中をのぞいていたが、

「ね、似てるだろう。天狗《てんぐ》の面《めん》に。」

と次郎が言うと、

「うん、そっくりだい。」

と俊三が答え、恭一までが、

「あれでもう少し鼻が高いと、いよいよ本物だぜ。」

などとささやいたりした。

十時ごろになると、お芳だけを残し、みんな人力車をつらねて帰っていった。運平老は、わかれぎわに、子供たち三人の頭をかわるがわるなでながら、言った。

「この祖父《じい》さんが剣道《けんどう》を教えてやるから、三人そろって、母さんといっしょに来るんじゃぞ。」

みんなを見送ったあとで、お芳は、お祖母《ばあ》さんと子供たち三人に、それぞれ持参のお

みやげを差し出した。お祖母さんには、大島《おおしま》か何かの反物《たんもの》、恭一には小さな置時計《おきどけい》、次郎には靴《くつ》、俊三には、いつか正木の家で次郎がもらったのと同じような、文具《ぶんぐ》のつめ合わせだった。

お祖母さんはじめ、その晩はみんな上《じょう》きげんだった。ただ次郎だけは、靴を見た瞬間《しゅんかん》から、また妙《みょう》に気が重くなりだした。それは、中学校にはいったら靴を買ってもらうというのが、お芳との前からの約束《やくそく》だったからである。

一〇　すき焼き

入学試験の失敗は、気づかわれたほどには、次郎の心を傷つけなかった。彼は正木《まさき》に帰ってから、ひととおり周囲に顔をやぶってしまうと、あんがい元気に学校にも通い、遊びにも出た。それをいつまでも気にやんでいたのは、むしろ恭一《きょういち》のほうだったらしく、自分の学年試験が目前にせまっていたにもかかわらず、しばしば次郎にあてて長い手紙を書いたりした。

源次《げんじ》も竜一《りゅういち》も不合格組だった。竜一は、だれに向かっても、

「全甲《ぜんこう》の次郎ちゃんでさえうからなかったんだから、僕《ぼく》がうからないのはあたりまえだい。」と言った。

源次は、二度目なので、さすがに少々てれてはいたが、二、三日すると、どこで覚えて来たのか、「大器晩成《たいきばんせい》だよ」などと言って、けろりとしていた。

合格者は、尋六《じんろく》から四名、高一から二名で、十五名の受験者中、都合《つごう》六名が合格したので、他校に比べて、結果は非常にいいほうだった。もっとも、六名が三名になっても、決してはずれっこない、と思われていた次郎が失敗したのには、学校側としても非常に残念だったらしく、しばらくは、どの先生も次郎の顔さえ見ると、

「惜《お》しかったなあ。」

と言った。

ただ、何とも言わなかったのは、権田原《ごんだわら》先生だけだった。先生は、次郎に対してだけでなく、どの児童に対しても、合宿を引きあげて以来、試験の成績のことなど忘れたような顔をしていた。次郎には妙《みょう》にそれがうれしかった。そして、何かといえば自分を引きあいに出して、入学試験の話をしだす先生たちや、児童たちがうるさくてならなかった。

入学試験の失敗にからんで、もっと大きな問題になったのは、次郎が四月から町の小

学校に転ずるか、あるいは、もう一年正木の家に厄介《やっかい》になるか、ということであった。

これについては、俊亮《しゅんすけ》と正木の老夫婦《ろうふうふ》とが、いろいろ首をひねったあげく、いちおう、お芳《よし》の考えをきいてみたら、ということになった。ところが、お芳にはまるで自分の考えというものがなかった。彼女は、ただ、「皆《みな》さんでおよろしいように」とか、「次郎ちゃんの好きなように」とか言うだけで、それが自分にどんなかかわりがあるかさえ考えていないかのようだった。で、結局、次郎本人の考えに任《まか》せるのが一番よかろう、ということに落ちついたが、さてそうなると、今度《こんど》は次郎が非常に迷いだした。

俊亮と恭一とは、むろん、今では次郎にとっては最大の魅力《みりょく》だった。お芳は、二人にくらべると、まだそれほどでもなかったが、しかし、彼女のうしろには大巻運平老《おおまきうんぺいろう》がいて、不思議な力で彼の心をとらえていた。お芳にはなれていては、運平老の家を訪《たず》ねる機会もめったにない、と思うと、彼は何か寂《さび》しい気がした。しかし、そうした魅力の陰《かげ》から、いつも本田《ほんだ》のお祖母《ばあ》さんの冷たい眼《め》が、彼をのぞいていた。その眼を思い出すと一も二もなく本田の家に飛び込《とこ》んで行く気にもなれなかったのである。

一方、正木の家には、最近彼が恭一に対して感じはじめていたような、涙《なみだ》ぐましい感《かん》激《げき》の種《たね》はなかったとしても、その伸《の》び伸《の》びとした空気は、何といっても捨てがたいものだった。また、むろん、まるで知らない町の学校に転校なんかするよりは、これまで通いなれた学校で権田原先生の教えを受け、竜一たちを遊び仲間にしているほうが、はるかにいいにきまっていた。それに、はっきり自分で意識していたわけではなかったが、故郷の自然というものが、隠微《いんび》の間に彼をひきつけていたこともたしかだった。

彼は二日も三日もそのことばかり考えつづけた。これまで、魅力のある二つの道を与《あた》えられて、自由にその一つを選んでもいいような境遇《きょうぐう》にいなかった彼だけに、そして、さほど決定を急ぐ必要もなく、少なくとも一週間や十日は考えてから決めてもいいことだっただけに、彼はよけいに迷ったらしい。とうとう、彼は、自分では解決ができなくて、卒業式の二、三日前、わざわざ権田原先生の家をたずねてその意見をきいてみた。

すると権田原先生は、いかにも無造作《むぞうさ》に答えた。

「もう一年こちらにいるさ。そして、来年は君《きみ》も合宿に加わるんだね。……転校なんかすると入学試験のまぎわになって、またふんづまりになるかもしれんよ。わっはっは。」

次郎は、こうして、結局もう一年間、正木の家に厄介になることに落ちついた。むろん、それは、ついこのあいだまでは、次郎の周囲のだれの心にも予定されていなかったことなのである。だが、人生の進路における予定の役割《やくわり》というものは、しょせん大したものではない。予定は砂丘《さきゅう》のように変わりやすいものだし、人間の一生は、非常にしばしば、予定外の生活によって、その方向を与えられるものなのである。

だいいち「次郎のために」ということで迎《むか》えられたお芳が、その母としての生活を、次郎とべつの屋根の下で始めなければならなくなったということは、次郎にとって、何という皮肉《ひにく》な運命だったろう。

それは、いうまでもなく、お芳自身にとっても、――もし彼女が、「次郎のために」ということをまじめに考えて嫁《とつ》いで来たとすれば、――まことに変なめぐり合わせだと感じられたにちがいない。だが、次郎にとってそれが重大な運命であったほどに、彼女にとっても重大な運命であったかは疑問である。というのは、そのことによって、自然二人の愛情が、どちらからか薄《うす》らいでゆく場合があるとして、それが次郎のほうからであった場合にお芳の受ける打撃《だげき》は、その反対の場合に次郎のうける打撃にくらべて、はるかに軽くてすんだであろうからだ。彼女には、次郎のほかに恭一や俊三《しゅんぞう》がいた。彼女が三人のうちで最初に親しんだのが次郎であったとしても、もともと「次郎のために」ということが、周囲の人々の作為的《さくいてき》な希望であって、彼女自身の自然な心の動きから出発したものでなかったとすれば、彼女が、次郎に対して感じた以上の親しみを、恭一か俊三に対して感じないとは限らなかったのである。しかも、彼女が、その気楽な性分《しょうぶん》から、周囲の人たちのそうした期待をそう重く見さえしなければ、彼女は、次郎の代《か》わりに恭一や俊三を愛することによって、姑《しゅうとめ》との間の感情を滑《なめ》らかにし、彼女自身の生活をいっそう気楽なものにさえすることができたのである。

だが、次郎にとって、事柄《ことがら》はそう簡単なものではなかった。お芳は、今となっては、彼にとってただ一人の「母《かあ》さん」であり、彼のお芳に対する思慕《しぼ》は、まだ十分深まっていたとは言えなかったにせよ、彼女の愛を失うことは、彼の本田における唯一《ゆいいつ》の新しい希望を失うことであった。しかも、一年後、いよいよ本田に帰った場合の彼の生活は、お芳の存在によって、かえってこれまで以上のみじめなものにさえなる恐《おそ》れがあったのである。

あるまじきことだ、と考える人があるかもしれない。だが、「自然」はいつも人間の「願望」よりも強い。そして、人間が「あるまじきことだ」と思うことを、しばしばあらしめるものだ。「願望」が「自然」に打《う》ち克《か》つように見えるのは、その「願望」が「自然」に即《そく》し「自然」の流れに棹《さお》さしている時だけなのである。お芳から次郎を遠ざけ、その代わりに、恭一と俊三をいつもお芳の身辺《しんぺん》に近づけておくことが、「次郎のため」の願望を自然の流れに棹ささせる道であったとは、決していえなかったのであろう。「自然」の最も深いところに根を張っているはずの肉親の愛ですら、何かの不自然をあえてすることによって、あるいはゆらめき、あるいは枯《か》れる。意志と理性とによって、その不自然をできるだけ自然に近づけて行くことを知らない女性において、とりわけその危険が多いのだ。それは、お民《たみ》と本田のお祖母《ばあ》さんとにおいて、すでに十分証明されたことではなかったか。まして、お芳は、もともと不自然な、しかも、ゆさぶってみるにはまだあまりに早すぎる接《つ》ぎ穂《ほ》でしかなかったのである。次郎に、かつての里子《さとご》の経験が、再び新しい形ではじまろうとしていたとしても、それは「あるまじきことだ」とばかりは、必ずしも言えなかったのではあるまいか。

事実を語ろう。

次郎は、入学試験後、正木に来てから約一か月ぶりで、土曜から日曜にかけて、はじめて本田の家に帰って行った。その日、彼は、お芳にもらった靴《くつ》をわざわざはいて行くことにしたが、靴はまだ十分に新しかった。小学校では、ふだん靴を用いることになっていなかったので、彼はその日はじめてそれをはいたようなものだったのである。

恭一や、俊三や、お祖母さんの顔にまじって彼を迎《むか》えたお芳の顔には、相変《あいか》わらず大きなえくぼがあった。べつだん、飛びつくように彼を迎えるふうはなかったが、正木にいっしょにいたころのお芳を知っていた次郎には、そのえくぼだけで十分だった。で、彼は、本田の家に帰って来てこれまでに感じたことのない、ある新しいあたたかさを感じながら、靴の紐《ひも》をときはじめたのだった。

するとお祖母《ばあ》さんが言った。

「おや、今日《きょう》は靴をはいて来たのかい。母《かあ》さんにこないだいただいたのを、もうおろしたんだね。田舎《いなか》の小学校では靴はいるまいに。」

次郎は、思わずお芳の顔を見た。お芳は、しかし、何の変わった表情も見せてはいなかった。次郎は、安心したような、物足《ものた》りないような変な気になりながら、上にあがった。

それから、みんなは茶《ちゃ》の間《ま》の長火鉢《ながひばち》のまわりにすわったが、偶然《ぐうぜん》だったのか、そうなるのが自然だったのか、いつも俊亮のすわるところにお祖母さんがすわり、その左に恭一、お祖母さんと向きあってお芳、その右に俊三、そして次郎は、恭一と俊三との間に一人だけ横向きにすわることになった。そしてすわると同時に、四人はすぐ火鉢に手をかざしたが、次郎だけは、手を出さなかった。四月にはいったばかりで、陽気はまだ寒かったが、四里《り》近くの道を歩いて来たばかりの次郎には、火の気の必要がほとんど感じられなかったのである。

しかし、この瞬間《しゅんかん》、次郎は何ということなしに、変に冷たいものが、ふと自分の胸をとおりぬけるような気がした。それはあるかなきかの、ごく淡《あわ》い感じではあった。しかし、次郎にとっては何よりもいやな種類の感じだったのである。

彼は、強《し》いてその感じを払《はら》いのけようとつとめた。しかし、それはむだだった。というのは、それから恭一と俊三とが、何か二《ふた》こと三《み》こと彼に話しかけたあと、話がいっこうにはずまず、妙に白《しら》けた空気が火鉢のまわりを支配してしまったからである。

この時、もしお芳が、次郎に何か話しかけるか、あるいはちょっと気をきかして、すぐそばの茶棚《ちゃだな》から、次郎の眼《め》にも見えていた菓子鉢《かしばち》でもおろして、みんなの前にさし出したとしたら、かりにそれがお祖母さんのきげんを損じて、次郎にかえって不愉快《ふゆかい》な思いをさせる結果になったとしても、次郎は一か月前の「母さん」をはっきり本田家に見いだすことによって、十分そのうめ合わせをすることができたでもあろう。

だが、お芳には、そんな気《け》ぶりは少しも見えなかった。気がつかなかったのか、勇気がなかったのか、あるいはそれがあたりまえだと思っていたのか、彼女は、まるで気のぬけたおかめのような顔をしてすわっているだけだった。

それに、次郎の心をいっそう刺激《しげき》したのは、俊三がおりおりお芳にしなだれかかるようなふうをすることであった。彼は、俊三のそうした様子《ようす》を見ているうちに、ふと、彼の六、七歳《さい》ごろの記憶《きおく》をよび起こした。それは、乳母《うば》のお浜《はま》と自分との間に恭一が割《わ》りこんで、お浜の愛を奪《うば》っていると想像した結果、恭一のカバンをそっと便所になげこんだおりのことであった。彼は、そのころ恭一に対して感じたものを、俊三に対して感じはじめたのである。

それは、その時ほど狂暴《きょうぼう》なものではなかった。しかし、それだけに、胸のしんに何か食《く》い入《い》るような気持ちだった。彼はもうお芳と俊三とを見ている勇気がなくて、ひとりで眼を恭一のほうにそらした。

恭一は、いやに注意深い眼をお芳に注《そそ》いでいたが、次郎の視線を自分の顔に感ずると、

「次郎ちゃん、二階に行こうや。」

と、急に立ちあがった。それからお芳のうしろにまわって、

「お祖母《ばあ》さん、これもらっていいでしょう。」

と、茶棚の上の菓子鉢をとりあげた。お祖母さんは、ちょっといやな顔をして、

「二階に持って行くのかい。」

「ええ。いけないんですか。」

「食べたけりゃ、ここでいっしょに食べたらいいじゃないかね。」

「ここでは、おいしくないや。ねえ、次郎ちゃん。」

恭一としては、いつもに似ない言い方だった。

次郎はお祖母さんとお芳との顔を等分に見くらべていた。お芳は、しかし、相変わらず無表情な顔をしていた。すると、俊三が、

「僕、ここで食べるほうがいいや。」

と自分のからだでお芳のからだをゆさぶるようにして言った。

「俊《しゅん》ちゃんは、じゃあ、ここで食べろよ。」

恭一は、そう言って、菓子鉢の中のものを、わしづかみにして、いくつか俊三にやった。それは亀《かめ》の子《こ》煎餅《せんべい》だった。俊三は平気でそれを受け取った。

「次郎ちゃん、行こう。」

恭一は、そう言いすてて、さっさと階段を上がって行った。

次郎もすぐ立ちあがった。彼は立ちがけに、もう一度お芳の顔を見た。

お芳はその時、少し眼を伏《ふ》せていたが、めずらしく光を帯びた視線を次郎にかえした。それには、たしかにある表情があった。次郎には、しかし、それが何を意味するかは少しもわからなかった。

彼は、同時に、お祖母さんの視線を強く自分の頰《ほお》に感じたが、それには頓着《とんちゃく》しないで、すぐ恭一のあとを追った。

二階に行くと、二人は菓子鉢を机《つくえ》の上においたまま、しばらくじっと顔を見あっていた。

「次郎ちゃん、がっかりしなかった？」

た。

恭一がやっとたずねた。

「どうして?」

と、次郎はわざととぼけたような顔をして見せたが、その頰の肉は変にこわばってい

「だって――」

と、恭一は言いよどんで、菓子鉢を見つめていたが、

「これ食べようや。」

と、急に亀《かめ》の子煎餅《こせんべい》をつまんだ。しかし、二人とも、それを口に運ぶというよりは、それに浮《う》きだしている模様《もよう》をぼんやり眺《なが》めている、といったふうだった。

「母《かあ》さん、変じゃあない?」

「どうして?」

「だって、次郎ちゃんが来ても、ちっともうれしそうな顔をしていないじゃないか。」

「そうかなあ。」

「次郎ちゃんは、そう思わなかった?」

「………」

次郎は眼を伏せた。そして、亀の子煎餅を指先で砕《くだ》いては、鉢におとした。涙《なみだ》がこみ

あげて来るような気持ちだったが、彼はやっとそれをこらえた。

「僕、あんな人、きらいさ。」

恭一は吐《は》き出《だ》すように言って、急に煎餅をぼりぼりかみだした。

次郎は、しかし、すぐ恭一に相《あい》づちをうつ気にはなれなかった。彼には、何かしら未《み》練《れん》があった。さっき立ちがけに見たお芳の眼の表情も思い出されていた。

「じゃあ、恭《きょう》ちゃんも、かわいがってもらえないの?」

次郎は妙に用心深い眼をしてたずねたが、それには、かなり複雑《ふくざつ》な気持ちがこめられていた。恭一がかわいがられていないことは、彼としては安心なことのようにも思えたし、また、それだけお芳の愛が俊三に集中されていることのようにも思えたのである。

「僕?」

と恭一は、いかにも冷たい微笑《びしょう》を浮かべて、

「僕はだれよりも大事にしてもらうんだよ。僕、それがいやなんさ。」

次郎には、その意味がわからなかった。しかし、恭一はすぐつづけて言った。

「母さんはね、次郎ちゃん、お祖母《ばあ》さんの言うとおりなんだよ。僕を大事にするんだって、俊ちゃんをかわいがるんだって、みんなお祖母さんがいろいろ言うからさ。」

次郎は、そう聞くと、かえって救われたような気がした。そして、さっきのお芳の眼

の表情を、もう一度思い浮かべた。

「じゃあ、母《かあ》さんは、俊ちゃんをほんとうにかわいがっているんじゃないの。」

彼は、彼がふれるのを最も恐《おそ》れていた、しかし、ふれないではいられなかったものに、巧《たく》みにふれる機会をとらえた。

「そりゃ、ほんとうにかわいがっているかもしれんさ。だけど俊ちゃんをかわいがるからって、次郎ちゃんが久しぶりで来たのに知らん顔しているなんて、ひどいと思うよ。次郎ちゃんがかわいいなら、お祖母《ばあ》さんの前だって何だって、あたりまえにかわいがりゃあいいじゃないか。僕、ごまかすのが大きらいさ。」

次郎は恭一の言葉がうれしいというよりは、もどかしい気がした。彼は、お芳がほんとうに俊三を愛して自分を疎《うと》んじているのか、それとも、単にお祖母さんの手前そんなふうにみせかけているのか、それをはっきり言ってもらいたかったのである。

彼は、自分の俊三に対する嫉妬《しっと》を恭一に覚《さと》られないで、それをどうたずねたらいいかに苦心した。

「俊ちゃんは、あれからすぐ母さんが好きになったんかい。」

「好きになったんかどうか知らないけど、すぐ、わがまま言いだしたよ。おおかた、父《とう》さんが、わがまま言ってもいいって言ったからだろう?」

「わがまま言っても、母さん怒《おこ》らない？」

「ちっとも怒らないよ。わがまま言うと、よけいかわゆくなるんだってさ。」

次郎の眼は異様に光った。彼は、自分がお芳に対してできるだけ従順《じゅうじゅん》であろうとつとめていた一か月まえまでの生活を思い起こして、何かくやしいような気がした。彼はさぐるような眼をして、

「じゃあ、恭ちゃんもわがまま言えばいいのに。」

「ばか言ってらあ。僕、そんなこと、大きらいだい。」

恭一は、いかにも不快そうに答えた。次郎には、それが意外だった。自分が愛せられることだけに夢中《むちゅう》になっていた彼には、恭一の潔癖《けっぺき》な気分がよくのみこめなかったのである。

「ねえ、次郎ちゃん――」

と、恭一はしばらくして、

「僕、やっぱり、母さんなんか来ないほうがよかったと思うよ。」

「どうして？」

「みんなが正直《しょうじき》でなくなるからさ。母さんが来てから、みんな自分で考えてないことを、言ったり、したりするようになったんだよ。」

「母《かあ》さんは、そんなにいけない人かなあ。」

「母さんがいけないんじゃないかもしれんさ。だけど、母さんが来るまでは、みんなもっと正直だったんじゃないか。このごろ父《とう》さんだって、うそをつくことが多いぜ。お祖母《ばあ》さんなんか、しょっちゅううそばかりだよ。」

恭一は食ってかかるような調子だった。

「恭ちゃんもうそをつく?」

「僕はうそなんかつくもんか。僕、何でも思ったとおりに言ってやるんだ。だから、みんな困るんさ。困ったって、平気だよ。」

次郎には家の中の様子が何もかも想像がつくような気がした。しかし、今の場合、彼にとって大事なのは、そんなことよりも、俊三とお芳との間が実際はどうだかを、はっきり知ることであった。

「じゃあ、俊ちゃんは?」

「俊ちゃん?」

と、恭一はちょっと考えてから、

「俊ちゃんは僕にはよくわかんないや。母さんにわがまま言うのは、わざとじゃないだろうと思うけれど。」

「じゃあ、母さんが俊ちゃんをかわいがるのも、うそじゃないんだろう。」

恭一はまた考えた。そして、

「それも、僕には、はっきりわかんないさ。」

次郎は物足りなさそうな顔をして、黙《だま》りこんでしまった。

二人はそれから、やたらに煎餅《せんべい》をかじりはじめた。もう日が暮《く》れかかって、ただでさえうす暗い部屋《へや》が、いっそう暗かった。その中で、煎餅をかじる音だけが、異様に、二人の耳に響《ひび》いた。

菓子鉢もまもなくからになり、部屋はしんとして寒かった。しかし、二人はいつまでも階下《した》におりようとはせず、机にほおづえをついたまま、からになった菓子鉢の底に、ぼんやり眼をおとしていた。

そのうちに、梯子段《はしごだん》をのぼる重い足音がして、俊亮《しゅんすけ》がのっそりと部屋にはいって来た。次郎は、あわてたように居《い》ずまいを正して、ぴょこんとお辞儀《じぎ》をした。

「来たのか。」

俊亮は、それだけ言って、つっ立ったまま、しばらく二人を見おろしていたが、

「二人とも階下におりたらどうだ。ここには火もないだろう。」

次郎は、すぐ立ちあがりそうにして、恭一を見た。恭一は、しかし、いやに鋭《するど》い陰気《いんき》

な視線を次郎にかえしただけで、相変わらずほおづえをついたままだった。

「今日は次郎が来たから、母《かあ》さんに御馳走《ごちそう》してもらおうかな。次郎、何がいい？」

俊亮はそう言って微笑した。次郎は、また恭一の顔をのぞいた。恭一は、ほおづえのまま顔をちょっと父のほうに向けたが、すぐまた眼を伏せてしまった。

「牛肉のすき焼きかな。……そう、それがよかろう。みんなで、つっつけるからな。……恭一、お前、肉屋まで走って行って来ないか。」

俊亮は愉快《ゆかい》そうにそう言って、財布《さいふ》から五円札《さつ》を一枚とり出し、それを机の上にほうりなげた。

「どのくらい買って来るんです？」

恭一は、急に元気らしく、五円札をつかんだ。

「食べたいだけ買って来るさ。……一斤《きん》もあればいいかな。」

恭一はすぐ部屋を出た。しかし、梯子段《はしごだん》のところまで行くと、ふりかえって言った。

「次郎ちゃんもいっしょに行かないか。」

その時、次郎は、俊亮に黙って頭をなでてもらっているところだった。恭一にそう声をかけられると、彼はあわてたように、

「うん、行くよ。」

と、とん狂《きょう》に答えて、急いで俊亮のそばをすりぬけた。

俊亮は微笑した。次郎はあかい顔をして、恭一のあとを追った。

二人が牛肉を買って帰って来ると、めったに台所のことに口を出したことのない俊亮が、めずらしく、あれこれとさしずしてお芳にすき焼きの準備《じゅんび》をさしていた。俊三も、はしゃぎきって、お芳といっしょに、台所から茶の間に物を運んだりしていた。ただ、むっつりと火鉢のはたにすわりこんでいたのは、お祖母《ばあ》さんだけだった。

すっかり準備ができたのは、六時をかなり過ぎたころだった。

明るい茶の間の電灯《でんとう》の下で、父と兄との間にはさまれて、すき焼《や》き鍋《なべ》を囲んだ時の次郎の気持ちには、何とも言えないあたたかさがあった。鉢に盛《も》られた肉や、葱《ねぎ》や、焼《や》き豆腐《どうふ》の色彩《しきさい》、景気のいい七輪《しちりん》の火熱、脂《あぶら》のはじける音、立ちのぼる湯気《ゆげ》の感触《かんしょく》とその匂《にお》い、――彼は、彼の味覚を満足させる前に、すでに彼の五官のすべてをすき焼きというものに集中さして、恍惚《こうこつ》となっていた。

彼にとっては、こうした食事の経験は、本田の家ではむろんのこと、正木の家でも、これまでにまったくなかったことなのである。

「次郎、もうここいらが煮《に》えているよ。」

さっきから手酌《てじゃく》で晩酌をはじめていた俊亮は、煮えたった鍋のなかに箸《はし》をつきこみながら、まず次郎をうながした。次郎は、しかし、まごまごして恭一の顔ばかり見た。そして、恭一が卵を割ると自分も割り、肉をはさむと、自分もはさんだ。

子供にとって、味覚の世界はしばしば他のすべての世界を忘れさせるものである。次郎は、それから夢中になって鍋のものを口に運んだ。俊亮と恭一とが、かわるがわる、

「もうここいらが煮えているよ」と言って、肉や葱《ねぎ》を彼の前に押《お》しやってくれるので、彼はほとんど箸《はし》を休める必要がなかった。お祖母《ばあ》さんがどんな眼をして彼を見ていたかも、俊三が鍋のなかのものをとるのに、どんなふうにお芳に世話をやいてもらっていたかも、彼はまるで知らないでいるかのようであった。

しかし、食欲が満たされるにつれ、そして、すき焼きというものの刺激《しげき》が、次郎にその新鮮味《しんせんみ》を失ってくるにつれ、彼の注意も、そろそろと周囲の様子にひかれて行った。

「母《かあ》さん、僕、豆腐《とうふ》はいやだい。」

「ああ、そう、じゃあそれ母さんの皿《さら》にうつしてちょうだい。もうじき肉が煮えるから、待っててね。」

俊三とお芳との言葉が、まず次郎の耳を刺激した。しかし、なおいっそう彼の注意をひいたのは俊亮と俊三とのつぎの対話だった。

「俊三、お前母さんに甘《あま》ったれてばかりいるね。」

「甘ったれてなんかいないよ。」

「だってそう見えるぞ。」

「ばかにしてらあ。」

「じゃあ、今夜《こんや》は次郎が母さんのそばに寝《ね》るんだが、いいかね。」

「そんなの、ないよ。」

「どうして?」

「だって、恭ちゃんはお祖母さん、次郎ちゃんは父《とう》さん、僕は母さんときまっているじゃないか。」

「だれがそんなこと決めたんだ。」

「お祖母さんが、いつもそう言ってらあ。」

この対話が、次郎だけでなく、みんなの心を刺激したのはいうまでもなかった。一《いっ》瞬《しゅん》、鍋《なべ》の煮《に》たつ音が、いやにだれの耳にもついた。

次郎は、しかし、同時に気持ちのうえで妙《みょう》な矛盾《むじゅん》に陥《おちい》っていた。というのは、もし、家族六人を二人ずつ組み合わせるとすれば、俊三の言った組み合わせこそ、次郎にとっては、最も好もしい組み合わせだったからである。

(母さんなんか、どうでもいいや。)

彼は、そんなふうにも、ちょっと考えてみた。しかし、そう考えると、やはりまた気持ちが落ちつかなかった。

「父《とう》さん！」

と、その時、沈黙《ちんもく》を破って、だしぬけに恭一が言った。

「僕、そんなふうに二人ずつ組み合わせるのは、非常にいけないと思うんです。父さんは、それをいいと思うんですか。」

「そうさね。」

俊亮は、わざとお祖母《ばあ》さんのほうを見ないようにして、ちょっと考えていたが、

「まあ、しかし、そんなことはどうでもいいだろう。」

「どうでもよくないんです。」

恭一はがらりと箸《はし》を投げすてて、泣くような声で叫《さけ》んだ。

「お祖母さんは僕だけのお祖母さんではないんです。次郎ちゃんにも、俊ちゃんにも、お祖母さんです。父さんだって、母《かあ》さんだって、やっぱり三人の父さんと母さんでしょう。」

「そうさ。あたりまえじゃないか。」

「じゃあ、なぜ、次郎ちゃんが久しぶりで帰って来たのに、お祖母さんも……母さん

も……」

恭一はそう言いかけて、両手で顔をおおうた。そして、やにわに立ちあがって二階にかけあがってしまった。

俊亮は大きなため息をついた。お祖母さんは不安な眼をして恭一のあとを見送ったが、すぐその眼を転じて鋭《するど》く次郎を見つめた。お芳はじっとうなだれていた。俊三は牛肉をかみやめて、お芳の顔をのぞきこんだ。そして次郎は箸を握《にぎ》ったまま、ぽたぽたと涙を膝《ひざ》にこぼしていた。

鍋の中のものは、かなり景気よく煮たっていたが、その音は何か遠くの物音《ものおと》を聞くようであった。

一一　蘭《らん》の画《え》

変にもつれた気分が翌朝になっても解《と》けなかった。

沈黙《ちんもく》がちな、まずい朝飯をすますと、俊亮《しゅんすけ》は、茶《ちゃ》の間《ま》の長火鉢《ながひばち》のはたで、いつまでも一枚の新聞に目をさらしていた。恭一《きょういち》と次郎《じろう》とは、何度《なんど》もその前を行ったり来たりして、座敷《ざしき》のほうに姿を消した。お祖母《ばあ》さんは仏間《ぶつま》で何かかたことと音をたてていた。そしてお芳《よし》は、おくれて起きてきた俊三《しゅんぞう》のために、台所でお給仕《きゅうじ》をしてやっていた。

そこへ、だしぬけに、家の中の空気にそぐわない、はればれとした声で、

「おはよう！」

と、あいさつをして、黒のつめ襟《えり》の服を着た人がはいって来た。大巻徹太郎《おおまきてつたろう》だった。

「やあ、おはよう。さあどうぞ。」

と、俊亮はすわったままで彼《かれ》にあいさつをかえし、長火鉢の向こうに敷《し》いてあった座《ざ》蒲団《ぶとん》をうらがえしにした。徹太郎はその上に無遠慮《ぶえんりょ》にあぐらをかきながら、

「ゆうべは宿直で、今帰るところです。」

「そう。それはお疲《つか》れでしょう。……ご飯《はん》は。」

「学校ですまして来ました。……ところで次郎君は来ていませんかね。」

「来ていますよ。」

「じゃあ、今日《きょう》は、今から私のうちにつれて行きたいと思いますが、どうでしょう。恭一君も俊三君もいっしょに。」

「それは、よろこぶでしょう。……おい、次郎……恭一。」

俊亮が呼ぶと、二人はすぐ座敷のほうから出て来た。

「やあ、次郎君、やっぱり来ていたんだね。どうだい、きょうは三人そろって叔父《おじ》さんについて来ないか。お祖父《じい》さんもお祖母さんも待ってるぜ。」

次郎は突《つ》っ立《た》ったまま恭一の顔を見た。彼は徹太郎にこんなふうに親しく話しかけられるのが、きょうは何かそぐわない気持ちだったのである。

恭一も変に落ちつかない眼《め》をしていた。

「まあ、徹太郎さん、しばらくでございます。よくおいでくださいました。」

と、その時、お祖母さんが仏間から出て来て徹太郎にあいさつをした。それから、突っ立っている二人を見て、

「お前たち、どうしたのだえ。お行儀《ぎょうぎ》がわるい。お辞儀《じぎ》を申しあげたのかえ。」

二人はあわてて畳《たたみ》に手をついた。

「やあ。」

と、徹太郎は二人に軽くお辞儀をかえし、

「どうだい、次郎君、正木《まさき》には夕方までに帰ればいいんだろう。ついでに大巻にも寄って行くさ。少しまわり道になるが、今からすぐ出かけると、ずいぶんゆっくりできるぜ。」

「恭《きょう》ちゃん、行こうや。」

次郎は、もう乗り気だった。

「うむ――」

恭一は、まださっぱりしないふうだったが、強《し》いて拒《こば》む理由も見つからないらしかった。

「俊三はどうだ。大巻のお祖父《じい》さんとこに行かないか。」

まだ台所でお芳に世話をやいてもらっていた俊三に向かって、俊亮が言った。

俊三は返事をしなかった。次郎がそっとそのほうをのぞいて見ると、彼はお芳の耳元に口をよせて何かささやいているところだった。次郎の眼は、われ知らず、それに吸いつけられた。

「どうだい、俊三。」

もう一度俊亮がうながした。俊三はやはり返事をしない。そして相変《あいか》わらずお芳に何かささやいている。

お芳は困ったような顔をして、何度も首を横にふっていた。

「俊《しゅん》ちゃん、早くしないと、恭ちゃんと二人で行っちまうよっ。」

次郎がだしぬけに叫《さけ》んだ。それはいかにも怒《おこ》っているような声だった。

「いいんだようっ。母《かあ》さんが行かないって言うから、僕《ぼく》も行かないようっ。」

俊三は、鬼《おに》ごっこでもするような、ふざけた調子で答えて、ふりむきもしなかった。次郎はこみあげて来る無念《むねん》さをごまかそうとして、変な作り笑いをしたが、さっきから自分を見つめていたらしい俊亮の眼にぶっつかると、急に立ちあがって二階にかけ上がった。

二階からおりて来た彼は、もう帽子《ぼうし》をかぶっており、手には恭一の帽子まで握《にぎ》っていた。

「叔父《おじ》さん、行きましょう。」

彼は恭一の前に帽子をつきだしながら、徹太郎をせきたてた。

「まだお茶もあげないのに、何だね、次郎。」

お祖母《ばあ》さんがそう言ってしかったが、彼はもうそれには頓着《とんちゃく》せず、さっさと靴《くつ》をはきだした。

「お茶はもう結構《けっこう》です。……じゃあ、俊三君はこのつぎにするかね。」

と、徹太郎は台所のほうをのぞき、すぐ俊亮とお祖母さんとにあいさつをして立ちあがった。お祖母さんはいかにもふきげんそうな顔をしていた。

三人が門口《かどぐち》を出るときには、お芳も俊三も見送って出ていたが、次郎はつとめて二人の眼を避《さ》けているようなふうだった。

「じゃあ、お宅《たく》を三時ごろにはおいとまさしてください。日が暮《く》れると、正木でも心配しますから。」

俊亮のそんな心づかいをうしろに聞きながら、次郎はまっ先に立って歩いた。彼の足はやけに早かった。そして、町はずれを出てからも、だれとも口をきかなかった。

「中学校も三年になると、ちょっと学科がむずかしくなるね。」

「ええ、東洋史に覚えにくい名前が出て来て困るんです。」

「武道《ぶどう》はどちらをやってるんだい。剣道《けんどう》？」

「いいえ柔道《じゅうどう》です。」

「君《きみ》のからだでは、剣道のほうがよくないかな。」

「ええ、……でも、僕、面《めん》をかぶるのがきらいなんです。くさくって。」

「だいぶ神経質だな。……べつに何か運動をやっているんかね。」

「やりません。」

「登山はどうだい。」

「好きです。僕、ときどき一人で登ります。この辺の山だけれど。」

「一人で？　そうか。しかし登山はいいね。そのうち叔父《おじ》さんが高い山につれていってあげようかな。」

歩いていた。

「ええ。」

徹太郎と恭一とが、そんな話をしているのを聞きながら、次郎はいつも一間《いっけん》ほど先を歩いていた。

「次郎君は、どうだい、登山は?」

次郎はそう言われて、やっと二人と肩《かた》をならべながら、

「大好きです。」

「しかし、まだあまり登ったことはないんだろう。」

「学校の遠足で二、三度登ったきりです。」

「じゃあ、もう少し暖かくなったら、恭一君と三人で、天幕をかついで行って、山に寝《ね》てみようね。」

次郎は眼を輝《かがや》かした。徹太郎は、それからしきりに登山や露営《ろえい》のおもしろさを説《と》きたてて、二人を喜ばした。

大巻の家までは、せいぜい一里《いちり》だった。で、十時近くには、三人はもう、その風変《ふうが》わりな槙《まき》の立ち木の門をくぐっていた。

運平老《うんぺいろう》は、座敷に画仙紙《がせんし》をひろげて、絵を描《か》いているところだったが、恭一と次郎とがあいさつに行くと、老眼鏡をたかい鼻先にずらして、じろりと二人の顔を見た。そし

て、

「ほう、来たな。よし、よし。」

と言ったきり、またすぐ絵筆《えふで》を動かしはじめた。

二人はちょっと手持ちぶさただった。しかし、運平老が絵を描いているのを実際に見るのは、二人ともはじめてだったので、そのますますわって、絵筆の運びに見入《みい》っていた。

画仙紙には、えたいの知れない線や点がべたべたとなすられていた。それが見ているうちに断崖《だんがい》のような形になった。そしてその中程《なかほど》から、長いひげみたようなものが、くねくねと幾筋《いくすじ》も飛びだして、それがたちまち蘭《らん》になった。

蘭を描き終わると、運平老は画筆をおろして、ちょっと腕組《うでぐ》みをした。それから、今度《こんど》はべつの筆をとりあげて、絵の右上の余白《よはく》に一行ほど漢字を書いた。それは恭一にも次郎にもまるで読めない字だった。最後に運平老は「鉄庵居士《てつあんこじ》」と書いて筆をおいたが、この四字だけは、恭一にも次郎にも見覚えがあり、それが運平老の雅号《がごう》だということも以前からわかっていた。

「どうじゃ、学校の図画とはだいぶ違《ちが》うじゃろう。」

運平老は、やっと眼鏡《めがね》をはずして、二人のほうに向きなおった。

「学校の図画、あれは形だけのものじゃ。形だけでは、ほんとうの絵にはならん。ほんとうの絵は心で描くものじゃ。心の邪念《じゃねん》をはらって絵筆を握《にぎ》る。すると、絵筆の先から自然に自分の気持ちが流れ出る。それがほんとうの絵じゃ」

「邪念って、何です。」

と、恭一がだしぬけにたずねた。その調子はいかにもまじめだった。

「うむ……」

と、運平老は、ちょっと説明に窮《きゅう》したらしく、その大きな眼玉《めだま》をぱちくりさしていたが、

「邪はよこしま、念はおもいじゃ。よこしまなおもいと書いて邪念《じゃねん》と読む。つまり迷いじゃな。人間はとかく自分に都合《つごう》のよいことばかり考えて、怒ったり、悲しんだり、喜んだりする。それが迷いじゃ、心に迷いがあるとそれが絵筆に伝わって、自然に絵も下品《げひん》になるのじゃ。」

次郎には、運平老の絵が上品《じょうひん》だか下品だか、さっぱりわからなかった。学校の図画の手本のような美しい絵が描けないくせにいばっているな、という気が彼にはしていた。しかし、運平老の言った言葉は、べつの意味で妙《みょう》に次郎の心にひっかかった。彼はきのうからのことを考え、「迷い」という言葉が何か自分に関係のあることのような気がしたのである。

「お祖父《じい》さんは、きょうは蘭《らん》ばかり描くんですか。」

恭一は運平老が今朝《けさ》から描いたらしい何枚もの蘭の絵が、壁《かべ》にピンでとめてあるのを見まわしながら、たずねた。

「うむ、今日《きょう》は蘭じゃ。気持ちのいい蘭ができるまでは、何枚でも描くのじゃ。」

運平老はそう言って、いま描きあげたばかりの、まだ墨《すみ》の乾《かわ》かない絵を、以前のと並《なら》べて壁にとめた。その前にすわって、しばらく一心《いっしん》に見つめていたが、

「うむ、うむ。」

と、一人で何度もうなずき、それから、また二人のほうに向き直って、

「どうじゃ、これなら文句《もんく》なかろう。」

文句があるも、ないも、二人はどの絵を見ても同じ感じがするだけであった。で、返事をしないで、くすぐったそうに眼を見あわせた。すると、運平老は言った。

「蘭が一株《ひとかぶ》、千仞《せんじん》の断崖に根をおろして匂《にお》っているのじゃ。よいかな、たった一株じゃぞ。その一株の下は深い谷じゃ。断崖をつとうて、ずっと見おろすと、白い泡《あわ》をふいて水が流れている。流れにそうて森もあれば、畑もある。どこかに小さな人影《ひとかげ》も見えていよう。その上を鳶《とび》が輪に舞《ま》っているかもしれん。いい景色《けしき》じゃ……」

運平老は、そこでちょっと言葉を切った。そしてまた何度もうなずいてから、

「今度は上を見るんじゃ。断崖は何十丈《じょう》と上のほうにものびている。じゃが、もうそこには一本の木も草もない。丸裸《まるはだか》の岩がただ真青《まっさお》な天に食《く》い入《い》っているだけじゃ。白い雲が一《ひと》ひらぐらいは浮《う》いているかもしれんがの。どうじゃ、これもいい景色じゃろう。」

次郎には何のことやらさっぱりわからなかった。しかし、恭一があんがい真剣《しんけん》な眼つきをして絵に見入っているので、自分もしかたなしに、画面の天地の何も描いてない部分を、きょろきょろと見上げ見おろしていた。

運平老は今度は絵と子供たちとを等分に見比べながら、

「天地をつなぐ断崖に根をおろして、天地を支配している蘭の心には何の迷いもないのじゃ。たった一株で寂《さび》しいとも思わんし、雨風にたたかれても苦にならん。花が咲《さ》く時には花を咲かせ、枯《か》れる時が来たら枯れるまでじゃ。わしも今日はひさびさで気持ちのよい絵を描いた。もうこれでおしまいじゃ。」

そしていかにも愉快《ゆかい》そうに、ひとりでうなずきながら、絵筆を筆洗にひたしていたが、

「二人とも、ようおとなしくすわって見ていたのう、いったい、いつ来たんじゃ。」

二人は思わず顔見合わせて笑いだした。恭一は、しかし、すぐ真顔《まがお》になって、

「お祖父さんが今の絵を描きかけた時です。」

「ああ、そうだったか。で、二人で来たかの。」

「叔父《おじ》さんといっしょです。」

「おう、そうそう。徹太郎はゆうべ宿直じゃったな。なるほど、きょうお前たちをつれて来る約束《やくそく》じゃったわい。はっはっはっ。」

運平老は、絵の世界から、やっとほんとうに自分にかえったらしかった。

そこへ、大巻のお祖母《ばあ》さんが二人を呼びに来たので、運平老もいっしょに茶の間に出て行き、みんなで餅菓子《もちがし》をほおばった。

餅菓子をほおばりながら、徹太郎はまた登山の話をはじめた。そして崖《がけ》に生えている植物の採集の話をしだすと、運平老は得たりとその話をさっきの蘭《らん》の絵にもって行き、徹太郎にさっそくそれを見て来るように言った。徹太郎は、

「またお父《とう》さんの独《ひと》りよがりではありませんかね。」

と、笑いながら座敷のほうに立って行ったが、まもなく帰って来て、

「やっぱりあれはただの蘭ですよ。高さの感じがちっとも出ていません。あれじゃあ、庭石《にわいし》の横っ腹に生えた蘭だと見られても、しかたがありませんね。」

運平老は眼をくるくるさして、

「なに、庭石の横っ腹じゃと。お前のような平凡《へいぼん》な学校の先生には、墨絵《すみえ》の心はとうていわからん。お前よりは恭一君のほうがよっぽどわかりがよさそうじゃ。」

恭一の顔がかすかにあからんだ。

「ふ、ふ、ふ。」

と、徹太郎は悠然《ゆうぜん》とあぐらをかいて、餅菓子に手をのばしながら、

「恭一君、お祖父《じい》さんの説明にだまされちゃいかんぞ。説明つきの絵なんて、元来《がんらい》印刷物よりほかにはないはずだからな。」

「けしからんことを言う。水彩画《すいさいが》や油画《あぶらえ》こそ、絵全体が説明ではないか。わしの描く墨絵には、一点の説明もありゃせん。」

「そのかわり、口で説明するんでしょう。」

「そりゃあ、素人《しろうと》にはいちおうの説明をしてやらんと、絵の深さというものがわからん。説明してやっても、お前のような低能には、結局わからんがな。」

「また低能か。まあそこいらで負けときましょう。……ところで、どうだい、恭一君、君にはほんとうのところ、あの絵が高い崖に生えている蘭のように思えたのかい。」

「はじめはそんな気がしなかったんです。だけどお祖父さんの話を聞いているうちに、何だか高い崖のように思えて来ました。」

恭一はすこぶるまじめだった。

「そうれ、どうじゃ。」

と、運平老は得意《とくい》そうに、

「恭一君はすなおじゃから、話せばわかるんじゃ。」

「話せばわかるんで、話さなかったらわかりますまい。」

「いいや、すなおな心があればわかるんじゃ。恭一君のようなすなおな心で、少し絵になれてさえ来ると、わしの話など聞かなくても、おのずとわかるようになるものじゃ。そこはお前のようなあまのじゃくとはわけがちがう。」

「今度は、あまのじゃくか。いよいよ僕の敗北《はいぼく》らしいな。」

徹太郎はにやにや笑いながら、次郎を見て、

「どうだい、次郎君は。君もお祖父《じい》さんの話でわかったほうなのかい。」

次郎には返事ができなかった。彼は最初のうちは、徹太郎が運平老を冷《ひ》やかしているのがばかにおもしろかった。むろん、彼自身も、蘭《らん》が断崖《だんがい》の高いところに生えているというふうには、少しも感じていなかったのである。しかし、運平老が恭一をほめだしてから、彼の気持ちは急に変わった。そして自分の感じを率直《そっちょく》に言うことが、何か自分のねうちを落とし、運平老から離《はな》れて行く結果になりそうな気がしてならないのだった。

「いやに考えてるね。考えることなんかないだろう。お祖父さんの絵がだめならだめと、思ったとおりに言うだけなんだから。」

徹太郎にそう言われると、次郎はいよいよまごついた。そして徹太郎と運平老との顔を何度も見くらべてから、やっと答えた。

「僕、わかんないなあ。」

答えてしまって彼はすぐ後悔《こうかい》した。だれの様子《ようす》にもべつに変わったところはなく、ただほんの二、三秒間沈黙《ちんもく》がつづいただけだったが、その沈黙の間、これまでとはちがった、固い空気が、急にその場を支配したように彼は感じたのである。

「わかんないか。そいつぁ、次郎君、少しどうかしているぞ。……しかし、まあいいや。きょうは恭一君がお祖父さんの味方らしいから、名画が一枚できたことにしておこう。」

徹太郎はそう言って、大きく笑った。運平老も笑った。そして肩《かた》をつんといからしながら、

「だれが何と言おうと、あれだけはわしの近来の傑作《けっさく》じゃ。その証拠《しょうこ》には、わしは二人がいつ座敷《ざしき》にはいって来たかも知らないで、無心《むしん》になって筆を運んでいたんじゃ。」

それはいかにも変な論理だった。しかし、もう徹太郎には、それを攻撃《こうげき》の材料にする気はなかった。そして絵の話はそれでけりがついた。お祖母《ばあ》さんは、さっきから気乗りのしない顔をしてふたりの話をきいていたが、茶棚《ちゃだな》の置時計《おきどけい》に眼をやって、

「おやもう十一時だよ。ご馳走《ちそう》は何にしようかね。」

「さあ、なるだけうまいものがいいですね。蒲鉾《かまぼこ》なら、僕、町から買って来て、戸棚にしまっておいたんです。」

「今日《きょう》は大堀《おおぼり》が干《ほ》さるんで、昼からだと小鮒《こぶな》と鰻《うなぎ》が手にはいるんだがね。」

「あっ、そうそう、今日でしたね、大堀の干さるのは。じゃあ、僕行ってみましょう。もういくらか受《う》け籠《かご》にはいっているかもしれません。」

徹太郎は、せきたてるように恭一と次郎とをうながして、いっしょに大堀へ行った。

大堀というのは、村で一番大きな灌漑《かんがい》用のため池だった。この辺では、春になるとため池の水を順ぐりに川に落とし、底にたまったどろを汲《く》みあげて畑の肥料にするのだったが、今日はその大堀を干す番になっていたのである。

三人が着いた時には、堀の上にしつらえられた二つの足場に、百姓《ひゃくしょう》たちが二人ずつ立って、八本の綱《つな》でつるしたいびつな桶《おけ》を巧《たく》みにあやつりながら、もうどろを汲みあげているところだった。堀の底にもどろまみれになった人が五、六人おり、小桶で泥水を足場のほうにかきよせていたが、おりおり鰻や鯰《なまず》を捕《つかま》えては岸にほうりあげていた。汲みあげられた畑のどろの中には、小鮒がぴちぴち動き、隅《すみ》のほうのどろのよどんだところには、もう田螺《たにし》がそろそろとはいだしていた。

「受け籠のほうはどうだったい。ちっとははいったかね。」

徹太郎がたずねると、堀底の一人が大声で答えた。

「鮒《ふな》は少のうござんしたよ。その代《か》わり今年は鰻《うなぎ》が豊作でな。」

「少々でいいが、さっそくわけてもらえないかね。町から小さいお客を二人つれて来たんだが。」

「ようがすとも。」

気持ちよくそう答えて、その男は大堀の出口に築いてある堰《せき》をこえて向こう側に姿《すがた》を消した。徹太郎たちが、岸をおりてそのほうに行くと、受け籠はもう引きあげられて、その中には鮒がはね、鰻がぬるぬると動いていた。

三人は、次郎のさげていた魚籠《びく》に、いくらかの鮒と鰻をわけてもらって、すぐ帰った。帰ると、徹太郎は、鮒だけをお祖母《ばあ》さんに渡《わた》し、鰻は蒲《かば》焼きにするために自分で割《さ》きはじめた。次郎は終始《しゅうし》熱心にそれを見ており、自分でも何かと手伝ったりしたが、恭一は、鰻の頭に錐《きり》が突《つ》きさされるごとに眼をそらした。

昼飯は一時近くになった。

大巻の家としては、近来にないにぎやかな食卓《しょくたく》だった。ご馳走《ちそう》は、鮒の味噌汁《みそしる》のほかは、すべて鉢盛《はちも》りにしてあり、めいめいに好きなものをとって食べるようになっていたが、これは恭一にも次郎にも、いつもと勝手《かって》がちがっていた。しかし、二人は、何か自分たちの経験したことのない、なごやかな空気を、そんなことにも感じるらしかった。次郎は盛《さか》んに鰻《うなぎ》に箸《はし》をつけ、恭一は鰻よりも蒲鉾《かまぼこ》のほうを多く食《く》った。

食事がすんで小半時《こはんとき》もたつと、運平老は次郎に剣道《けんどう》の稽古《けいこ》をつけてやった。恭一にもすすめたが、彼はどうしても面をかぶろうとしなかったので、徹太郎は彼を二階の書斎《しょさい》につれて行って、勝手に本を見さした。

本棚には、少年読み物から哲学書まで、かなり広い範囲《はんい》の本がならべてあった。絵の鑑賞《かんしょう》に関する本も、二、三冊《さつ》あった。恭一は午前の話を思い出して、まずそのなかの一冊を引き出してみた。

「恭一君は、やはり絵に興味があるんだね。」

徹太郎にそう言われて、彼は頭をかいたが、それでも、挿絵《さしえ》になっている名画の説明に、いつまでも眼をさらしていた。

次郎と運平老とが剣道をすまして帰って来ると、またみんなが茶の間に集まって、パイナップルの缶詰《かんづ》めをあけた。運平老と徹太郎とは、何かにつけ恭一と次郎をそっちのけにして、例の調子で論戦を始めるのだったが、話題はいつも世間《せけん》ばなれのした、罪のないことばかりだった。そして、どちらに歩《ぶ》があっても、最後はきまって高笑いに終わった。恭一と次郎とは、話がわかってもわからなくても、何か自分たちの知らない新しい世界を見せられるような気持ちだった。

三時きっかりになると、徹太郎が、だしぬけに言った。

「さあ、もう帰る時間だ。これからは叔父《おじ》さんが迎《むか》えに行かなくても、ちょいちょいやってくるんだぜ。」

次郎は未練《みれん》らしく恭一を見たが、恭一はすぐ帰るあいさつをした。するとお祖母《ばあ》さんが、心配そうに、徹太郎を見て、

「次郎ちゃんは正木に帰るんじゃないのかい。一人でいいのかね。」

「いつも一人ですよ。……ねえ次郎君。」

と、徹太郎は次郎の頭をくるくるなでた。次郎はうつむいていた。

「ほう、いつも一人か。」

と、運平老はまじまじと次郎の顔を見ていたが、

「これからは、町に行ったら、帰りにはきっとここにも寄ることにするんじゃぞ。恭一君もその時にはいっしょにやって来い。君にはこれから絵を教えてやる。」

それで徹太郎はまた笑いながら、

「そうれ始まった。恭一君、めったに陥落《かんらく》しちゃいかんぞ。」

大巻の家を出ると、次郎はなぜか急にしょんぼりとなった。県道に出るまでは、二人はいっしょの道だったが、しばらくはどちらからも口をきかなかった。

村はずれに来たころ、恭一が言った。

「大巻の家って、いい家だね。」

「うん。」

「あんな家だと、だれでも正直《しょうじき》になれるね。」

次郎は、ちらりと恭一の顔を見ただけで、返事をしなかった。

「次郎ちゃんは、そんな気がしない？」

「するよ。」

「僕たち、今日《きょう》来たの、よかったね。」

「うん。」

「僕、こないだお祖母《ばあ》さんと来たんだけど、その時はつまんなかったよ。」

「お祖母さんと？　一度っきりかい。」

「そうさ、一度っきりだよ。」

「母《かあ》さんとは来なかったんかい。」

「ううん、お祖母さんと来たっきりさ。お祖母さんは、僕が母さんと大巻に行くの、きらいなんだよ。」

「俊ちゃんは？」

「俊ちゃんはもう母さんと何べんも来たんだろう。」

次郎は黙《だま》りこんだ。恭一はそれに気づくと、あわてたように話頭《わとう》を転じた。

「大巻のお祖父《じい》さんの絵の話はおもしろかったね。」

「うん。」

「あんな話、非常に僕たちのためになると思うよ。」

「うん。」

次郎には、正直のところ、話の意味がはっきりとはわかっていなかった。しかし、恭一にそう言われると、何か自分に忠告でもされているような気がするのだった。恭一は独《ひと》りごとのように、

「僕、教えてもらえるんなら、ほんとうに稽古をしてみようかなあ。」

「絵をかい？　大巻のお祖父さんに。」

「うん。町からだと近いんだから、僕、いつでも来れるよ。」

次郎はまた黙りこんだ。恭一は、しかし、今度は少しもそれを気にしなかった。そして、しきりに、大巻のお祖父さんにもっと近づいてみたいような話をした。

別れ道になると、恭一は立ちどまってたずねた。

「こんどは、いつ来る?」

「わかんないや。」

恭一には、それがいかにも投げやった調子にきこえた。

「町に来るの、いやなんかい。」

「………」

次郎は眼を伏《ふ》せた。

「ねえ、次郎ちゃん――」

と恭一は次郎の肩に両手をかけて、

「負けちゃあ、つまんないよ。僕たち、大巻のお祖父《じい》さんが描いた蘭《らん》になるんだ。だれにだって負けるもんか。正しい人を憎《にく》む人があったら、その人が悪いさ。僕、そんな人を軽蔑《けいべつ》するよ。お祖母《ばあ》さんだって、母《かあ》さんだって。」

次郎は涙《なみだ》ぐんでいたが、

「僕、憎まれたってもう何ともないよ。……僕、これから正直になるんだい。」

恭一は、次郎の言った言葉の前後の関係が、はっきりしなくて、ちょっと考えていた。

すると次郎は、

「さようなら。」

と、だしぬけに身を引いて、自分の行く方角《ほうがく》にさっさと足を運びだした。恭一は、次郎が小半町《こはんちょう》もはなれるまで、突《つ》っ立《た》って彼を見送っていたが、やっと気がついたように、

「さようなら！」

と叫《さけ》んだ。次郎もふりかえって、もう一度、

「さようなら！」

と叫び、それから急に足を早めた。

ちらほら咲《さ》きだしていた菜種《なたね》の花が、うす日《び》をうけて膚寒《はださむ》い春風の中にそよいでいた。次郎にはいやにそれが寂《さび》しかった。二里あまりの道を、彼はうつむきがちに歩いた。そして考えるともなく昨日からのことを考えはじめた。

本田《ほんだ》の家でのことを思うと、彼の気持ちはめちゃくちゃだった。夢中《むちゅう》で牛鍋《ぎゅうなべ》をつついた時の喜びでさえ、今はかえってにがい思い出しかなかった。それにくらべて、大巻の家の空気は何という明るさだったろう。それは同じ人間の世界だとは思えないほどちがった世界で、だれも彼もが好意にあふれ、すべてがにぎやかで、しかも力にあふれていた。次郎は、大巻の家のことを考えると、それがお芳とどういう関係の家であるかも忘

れてしまうくらいであった。

ところで、大巻の家の楽しい思い出にまじって、彼の胸には、何か割《わ》りきれないものが残っていた。それは運平老に絵の話を聞かされたり、徹太郎に質問されて、あいまいな答えをしたりした時から、そろそろ芽を出していた感じだったが、一人になってその時のことを思うと、いよいよそれが重くるしく彼の胸をおさえつけるのだった。

これまで、彼が不快な思いをする時には、その原因はいつも周囲の人にあったが、この時だけはそうでなかった。彼は自分自身に、ある大きな物足《ものた》りなさを感じはじめていたのである。

(自分は、自分をかわいがってくれる人が、なぜこんなに、ほしいのだろう。そして恭ちゃんや俊ちゃんがだれかにかわいがられているのを見ると、なぜいつもいやな気持ちになるんだろう、また自分は、人が正直でないとだれよりも腹がたつくせに、自分ではなぜすぐうそをついたり、ごまかしたりするんだろう。これが大巻のお祖父《じい》さんの言った「迷い」というのだろうか。)

(自分は卑怯《ひきょう》なのだろうか。これまで、恭ちゃんなんかより自分のほうがずっと強いと思っていたが、何だかあやしくなって来た。恭ちゃんはいつもまっすぐな心で押《お》しとおしているし、心にもないことを言ったりして、人にかわいがってもらおうとはしない。

それに、このごろ恭ちゃんといっしょにいると、なぜかときどきこわいような気にさえなる。)

はっきりとではないが、彼の頭の中には、そんなような疑問が往復していた。幼年時代からの運命に培《つちか》われて来た彼の心理の複雑《ふくざつ》さが、こうして、そろそろ自覚的な働きをみせるまでに、彼も今は成長していたのである。

飢《う》えた者が食物をつかもうとして、われを忘れて手をのばしている間は、まだしあわせである。だが、手をのばした自分の姿の弱さや醜《みにく》さに嫌悪《けんお》を覚え、ひもじさをこらえて、じっと立ちすくんだ時のみじめさは、どうであろう。それを思うと、次郎はある意味では、これまでにない大きな不幸、しかも、周囲の人たちに同情してもらうにはあまりに底に沈《しず》みすぎた不幸に、自分自身を押しやっていたともいえるだろう。

夕雲に包まれた春の陽光は、一足《ひとあし》ごとに鈍《にぶ》くなった。次郎の靴音《くつおと》も重かった。

ふだんなら、二里や三里は彼にとって何でもない道のりだったが、正木についた時の彼は、だれの眼にも、疲《つか》れきっているように見えた。そしてみんなが不思議がっていろいろたずねても、彼は、

「何でもないよ。」

と答えるきりで、ともすると、何かをじっと見つめがちになるのだった。

一二　考える彼《かれ》

さて、読者の中には、次郎がいつまでも同じ年ごろに停滞《ていたい》しているのを、いくぶんもどかしく思っている者があるであろう。考えてみると、次郎は、母に死に別れてから、まだやっと半年を少しこしたばかりである。話の進行は、実際、のろすぎたようだ。次郎に一日も早く恋《こい》をさせたり、広い世間《せけん》を見させたりしたがっている読者のためには、私は私の物語をもっと急ぐべきであったかもしれない。

だが、だれもが知っているように、人間の「運命」の波というものは、恋をする時とか、広い世間と取っくみあう時とかばかりに、高まって来るものではない。次郎のように、まだ生まれたばかりの時に、一生のうちの最も高い「運命」の波をくぐりぬけなければならない人も、ずいぶん多いのである。そして、私がこの物語を、単なる興味本位《ほんい》の小説に仕組もうとしているのでなく、次郎という一個の人間の生命を、「運命」と「愛」と「永遠」との交錯《こうさく》の中に描《えが》こうとしているかぎり、私は、この半年ばかりの彼の生活についても、そう無造作《むぞうさ》に筆《ふで》を省《はぶ》くわけにはいかなかったのである。というのは、元来《がんらい》、継母《ままはは》を迎《むか》えるということは、人間の一生にとって、恋に落ちたり、広い世間の風にもまれたりすることよりも、小さな運命だとは決していえないし、ことに次郎の場合は、それがいろいろの事情とからみあって、ついに十四歳《さい》の少年としてはあまりにもむごたらしい、自己嫌悪《じこけんお》にまで彼を駆《か》りたてようとしていたからである。

だが、私としては、そういつまでも十四歳の次郎ばかりにこびりついているつもりはない。もっと成長した彼について、これから語らなければならないことも非常に多いのである。ここいらで、次郎がいよいよ中学にはいってからの話にとんで行きたいと思うが、しかし、自己嫌悪というような、人生の重大危機におちいりかけた彼から、一年近くもまったく眼《め》をはなしてしまうのも心《こころ》もとないし、それでは、やはり、彼の「運命」を忠実に語ることにもならないと思うので、ついでに、彼が中学にはいるまでのことを、ごくかいつまんで話しておくことにしよう。

「次郎もめっきり大人《おとな》になった。」

それがその後、正木《まさき》一家の人たちが次郎について語る時の合《あ》い言葉《ことば》のようになっていた。むろんこの言葉の意味は単純《たんじゅん》ではなかった。その中には、「あの子も苦労をしたものだ」という憐憫《れんびん》の情や、「ともかくも変にそれなくてよかった」という安心の気持ちや、また時としては、「もっと子供らしいところがあってもいいのに」という遺憾《いかん》の意味やがこめられていたことは、たしかである。だが、それ以上の意味でその言葉をつかっていた者が、果たしてあっただろうか。

十四歳の少年が、自分というものを一瞬《いっしゅん》も忘れることができないでいる！　愛を求める自分の心に嫌悪を感じはじめている！　自己をいつわる自分の姿《すがた》の醜《みにく》さにおびえて、手も足も出なくなっている！　そんなことをだれがいったい想像することができたろう。

自分を忘れかねている次郎の心をいっそう窮屈《きゅうくつ》にしたのは、正木のお祖父《じい》さんが、おりおり考え深い眼をして、じっと彼を見つめることだった。次郎はその眼に出っくわすと、いよいよ手も足も出ない気持ちになったのである。次郎の記憶《きおく》する限りでは、お祖父さんがそんな眼をして彼を見つめるのは何も今はじまったことではなく、彼が正木にあずけられてこのかた、よくあることではあったが、このごろになって、彼はそれがとくべつ気になりだして来たのである。それがなぜだかは、彼自身にもわからなかった。彼はただ、自分が用心ぶかくなればなるほど、その眼に出っくわすことが多くなり、その眼に出っくわすことが多くなればなるほど、いよいよ用心ぶかくならないではおれない気がするのだった。

「大人になった」という言葉が、自然彼の耳にじかに聞こえて来ることも、決してまれではなかった。そんな時には、彼は、自分が、いかにもしっかりした人間になった、と言われたような気がして、心の底でいくぶんの誇《ほこ》りを感じた。しかし、同時に、何か寂《さび》しい気もした。また、ほめられて喜ぶ自分の心をあざけるような気持ちにもなった。彼はそうした複雑《ふくざつ》な気持ちをかくすために、人々のまえで、つとめて平気を装《よそお》うのだった。

こんなふうで、正木の家での彼は、表面取りたてて問題になるようなこともなかったが、それだけに、彼はいつも自己の天真《てんしん》をいつわり、彼自身をますます不愉快《ふゆかい》なものにしていたのである。もっとも、彼がこうして自己嫌悪に似たものを感じていたとしても、それは、もともと彼の負けぎらいから来た人相手の感情でしかなく、その点では、彼はまだ何といっても子供であった。だから、正木の家で、「めっきり大人になった」ということは、必ずしも、彼がまったく救いがたい人間になった、ということではなかったのである。

本田《ほんだ》の家での彼は、正木にいる時とはまるで様子《ようす》がちがっていた。

彼はやはり月に一度ぐらいは、正木の老夫婦《ろうふうふ》にすすめられて、町に訪《たず》ねていったが、もう、お祖母《ばあ》さんに対しても、少しも負けてはいなかった。彼はずけずけと口答えもするし、食べたいもののありかがわかると、勝手《かって》に自分でそれを引き出して来て食べもした。そのために、お祖母さんは俊亮《しゅんすけ》の前で、「末恐《すえおそ》ろしい子」だとか、「孫にまでこんなにばかにされては、生きている甲斐《かい》がない」とか、やたらに大げさな言葉をつかって、泣いたり、わめいたりするのだったが、次郎はそんな時には、わざとのように自分から二人のまえにすわって、父にしかられるのを待っているようなふうを見せた。そして、俊亮がお祖母《ばあ》さんの手前、何か小言《こごと》めいたことを言いだすと、次郎はすぐ、

「僕《ぼく》、恭《きょう》ちゃんや俊《しゅん》ちゃんのまねをしては悪いの?」

と、いかにも皮肉《ひにく》な調子で問い返すのだった。

俊亮は、むろん次郎のそうした態度を心から憂《うれ》えた。で、ある時、次郎だけをわざわざ散歩につれ出して、野道を歩きながら、しんみりと言いきかせたこともあった。しかし、次郎はその時も、変にまじめくさった顔をして答えた。

「でも、父《とう》さん、僕正直《しょうじき》になるほうがいいんでしょう。」

これには俊亮もあっけにとられて、つい、突《つ》っ放《ぱな》すように言った。

「そんなふうでは、もうだれにもかわいがってもらえないよ。」

すると次郎は、急に立ちどまって、じっと俊亮の顔を見つめていたが、

「僕、人にかわいがってもらうことなんか、きらいになっちゃったさ。」

と吐《は》き出《だ》すように言い、さっさと一人で先に帰ってしまったものである。

お芳《よし》に対しては、彼は、まるで赤の他人に対するような冷淡《れいたん》さを示した。自分のほう

から言葉をかけることなどほとんどなく、お芳に何か言われても、きわめてそっけない返事をするだけだった。そして俊三《しゅんぞう》がお芳の近くにいるかぎり、彼はつとめてその場をさけようとするかのようであった。

彼の相手はいつも恭一《きょういち》だけだった。恭一と二人きりだと、彼の様子はほとんど以前と変わりがなかった。ただ、おりおり、祖母や母に対する自分の態度の変化を誇《ほこ》るような口《くち》ぶりを、それとなくもらすことがあった。そして恭一がそれについて少しでも彼に忠告めいたことを言いだすと、彼はすぐ、

「僕、正直になりたいんだよ。」とか、

「人にかわいがってもらったって、つまんないさ」とか、妙《みょう》に力《りき》んだ調子で言って、あとは変に黙《だま》りこんでしまうのだった。

彼が一番のんきな気持ちになれたのは、大巻《おおまき》を訪ねる時だった。そこでは、彼は、自分のこのごろの変な気持ちを示す余地《よち》をまるで与《あた》えられないかのようであった。というのは、運平老《うんぺいろう》と徹太郎《てつたろう》との、例の飄々乎《ひょうひょうこ》とした話しっぷりや、高笑いが、彼の気持ち、というよりは、彼の存在そのものにまるで無頓着《むとんちゃく》らしく思えたからである。それはちょうど、泣いている子供が、泣いていることを無視《むし》されることによって、泣きやむようなものであったのかもしれない。

もっとも、運平老にしろ、徹太郎にしろ、次郎がこのごろどんなふうだかを、お芳の口から何も聞いていないわけではなかった。お芳は元来口《がんらいくち》べただったたし、自分から進んでくわしい話をしたがるようなふうもなかったが、やはり次郎のことを苦にはしていたらしく、本田のお祖母《ばあ》さんの手まえ、表面だけでも俊三によけい親しんでやらなければならないということ、親しんでやっているうちに、末っ子のせいか、自分ながら不思議なほど彼に愛情を感じだしたということ、また、次郎に対しても愛情を感じないわけではないが、ついそんな事情から、しだいに気持ちが離《はな》れて行くような結果になり、次郎本人に対してはむろんのこと、俊亮に対しても心苦《こころぐる》しく思っていることなどを、ぽつぽつもらしていたのである。

で、大巻一家、ことに運平老と徹太郎の二人は、お芳以上にそのことを心配して、日曜ごとに次郎が訪ねて来るのを待ち、ついにその姿が見えないと、翌日は徹太郎がわざわざ本田の家に寄って、それとなく様子をさぐって来るといったふうであった。

しかし、運平老は、次郎が訪ねて来さえすれば、もうそれだけでうれしくなってしまったというふうに見え、眼をぱちくりさして、ひょうきんなことを言いだすし、徹太郎は徹太郎で、運平老の言葉尻《ことばじり》をとらえたり、それに調子を合わせたりして、次郎をすぐ愉快な空気の中にまきこんでしまうのであった。そして、多少でも次郎が何かにこだわるようなふうが見えると、運平老はすぐ彼に竹刀《しない》を握《にぎ》らせるし、徹太郎だと、登山の話をしたり、彼を田圃《たんぼ》につれ出してひっぱりまわしたりするのだった。

登山というと、徹太郎が、約束《やくそく》どおり、恭一と次郎とをつれて山に寝《ね》たことも何度《なんど》かあった。そんな時には、次郎は徹太郎をまるで友だちででもあるかのように心得《こころえ》て、おしゃべりもし、いたずらもした。そして、天幕を張ったり、薪《まき》を集めたりする時には、恭一とはくらべものにならないほどのすばしこさで働いた。

恭一と次郎とでは、登山の楽しみ方がまるで違《ちが》っているように思われた。恭一はいつも考えながら歩き、おりおり手帳を出しては何か書きつけるといったふうだった。次郎は、これに反していつも棒《ぼう》ぎれで岩や木を叩《たた》いたり、大声を出して山彦《やまびこ》と問答したりしながら歩いた。正木や本田の家での次郎を知っている者の眼には、山に登る時の次郎は、まるで別人だと思われたかもしれない。

もっとも、ただ一度だけ、徹太郎と恭一とを非常に心配さしたほど次郎が考えこんでしまったことがあった。それは、ある山の中腹で、弁当を食べながら、近くの大きな岩の裂《さ》け目《め》に根を張っている松《まつ》の木について、三人が語りあったあとのことだった。

「君《きみ》たちには、あの岩が動いているのがわかるかい。」

徹太郎が、松の木の根元の岩を指しながら、だしぬけにたずねた。恭一と次郎とは、けげんな顔をして、その岩を見たが、岩はしんとして日光の中にしずまりかえっているだけだった。

徹太郎は笑いながら、

「眼で見たってわからんよ、心で見なくちゃあ。」

すると恭一がすぐ、

「ああ、そうか。」

と言って、次郎の顔を見た。次郎は、しかし、まだきょとんとしていた。

それから、恭一と徹太郎との間に次の問答がはじまった。

「叔父《おじ》さんは、子供の時分からあの松の木を見ていたんですか。」

「うむ、見ていたとも。」

「じゃあ、その時分から岩がどのくらい動いたか、わかってるんですね。」

「どのくらい？　それはわからんよ。何しろ、見たところは、私の子供のころとちっとも変わっていないからね。しかし、いくらか動いたことはたしかだろう。松の木が大きくなって行くんだからね。」

「昔《むかし》は、あの岩は、一つにつながっていたんでしょうね。」

「むろん、そうだろう。松の木をぬきとって両方から押《お》しよせてみたら、今でもぴったりくっつきそうじゃないか。」

「松の木って強いもんですね。」

「うむ強い。しかし強いのは松の木ばかりではないさ。命のあるものは、何だって強いんだ。草の根でも、それがはびこると石垣《いしがき》を崩《くず》すことがあるんだからね。」

「ほんとうだ。」

と恭一はしばらく考えて、

「この松の木だって、もとは草みたいなものだったんですね。」

「そうだ。最初岩の割れ目《わめ》に根をおろした時には、指先でもみつぶせるほどの柔《やわ》らかいものだったんだ。それがどうだ、このとおり固い岩をまっ二《ぷた》つに割って、それをじりじりと両方に押しのけている。眼には見えないが、今でも少しずつ押しのけているにちがいないんだ。この松の木を見たら、命というものがどんなものだか、よくわかるだろう。」

次郎の眼は光って来た。そして、徹太郎と松の木とを等分に見くらべながら、耳をすましてきいていた。

「だが――」

と、徹太郎はちらと次郎を見て、

「命も命ぶりで、卑怯《ひきょう》な命は役にたたん。卑怯な命というのは、自分の運命を喜ぶことのできない命なんだ。……わかるかね、自分の運命を喜ぶって。」

「ええ、わかります。」と恭一が答えた。

「次郎君はどうだい、むずかしいかな。」

次郎はちょっとまごついたが、すぐ、

「運命って、わかんないな。」とすなおに答えた。

「なるほど、運命がわからんか。じゃあ境遇《きょうぐう》と言ってもいい。たとえばあの松の木だ。何百年かの昔、一粒《ひとつぶ》の種《たね》が風に吹《ふ》かれてあの岩の小さな裂《さ》け目《め》に落ちこんだとする。それはその種にとって運命だったんだ。つまり、そういう境遇にめぐり合わせたんだね。そんな運命にめぐり合わせたのはその種のせいじゃない。種自身では、それをどうすることもできなかったんだ。わかるだろう。」

「わかります。」

と次郎はちょっと眼をふせた。

「そこで、運命を喜ぶということなんだが、どうすることもできないことを泣いたりうらんだりしたって、何の役にもたつものではない。それよりか、喜んでその運命の中に身を任《まか》せることだ。身を任せるというのは、どうなってもいいと言うんじゃない。その運命の中で、気持ちよく努力することなんだ。それがほんとうの命だ。あの松の木の種には、そういうほんとうの命があった。だから、しまいには運命の岩をぶち破《やぶ》り、それをつきぬけて根を地の底に張ることができたんだ。松の木は今でも岩にはさまれたままだが、もうそんなことは、松の木にとって何でもないことになってしまったんだ。」

次郎はふと、運平老の蘭《らん》の絵のことを思い起こした。そして、お祖父《じい》さんはあの時どんな話をしたんだろう、と考えてみたが、はっきり思い出せなかった。

それから、三人とも黙《だま》りこんで、めいめいに何か考えているふうだったが、しばらくして徹太郎がまた話しだした。

「君らはこれまで、運命と闘《たたか》うように教えられて来たかもしれん。それもうそじゃない。結局は運命に勝たなければならんからね。だが、闘うことばかり考えていると、つい、無茶《むちゃ》をやるようになるんだ。無茶では運命には勝てん。勝とう勝とうとあせって、自分の力に及《およ》ばないことや、道理《どうり》にはずれたことをすると、かえって負ける。芽を出したばかりの松は、どんなに力《りき》んでみてもすぐには岩は割れない。また大きくなった松でも、幹《みき》の堅《かた》さだけで岩を割るわけにはいかない。岩を割る力は幹の堅さでなくて、命の力なんだ。じりじりと自分を伸《の》ばして行く命の力なんだ。だから、運命に勝ちたければ、たじりじりと自分を伸ばす工夫《くふう》をするに限る。勝つとか負けるとかいうことを忘れて、ただ自分を伸ばす工夫をしてさえ行けば、おのずとそれが勝つことになるんだ。」

徹太郎の調子は、ふだんとはまるでちがって来た。次郎は何かしかられているような気持ちだった。

「だが――」

と徹太郎は少し考えて、

「自分を伸ばすためには、まず運命に身を任せることがたいせつだ。岩の割れ目で芽を出したら、その割れ目を自分の住家《すみか》にして、そこで楽しんで生きる工夫をするんだね。岩を敵にまわして闘うのじゃない。むしろありがたい味方だと思って、それに親しんで行く。それでこそほんとうに自分を伸ばすことができるんだ。運命を喜ぶものだけが正しく伸びる。そして正しく伸びるものだけが運命に勝つ。そう信じていれば、まず間違《まちが》いはないね。……どうだい、叔父《おじ》さんの言うことは少しむずかしかったかね。恭一君にはわかったろう。」

「ええ。」

と恭一はうなずいて見せた。

次郎は、その時、一心《いっしん》に松の木を見つめていたが、日がかげっていたせいか、その顔色は、何となく、くすんで見えた。

　三人は、まもなく弁当がらの始末《しまつ》をして、そこを去った。そしてそれっきり松の木の話はだれの口にものぼらなかった。しかし、次郎が、徹太郎と恭一とを心配させたほど考えこんだのは、それからのことであった。次郎は、その日じゅう、自分からはほとんど口をきかなかった。そして大きな木の根さえ見ると、立ちどまってじっとそれを見つめる、といったふうであった。

　もっとも、このことが、その後次郎の気持ちにどれだけの影響《えいきょう》を与えたかは、はっきりしなかった。彼は相変《あいか》わらず正木では「大人」であり、本田では反抗的《はんこうてき》であり、大巻では割合《わりあい》むじゃきだった。ただいくらか変わったところがあったとすれば、それは徹太郎に対する彼の態度だった。徹太郎は、もう次郎にとって、ただの愉快な叔父さんではなくなっていた。その前で、べつに非常な窮屈《きゅうくつ》さを感ずるというふうでもなかったが、何かしら、これまでのように彼を友だちあつかいにできないものを感じるらしかった。そして、いつとはなしに、権田原《ごんだわら》先生に対すると同じような気持ちで、彼に対するようになって来たのだった。

「やっぱりお前は平凡《へいぼん》な先生じゃ。」

「いや、今度《こんど》は何と言われても、私の失敗でした。」

　運平老と徹太郎が、そう言って笑ったのは、それからまもなくのことだったのである。

学校での次郎の様子には、表面取りたてて言うほどの変化はなかった。どちらかというと、正木の家でと同じように、いくぶん「大人になった」と先生たちの眼には映《うつ》っていたらしい。中学校に失敗した連中のなかでも、彼の成績はずばぬけてよく、自然、級長もやらされていたが、彼はやるだけのことはきちんきちんとやってのけた。また、仲間に対する威力《いりょく》も相当《そうとう》で、彼が口をきくと、たいていのことは治まる、といったふうであった。こうしたことは、以前からもそうであったが、日がたつにつれて、それがいよいよがっちりとなって行くように、だれの眼にも見えたのである。

ただ、権田原先生だけは正木や本田といつも連絡《れんらく》があり、また徹太郎とも知り合いで、いろんな機会に次郎の話をすることがあったせいか、次郎の表面だけを見て、安心してはいなかった。そして、例の猪首《いくび》を窮屈そうに詰《つ》め襟《えり》のうえにそらし、我関《われかん》せず焉《えん》といったふうでいながら、教室ではむろんのこと、廊下《ろうか》を歩いている時でも、次郎には特別の注意を払《はら》っていたのである。

権田原先生が何よりも気がかりだったのは、次郎の顔から、大っぴらな笑いと怒《いか》りとが、次第《しだい》にその影《かげ》をひそめて行くことであった。笑うには笑っても、彼の笑いには時としてまるで声がなかった。以前のような、血《ち》の気《け》にあふれた怒りなどは、ほとんど見られなくなっていた。そしてしばしば、おかしくも何ともない、といった顔をしてみたり、腹をたてていながら、せせら笑いをしたりすることがあった。

「これはいかん。」

権田原先生は、おりおり一人でそうつぶやいた。そして、わざと教室でひょうきんなことを言ってみたり、校長に小言を食《く》うほどの乱暴《らんぼう》な競技を、組の生徒にやらしてみたりして、次郎の様子に注意していたこともあった。しかし次郎は、そんな時にも、いつも「大人」であり、めったに笑いも怒りもしなかった。

ところが、ある朝――それは夏休みが過ぎてまもないころのことだったが、――権田原先生が出勤すると、もう校長が教員室に待っていて、いかにもぎょうさんらしく言った。

「君、ゆうべは大変《たいへん》なことがありましたね。何でも君の組の本田が主謀者《しゅぼうしゃ》らしいですよ。」

だんだん聞いてみると、次郎たちの仲間が十四､五名で、隣村《となりむら》の青年たち四､五名と、大川の土堤《どて》で乱闘《らんとう》をやり、相手にかなりひどい傷を負《お》わせたというのである。

「とにかく、さっそく本田を取り調べてみてください。授業のほうは、その間、私が代《か》わってやっておきますから。」

校長にそう言われて、権田原先生は次郎をさがしに校庭に出てみた。しかし次郎の姿はどこにも見えなかった。時計《とけい》を見ると、始業までには、あと三、四分しかない。

先生は念《ねん》のために校門を出てみた。すると、二丁《ちょう》ほど先の、小高い丘《おか》になった櫨林《はぜばやし》の中に、十四、五名の児童がかたまって、何か話しあっているのが見えた。先生は、それを見ると、すぐ、大声をあげて、

「おおい。」と叫《さけ》んだ。

児童たちは、一《いっ》せいに先生のほうを見た。それから、またお互《たが》いに顔を見合って、何か相談しているらしかったが、しばらくすると、その中の一人だけが、さっさと丘をおりて先生のほうに近づいて来た。それは次郎だった。

ほかの児童たちは、いつまでも立ったまま次郎を見おくっていたが、先生がもう一度、「おおい」と叫ぶと、いかにも気が進まないかのように、しぶしぶと丘をおりはじめた。

権田原先生は、次郎が校門のところまで来ると、ほかの児童たちに頓着《とんちゃく》せず、彼一人だけをつれて、宿直室《しゅくちょくしつ》にはいった。

やがて鐘《かね》が鳴り、授業がはじまって、校内は急にしずかになった。それまで、畳《たたみ》にあぐらをかき、顎鬚《あごひげ》をむしって天井《てんじょう》ばかり見ていた権田原先生は、思い出したようにたずねた。

「どうしたんだい、ゆうべは。」

「けんかしました。」

次郎は平然として答えた。

「正木のお祖父《じい》さんは、まだ何も知らないんだな。」

権田原先生の調子も平然たるものだった。

「はい。知りません。」

「そうか、じゃあ、先生に話してみい。いったい何で隣村の青年なんかとけんかをしたんだ。」

次郎の説明したところによると、こないだの夏祭りの晩《ばん》に、素行《そこう》のよくない隣村の青年たちが、五名ほど見物にやって来て、村のある女にけしからぬいたずらをした。次郎の友だちでその女の弟になるのが、怒って彼らに石をぶっつけると、彼らは、あべこべにその子を捉《とら》えてさんざんぶんなぐった。次郎たちもそばにいあわせたが、その時は手が出せなくて残念だった。そのことを、あとで村の青年たちに話し、かたきをとってもらおうと思ったが、あんなならず者を相手にしてもつまらん、と言って、だれも相手にしてくれなかった。そこで、次郎が中心になり、子供たちだけで仇討《あだう》ちの計画を定め、相手をゆうべ大川の土堤《どて》に呼び出すことにした、というのである。

「呼び出すのには、どうしたんだ。」

「僕が呼びに行きました。」

「ほう、そして、何と言った。」

「今夜《こんや》、土堤《どて》でこないだの仇討ちをするから、五人とも出て来いって。」

「そしたら、すぐ承知《しょうち》したのか。」

「はい。」

「向こうでは、こちらも青年だと思ったんだろう。」

「ちがいます。僕、はっきり言ったんです。僕たち子供だけでやるんだって。」

「そしたら、相手はどう言った。」

「生意気《なまいき》だって笑いました。」

「ふむ。……それで、お前たちのほうは人数は何人だった。」

「十五人です。だって、僕たちのほうはみんな子供だから、そのぐらいはいてもいいと思ったんです。」

次郎はいそいで弁解《べんかい》した。

「うむ。そりゃあ、まあいいだろう。で、どんなふうにしてぶつかったんだ。」

「僕たちのほうは、五人が竹竿《たけざお》を持って行きました。」

「竹竿？　ふむ。得物《えもの》はそれっきりか。」

「いいえ。そのうしろから、五人が棒《ぼう》をもって、ついて行きました。」

「ほう。棒をね。それから?」

「もう五人は、懐《ふところ》にいっぱい砂利《じゃり》を入れて、一番うしろにいました。これも、棒の短いのを腰《こし》にさしていたんです。」

「ふうむ。そしてその砂利をなげたのか。」

「はい、向こうが二十間《けん》ぐらいのところまで近よって来た時に投げました。」

「暗い所で、それが相手の青年だということがよくわかったね。まちがったら大変だったぜ。」

「月が出ていましたから、よくわかりました。」

「なるほど、ゆうべは月夜だったね。それで相手はどうした。」

「一人は石にあたったらしかったんです。あっと言ってすぐ土堤のかげにしゃがみました。すると、あとの四人が、どなりながら僕たちのほうに走って来たんです。」

「みんな素手《すで》だったんか。」

「はい。」

「それを竹竿でなぐったんだね。」

「はい。だけど、竹竿はあまり役にたたんかったです。」

「どうして?」

「すぐ、たぐりよせられてしまいました。」

「そうか、そいつぁ困ったろう。」

「だけど、棒を持ったのがすぐ飛びだして行って、なぐったんです。」

「なるほど。砂利の連中も棒をもっていたとすると、十人がかりになるわけだね。四人に十人だと、ずいぶんなぐったんだろう。」

次郎はにやりと笑って、うつむいた。

「竹竿の連中は、その時どうしていた。」

「どうしていたか、その時はもう、僕にもわかんないです。」

「で、結局、勝負はどうなったんだ。」

「勝ちました。だって、それからすぐ向こうは逃《に》げたんです。」

「君らのほうにけがをした者はなかったんだね。」

「ありません。ほっぺたが少しはれてる者はあります。」

「青年たちには、ずいぶんけがをさしたらしいね。」

次郎は首をたれて黙りこんだ。権田原先生も黙ってしばらく顎鬚《あごひげ》をむしっていたが、

「いったい、竹竿とか、棒切とか、砂利とかをつかって、そんな陣立《じんだ》てをしたのはだ

れの考えなんだ。」

「僕です。」

と、次郎ははっきり答えた。

「おもしろい陣立てだね。戦うからには、そのくらいの知恵は出すほうがいい。それは卑怯《ひきょう》だとは言えん。」

次郎は少し得意《とくい》だった。

「だが、本田――」

と、権田原先生は相変わらず顎鬚をむしりながら、

「お前はけんかをするのが、やはり今でもそんなにおもしろいのか。」

「おもしろくなんかありません。」

次郎は少し憤慨《ふんがい》したような調子だった。

「じゃあ、何でそんなまねをしたんだ。」

「僕、正しいと思ったからです。」

「正しい？　なるほど相手が悪いことをしたんだから、これをこらすのは正しいともいえる。だが、お前はだれに頼《たの》まれてそれをやったんだ。」

「だれにも頼まれてなんかいません。」

次郎は昂然《こうぜん》となった。

「ふむ。……じゃあ、だれに許されてやったんだ。」

次郎は解《げ》せないといった眼《め》つきをして、じっと権田原《ごんだわら》先生の顔を見つめた。権田原先生もしばらく次郎の顔を見ていたが、

「いや、それよりも、いったいだれのためにやったんだ。」

次郎はやはり返事をしない。

「まさか、相手の青年たちのためにやったとは言うまいね。そこまでは、お前も考えていまい。」

これは次郎にとっては、まったく意外な言葉だった。「相手の青年たちのために」——そんなことは彼の思いもよらないことだったのである。

権田原先生は、彼のまごついている眼を見すえながら、

「お前は多分、青年たちになぐられたお前の友だちや、その姉《ねえ》さんのために、仇《あだ》を討《う》ってやったつもりでいるんだろう。」

次郎はうっかり「そうです」と答えるところだった。ところが、権田原先生は急に言葉の調子を強めて言った。

「だが、それもうそだ。お前の本心はそうじゃなかったはずだ。」

これも次郎には意外だった。今度は、あまりに当然だと思っていたことを否定されたのが、意外だったのである。

「よく考えてみるんだ。」

権田原先生はそう言って、顎鬚《あごひげ》をむしるのをやめ、少しからだを乗りだすようにして次郎を見つめた。次郎には、しかし、何を考えていいのかさっぱりわからなかった。彼は、少し腹がたつような気もし、また、何かしら、うっかりできないような気もして、ただおし黙っていた。すると、権田原先生がまた言った。

「考えてもわからんかね。じゃあ、先生が言ってやろう。お前はこのごろ何かむしゃくしゃしている。それで、つい、あばれてみたくなっただけなんだよ。ね、そうだろう。」

そう言った権田原先生の眼は笑っていた。次郎は、しかし、笑えなかった。彼は権田原先生の眼を気味《きみ》わるくさえ感じたのである。

「ねえ本田、――」

と、権田原先生は次郎の肩《かた》に手をかけて、

「先生には、君があばれてみたくなる気持ちも少しはわかっている。だから、ゆうべのことで君をしかろうとは思わん。だが、もし君がそれで正しいことをしたつもりでいたら、それは大間違《おおまちが》いだ。正しいことというものはね、まだ、自分のことしか考えられない人間にできることではないんだ。」

次郎には、先生の言っていることが、はっきりのみこめなかった。しかし、「自分のことしか考えられない人間」と言われたのが、妙《みょう》に彼の心にこびりついた。

そのあと、権田原先生はまた顎鬚《あごひげ》をむしりはじめた。そして天井《てんじょう》ばかり見て、ほとんど口をきかなかった。

そのうちに鐘《かね》が鳴った。すると、先生はのそのそと立ちあがりながら、

「あとのことは先生がいいようにしておくから心配するな。お前は、いま先生が言ったことをよく考えてみるだけでいいんだ。……とにかく、自分のやったことに得意になってはいかん。もっともらしい理屈《りくつ》をつけて安心しているのが一番いけないんだ。それでは、心から笑うこともできなけりゃあ、怒ることもできん。……いいか、本田、お前はもっとむじゃきになるんだぞ。」

権田原先生は、そう言って部屋《へや》を出ようとしたが、また立ちどまって、

「だが、むじゃきになるといったって、いまさら赤《あか》ん坊《ぼう》になるわけにもいかん。そこがむずかしいんだ。赤ん坊は、自分のことだけ考えていれば、それがむじゃきだし、お前くらいの年輩《ねんぱい》になると……」

先生は、そう言いかけて思案《しあん》した。それから部屋のなかを何度も行ったり来たりしていたが、

「いや、これは少しむずかしい。先生にも、どう言っていいかわからん。……とにかく君は考えんでもいいことを考え、考えなくちゃならんことを考えていないようだ。そこがはっきりすると君はむじゃきになれるんだ。……が、今日はまあこれでいい。いずれまた二人で話そう。……今度の時間から教室に出るんだぞ。」

権田原先生は、考え考え部屋を出た。次郎もそのあとについたが、彼は、なぜか、この時も運平老の蘭《らん》の絵を思い出していた。

けんかの一件は、次郎に関する限り、それで終わりだった。学校でも、正木でも、そのことについて、次郎にその後訓戒《くんかい》したりすることなど、まるでなかった。そして、権田原先生が「いずれまた二人で話そう」と言ったことも、それっきりになってしまった。

次郎は何だか拍子《ひょうし》ぬけの気味だった。

しかし、権田原先生が宿直室で言った言葉――というよりは、その言葉ににじんでいた先生の気持ち――は、その後、徹太郎の松の木についての話とともに、何かにつけて彼の心によみがえって来た。そして、彼がいよいよ中学校にはいるまでの間、いくぶんかでも彼の心を正しい方向に鞭《むち》うっていたものがあったとすれば、それは、彼が、この

二人の言葉と、運平老の蘭の絵とからうけた感銘《かんめい》であったにちがいない。

一三　がま口

ともかくも、こうして、一年近くの月日が流れた。

次郎にとって、それは、むろん、愉快《ゆかい》な一年であったとはいえなかった。だが、いつも心を外に向け、喜びも、怒《いか》りも、悲しみも、すべて周囲の人々の愛情によって左右されて来た彼《かれ》が、善《よ》かれ悪《あ》しかれ、自分というものに眼《め》を向けだしたことは、たしかに一つの進歩であったにちがいない。そして、もし「考える生活」というものが、人間を人間らしくする最も大事な条件の一つであるならば、彼は、一生のうち比較的《ひかくてき》早い時期に、しかも、なまなましい彼自身の生活に即《そく》してそれをはじめていたという点で、むしろ祝《しゅく》福《ふく》さるべきであったかもしれない。

彼は、実際、この一年間で、自分の置かれている立場を、ほとんど第三者的な冷静さで観察する術《すべ》を学んだ。また、多少の身《み》びいきや偏見《へんけん》がまじっていたとしても、自分というもののほんとうの姿《すがた》を、だいたいにおいて正しく見きわめることができた。そして、それが、自己嫌悪《じこけんお》に似た感情に彼を引きずりこんでいたこともたしかだったが、一方では、彼は彼自身と彼の周囲とに対していつのまにか、新しい闘《たたか》いを闘いつつあったのである。その闘いは、もう以前のような気分本位《ほんい》の闘いではなく、その中には、幼稚《ようち》ながらも、ある思想と、比較的永久性のある感情とが流れていた。それは、むろん、まだ「永遠」への思慕《しぼ》と呼ばれるべきものではなかったのであろう。しかし、何かより高いものを求めないではいられない気持ちが、「運命」と「愛」との現実の中で、ほのぼのと息をつきはじめていたことだけは、たしかだった。

で、彼が第二回目の中学校の入学試験をうけた時には、彼はもう世間《せけん》なみの受験生ではなかった。少なくとも中学校の制服制帽《せいぼう》にあこがれるといったような子供らしさは、すっかり超越《ちょうえつ》していた。そして入学後の生活というものに、あるまじめな期待をかけて、試験場にのぞんだのである。合宿――権田原《ごんだわら》先生の注意で、今度《こんど》は彼も合宿に加わることになったが、――での彼の様子《ようす》も、じっくりと落ちついており、いつも考え深そうな顔をしていた。試験場から帰って来て、権田原先生を中心に、みんなが、試験問題の解答について、興奮《こうふん》した調子で話しあっている時でも、彼は、一人で、何かべつの本を読んでいた。それは、彼が成績に十分な自信があったからばかりではなかったのである。

それでも、いよいよ成績の発表があり、中学校の生徒控《ひか》え所《じょ》に張り出された合格者のなかに、自分の名を見いだした時には、彼もさすがに落ちつけない気持ちだった。そして、家に帰ると、さっそく俊亮《しゅんすけ》に教科書や学用品を買ってもらうようにねだった。俊亮も、次郎のそうした子供らしい様子を見るのはひさびさだったので、その日、忙《いそが》しい仕事があったのをあとまわしにして、すぐ次郎をつれて書店に出かけた。

ひととおり必要な教科書や学用品を買ったあと、次郎は絵はがきがほしいと言いだした。すると俊亮は、いかにも無造作《むぞうさ》に、

「買いたいものがあったら、何でも今買っとくんだ。父《とう》さんは、めったにいっしょには来《こ》れんからな。」

次郎は、そう言われて、思わずじっと父の顔を見つめた。そして、

「ううん、絵はがきだけで、いいんです。」

と、十枚ほどの絵はがきを買うと、自分から先に立って書店を出た。何か、父の愛にあまえたくない気持ちだったのである。

書店から出て半丁《はんちょう》ほど行ったころ、俊亮がふとたずねた。

「次郎は財布《さいふ》をもっているのか。」

「ううん。」

「じゃあ、一つ買ってあげよう。」

「僕《ぼく》、財布なんかいりません。」

「でも、もう中学生だから、買いたいものがすぐ自分で買えるように、いくらか小遣《こづか》いを持ってるほうがいいんだ。」

次郎は答えないで、自分の足先ばかり見て歩いた。

小間物屋《こまものや》のまえに来ると、俊亮は黙《だま》ってその中にはいった。次郎がその小さな飾《かざ》り窓《まど》のまえに立って待っていると、俊亮はまもなく、小さながま口を、ぱちんと音をさせながら出て来た。そして、それを次郎に渡《わた》しながら、

「一円ほど入れといたよ。なくなったら母《かあ》さんにそう言えばいい。まあ、しかし、小遣いは月二円ぐらいでがまんするんだな。」

二円という金は、次郎にとってはむろんすくない金ではなかった。それが、これから毎月自分で勝手《かって》につかえるんだと思うと、うれしいというよりは、何かそぐわない気持ちだった。だが、同時に彼の心にひっかかったのは、「なくなったら母さんにそう言えばいい」と言った父の言葉だった。父は何でもなくそう言ったらしく思えた。しかし、また、それを言うために、わざわざがま口を買ってくれたのではないか、とも疑《うたが》えたのである。

家に帰ると、彼は一人で自分の机《つくえ》のまわりを整とんしはじめた。新しい教科書を本立

てにならべた気持ちは、決してわるいものではなかった。中には金文字《きんもじ》のはいったものも二、三冊《さつ》あり、それがとりわけ彼の眼に新しく映《うつ》った。恭一《きょういち》はもう今年は四年で、その本立てには、分厚《ぶあつ》な字引《じびき》類や参考書などがたくさんならんでいた。それに比べると自分の本立てはいかにも物寂《ものさび》しかったが、それでも、新しい世界に足をふみ入れた、という気持ちを彼に起こさせるには十分だった。

彼は、いつのまにかがま口のことを忘れていた。

ひととおり整とんを終わると、彼は、さっき買って来た絵はがきをとり出して、それに入学試験合格の通知を書きはじめた。まず正木《まさき》、大巻《おおまき》、権田原先生、竜一《りゅういち》という順序に書いていった。源次《げんじ》も竜一も、幸《さい》わいに、合格していたので、思うことが気楽に書けた。権田原先生は、わざわざ成績発表を見に来ていたので、あらためて通知を出さなくてもよかったはずだったが、何か書かないではいられない気持ちだったのである。

竜一あてのを書き終わったあと、彼はかなりながいことほおづえをついて考えた。それから、ざら半紙を二枚、紙ばさみからとり出して、それに鉛筆《えんぴつ》で、考え考え何か書いていった。書いていくうちにそれはだんだん長くなって、とうとう紙いっぱいになってしまった。彼は何度《なんど》もそれを読みかえし、消したり、書き加えたりしたあと、今度は作文用紙に、ペンで念入《ねんい》りにそれを清書《せいしょ》した。

それはお浜《はま》あての手紙だった。文句《もんく》にはこうあった。

「ばあや、おたっしゃですか。もう大かた一年も手紙を出さないで、ほんとうにすまなかったと思います。きっと心配していたでしょう。しかし、これにはわけがありました。僕は昨年、中学校の入学試験にしくじったので、どうしてもばあやに手紙を出す元気が出なかったのです。しかし、安心してください。今年はいよいよ僕も中学生になりました。今日《きょう》それがわかったのです。だから、これからは、ばあやにも時々手紙を書くことにします。

中学校に一年おくれたのは残念でなりませんが、その代《か》わり、僕はこの一年のうちに、ほんとうに偉《えら》くなるにはどうすればよいか、といつもそれを考えました。これは僕には非常にためになったと思います。僕はこれまで、人にかわいがられたいとばかり思っていましたが、それはまちがいだったということがわかりました。それで、僕はもうどんなことがあっても、腹をたてたり悲しんだりはしないつもりです。

僕は、これから、ほんとうに正しい人間になりたいと思います。勇気ある人間になりたいと思います。そして、だれにもかわいがられなくても、独《ひと》りで立っていける人間になりたいと思います。中学校にはいってからも、そのつもりで勉強していく決心です。ばあ

けれども、僕はばあやだけにはいつまでもかわいがってもらいたいと思います。ばあ

やはいつも僕のそばにはいないのだから、どんなにばあやにかわいがってもらっても、僕はちっとも弱くはならないと思うのです。

ではごきげんよう、さようなら。」

お浜あての手紙を書き終わったあと、彼は春子《はるこ》にも、せめて絵はがきででも、中学校に入学したことを知らしてやりたいと思った。しかし、彼女《かのじょ》の東京の住所を書いたのを、もうなくしてしまっていたので、今度竜一にあって、それをたしかめてから書くことにした。

絵はがきはまだ六枚あまっていた。彼は、それを全部、彼がこれまで比較的親しくしていながら、いっしょに中学校に受験できなかった友だちにあてて出すことにした。それには、「はなれていても、いつまでも仲よくしたい。そしてお互《たが》いに正しい勇気のある人間になろう」といったような意味のことを書いた。書き終わると彼はすぐ郵便局に行った。

切手代を払《はら》うためにがま口をあけた瞬間《しゅんかん》、彼はまた、さっきの父の言葉を思いおこした。

「なくなったら、母《かあ》さんにそう言えばいい。」

彼は何度もそれを心の中でくりかえしながら、ふたたび自分の机のまえに帰ってきた。

恭一は、その日、何か友だちに約束《やくそく》があるからと言って、次郎の成績がわかったあと、すぐどこかに出かけていったが、夕方帰って来るとお祖母《ばあ》さんに向かって、しきりに次郎の入学祝いにご馳走《ちそう》をするように主張した。お祖母さんはそれに対して、

「今日《きょう》でなくてもいいじゃないかね、もうおそいのだから。あすはお祖母さんが赤飯《せきはん》でもたく心組《こころぐ》みでいたんだよ。」

と、いくぶん恭一をなだめるような調子だった。

すると恭一は今度はお芳《よし》のほうを向いて、いかにも詰問《きつもん》するように言った。

「母さんも、あすのほうがいいと思ってるんですか。」

お芳は、例のえくぼをかすかにゆがませ、お祖母さんの顔をうかがったきり、返事をしなかった。

「じゃあ、もういいんです。」

恭一は、捨台詞《すてぜりふ》のようにそう言って、すぐ二階にかけあがった。

二階では、次郎が一人、がま口を机の上において、ぽつねんとすわっていたが、恭一の顔を見るとすぐ言った。

「僕、今日、父《とう》さんにこのがま口を買ってもらったよ。」

「ふうん、小遣《こづか》いも入れてもらったんかい。」

「うむ、一円だけ。」

「一円じゃあ、雑誌なんか買ったら、すぐなくなっちまうよ。それでひと月分だって言ったんかい。」

「ううん、二円ぐらいはつかってもいいんだって。」

「二円ならまあいいや。それで、あと一円は、いつくれるんだい。」

「この金がなくなったら、母《かあ》さんにそう言ってもらうんだって。」

「ふうん――」

恭一は解《げ》せないといった顔だった。

「恭《きょう》ちゃんはだれにもらってるの?」

「父《とう》さんでなけりゃ、お祖母《ばあ》さんさ。お金を母さんにねだるのはいけないよ。」

「どうして。」

「だって、うちの会計はまだお祖母さんがやっているんだろう。僕、それは母さんがやるのがほんとうだと思うんだけど、しかたがないさ。」

次郎はあらためて自分のがま口を見た。そして、そのがま口をとおして、父と母と祖母との心を、また自分自身のこれからの生活の一部を、はっきり見ることができたような気がした。

一四　ふみにじられた帽子《ぼうし》

次郎が、中学校入学式で講堂《こうどう》にはいった時、まず第一に眼《め》についたのは、正面右側に掲《かか》げてある、すばらしく大きな額《がく》だった。それには「進徳修業《しんとくしゅぎょう》」の四字が、まるで箒《ほうき》の先ででも書いたように、乱暴《らんぼう》にならんでいた。次郎は、ただその大きさと乱暴さとに驚《おどろ》いただけで、ちっともいい字だとは思わなかった。

（どうして、こんな乱暴な字を額になんかしてあるんだろう。）

彼は、そう思って、すぐ眼を左のほうに転じた。

左正面にも、同じ大きさの額がかかっていた。しかし、それには、平《ひら》がなまじりの文章が四個条《かじょう》ほど個条書きにしてあったので、さほど大きくは見えなかった。字もていねいだった。書体は少しくずしてあったが、次郎にも読めないほどではなかった。彼は、他の新入生たちが何かこそこそささやきあっているひまに、念入《ねんい》りにそれを読んでみた。文句《もんく》は次のとおりであった。

一、武士道《ぶしどう》においておくれ取り申すまじきこと

一、主君の御用にたつべきこと
一、親に孝行《こうこう》つかまつるべきこと
一、大慈悲《だいじひ》をおこし人のためになるべきこと

次郎は、武士道という言葉の意味を、はっきりとは知っていなかった。しかし、第一条はよくわかるような気がした。第二条と第三条とは、これまで修身《しゅうしん》の時間で十分教《おそ》わって来たことだし、べつに珍《めずら》しいとも思わなかった。親孝行のことを、自分の境遇《きょうぐう》にあてはめて考えてみようという気にも、まるでならなかった。ただ、この二個条をなぜはじめのほうに書いてないのだろう、と、それがちょっと不思議に思えた。

第四条の「慈悲」という言葉が、妙《みょう》に彼の心をとらえた。彼はその言葉の意味を「武士道」という言葉の意味以上に知っていたわけではなかったが、その字を見た瞬間《しゅんかん》、すぐ正木《まさき》のお祖母《ばあ》さんのことを思い起こしたのだった。

「慈悲深い方だ。」――「仏様《ほとけさま》のような方だ。」

これが正木のお祖母さんのうわさをする時に、村人たちがいつも使う言葉だったのである。

次郎は、何度《なんど》も大慈悲の一条をよみかえした。そして、正木のお祖母さんが、自分や、家庭の者や、村人たちに対して、言ったりしたりしていたことを、いろいろと回想して

みた。そのうちに、彼は、うれしいとも寂《さび》しいともつかぬ、妙な感じに襲《おそ》われて来た。そして、それからそれへと連想がつづいて、正木のお祖母さんとお墓《はか》まいりをしたことから、ついには、亡《な》くなった母の顔までが思い出されて来るのだった。

左側の窓の上の壁《かべ》には、一間《いっけん》おきぐらいに大きな油絵がかかっていた。それは、すべて、郷土出身の維新《いしん》当時の偉人《いじん》の肖像画《しょうぞうが》だった。次郎は、見るともなくそれを見ているうちに、その下に、新入生の父兄《ふけい》たちが、顔をずらりとならべているのに気づいた。次郎は、すばやく、その中に父の顔を見つけた。父も彼を捜《さが》していたらしく、視線がすぐぶっつかった。次郎は少し顔をあからめて、眼をそらし、今度《こんど》は右のほうを見た。

右側の壁には、軍人の写真の額が一尺《いっしゃく》おきぐらいにかかっていた。次郎は、多分学校出身の戦死者の額だろうと思い、いちいちその下に書いてある名前を見たいと思ったが、自分の位置がずっと左側になっていたので、よく見えなかった。

やがて、型どおりの式が進んで、校長の訓辞《くんじ》がはじまった。

校長は、五分刈《ごぶが》りで、顎骨《あごぼね》の四角な、眼玉《めだま》の大きい、見るからに魁偉《かいい》な感じのする、五十四、五歳《さい》の人だった。いくぶん中風気味《ちゅうぶうぎみ》らしく、おりおり顎《あご》や手が変にふるえていたが、その大きな眼玉からは、人を射《い》るような鋭《するど》い光が流れており、しかも、その中に、どこか人の心をひきつけるようなやさしさが漂《ただよ》っていた。

次郎は、校長が壇《だん》に立った瞬間から、何かしら、気強《きづよ》い感じがした。

「私が本校の校長、大垣洋輔《おおがきようすけ》じゃ。」

校長はまずそう言って口を切った。訓辞は、そうながくなかった。

「君《きみ》らは日本の少年の中の選士《せんし》である。選士に何よりもたいせつなのは、へりくだる心と慈悲心でなければならない。そういう心をもった人だけが、ほんとうに正しい努力をする。正しい努力をする人だけが、ほんとうに伸《の》びる。伸びる人であってこそ真の選士といえるのだ。……傲慢《ごうまん》な人や、無慈悲な人には正しい努力がない。そういう人は一見《いっけん》強そうに見えて弱いものだ。それは生命の伸びる力がとまっているからだ。君らは決してそんな人間になってはならない。学問においても心の修養《しゅうよう》においても、伸びて伸びやまない人間になってもらいたい。それでこそ日本が伸びるのだ。へりくだる心、慈悲心、そして伸びる日本。――諸君《しょくん》を迎《むか》える私の第一の言葉はこれである。」

だいたいそういった意味のことであった。それでも、二、三の実例をあげてわかりやすく話したので、十四、五分間はかかった。そのあと校長は、父兄のほうに向かって自分の教育方針を話し、それで式は終わった。

「りっぱな校長先生だな。」

式がすんで、校門を出ると、俊亮《しゅんすけ》は次郎を顧《かえり》みて何度もそう言った。次郎はうれしかった。

＊

翌日はさっそく始業式だった。

次郎が驚《おどろ》いたことには、組主任の先生に引率《いんそつ》されて講堂《こうどう》にはいると、新入生のすわるすぐ右側の席に、もう五年生らしい生徒が高い塀《へい》のように並《なら》んでおり、その多くが、気《き》味《み》のわるい眼つきをして、じろりじろりと新入生たちを睨《ね》めまわしていることだった。

次郎は、席につくと、首をちぢめ、そっと隣《となり》の新入生にたずねた。

「僕《ぼく》たちの右のほうに並んでいるの、五年生？」

「そうさ、五年生だよ。五年生の右が四年生で、三年生と二年生とが僕たちのうしろに並ぶんだよ。この学校では、一学期の始業式には、新入生との対面式があるんだから、いつもそうだってさ。」

隣の新入生は、いかにも物識《ものし》り顔《がお》に答えた。次郎は、なぜかいやな気がして、それっきりうつむいてばかりいた。

やがて先生たちの顔がそろい、最後に校長がはいって来て、すぐに壇上《だんじょう》に立った。そして、一同の敬礼《けいれい》をうけると、

「ただいまより、二年以上の生徒と、新入学生との対面式を行なう。」

と言った。

対面式は、べつにめんどうなものではなかった。一年が右に、四年五年が左に、それぞれ向きをかえ、二年三年はそのままで、体操の先生の号令で、同時に敬礼をしあうだけだった。しかし、次郎の気持ちをいよいよ不愉快《ふゆかい》にしたのは、すぐ眼の前の五年生が、号令では頭を下げないで、一年生が顔をあげたころになって、やっとばらばらに、礼を返したことだった。しかも、その顔つきは、礼を返しているというよりも、あざ笑っているといったほうが適当であった。

対面式がすむと、校長の始業式の訓話《くんわ》が始まった。まず新入生のほうを向いて、上級生に兄事《けいじ》する心得《こころえ》を説《と》いたが、それはほんの二、三分で、校長の顔はいつのまにか五年生のほうを向いていた。顔が五年のほうに向くと同時に、言葉の調子も高くなり、その眼つきも光って来た。そして、

「どんなわずかな力でも、それを不正なことに使ってはならない。不正なことというのは慈悲心《じひしん》のない行ないじゃ。武士道におくれをとらないというのも、慈悲心が内にみなぎっていて、はじめてできることで、それがなくては、武士道も何もあったものではない。よろしいか。本校の生徒はみんな涙《なみだ》のある人間になってくれ。涙のある人間だけ

が、すべてを支配することができるんじゃ。」

と、演壇《えんだん》のはしまで乗りだして来て言った時には、もうどう見ても、五年生にだけ話しているとしか思えなかった。

その時、五年生の中にはごく少数ではあったが、お互《たが》いに顔を見合って、変ににやにやしたり、傲然《ごうぜん》とのびあがって、校長の顔をにらみ返すようなふうをしたりする者があった。次郎は、横からでよく見えなかったが、できるだけ五年生の表情に注意していた。そして、何かしら、不安なものを胸の底に感じた。

式がすんだあと、教室で組主任からこまごまと注意があった。それで、その日の予定は終わりであった。ところが、組主任の先生は、自分の注意が終わったあと、気の毒《きどく》そうな顔をして言った。

「五年生たちが、校風をよくするために、君らに雨天体操場に集まってもらって、何か話したいと言っている。これは毎年の例だ。まもなくだれかが迎《むか》えに来るだろうから、しばらくここで待っていてもらいたい。自分は今から職員会議があるから、そのほうに行く。」

そう言って先生はすぐ出て行った。残された新入生たちは、おたがいに顔を見合わせて黙《だま》りこんだ。まもなく、五年生らしい生徒が、二人で、のっそり教室にはいって来たが、その一人は教壇《きょうだん》に立って、じろじろとみんなを見まわした。人相《にんそう》がよくないうえに、制服のボタンが、五つのうち三つしかついていない。しかも一番上のと一番下のとがはずれていて、あかじみたシャツが上下からのぞいているのが、いかにもきたならしく見える。次郎は軽蔑《けいべつ》したい気持ちになって来た。

と、だしぬけにその生徒がどなった。

「上級生に対して尊敬《そんけい》の念《ねん》を持たないやつは、顔を見るとすぐわかるぞ！」

次郎は、あぶないところで冷笑《れいしょう》をかみころした。

「立て！　おれについて来い！」

その生徒はまたどなった。そして肩《かた》をいからしながら教壇をおりて、廊下《ろうか》に出た。

新入生たちは、ぞろぞろと、しかし、何となくおたがいに先をゆずりたがっているようなふうで、そのあとについた。だれの口からも、ささやき一つもれなかった。

もう一人の五年生は、みんなが教室を出るのを、入り口に立ってじっと見ていたが、最後の一人が出てしまうと、黙ってそのあとについた。次郎は、この生徒の制服にはボタンが五つともそろっており、顔つきもおとなしそうだった。次郎は、教室を出しなに、ちらと彼の顔をのぞいたが、べつに不愉快な感じも起こらなかった。

雨天体操場までは、渡《わた》り廊下《ろうか》づたいで、かなり遠かった。次郎たちの組がついた時には、他の組の新入生たちは、もう、きちんとその中央にならばされていた。次郎たちは三つボタンの五年生の指揮《しき》で、その左側に四列縦隊《じゅうたい》にならんだが、トタン屋根《やね》をふいただけの、壁も何もない広々とした土間《どま》が、次郎には何かものすごく感じられた。

それまで、あちらこちらに散らばっていた五年生たちは、新入生の整列が終わったと見ると、急にそのまわりをぐるりと取りまいた。それは、ちょうど地曳網《じびきあみ》をおろしたといった格好《かっこう》であった。

それが終わると、体操の指揮台のうえに、一人の五年生が現われた。三つボタンとはちがって、非常に品《ひん》のいい、聡明《そうめい》そうな顔つきをしている。彼は、かくしから小さな紙《し》片《へん》を取り出し、割合《わりあい》しずかな調子で演説をはじめた。

演説の内容は、次郎にはよくわからなかった。言葉の言いまわしが変にこみ入っている上に、まだ聞いたことのない漢語が多すぎたのである。しかし、悪いことを言っているようには、ちっとも思えなかった。

「校風は愛と秩序《ちつじょ》によって保たれる。上級生は愛をもって下級生に接するから、下級生は秩序を重んじて上級生に十分の敬意《けいい》をはらってもらいたい。」

だいたいそんなような意味に受け取れた。そして最後に、

「以上、五年生を代表して、新入生諸君に希望を述べた次第《しだい》である。」

と言って、その生徒は指揮台をおりた。次郎はそれで万事《ばんじ》が終わったつもりになって、ほっとしていた。

ところが、それからあとが大変《たいへん》だった。そのつぎに指揮台の上にあらわれたのは、見るからに獰猛《どうもう》な山犬のような顔の生徒だった。そして、「貴様《きさま》たちの眼つきが、第一おうちゃくだ。」とか、「新入生のくせに、もう肩をいからしているやつがある。」とか、「講堂で五年生のほうをぬすみ見ばかりしていたのはだれだ。出て来い。」とか、まるで酔《よ》っぱらいと気違いとをいっしょにしたような声でどなりはじめた。しかも、それを声《せい》援《えん》する役目を引きうけたのが地曳網《じびきあみ》の連中である。「そうだ!」――「そのとおりだ!」「引きずり出せ!」――「ぶんなぐっちまえ!」

そうした声が、横からも、うしろからも、新入生たちの耳をつんざくように襲《おそ》い、それがトタン屋根に反響《はんきょう》して異様なうなりをたてた。

新入生たちの中には、もうだれも顔をあげている者がなかった。次郎は背《せい》が低くて、しかも組の中では右側の前から十番目ぐらいのところにいたので、五年生に顔を見られる心配は比較的《ひかくてき》少なかったが、それでもひとりでに頭が下がっていた。で、もし、そんな狂気《きょうき》じみた状態が、そう長くつづかなければ、べつに大したこともなしに済《す》んでいたかもしれなかったのである。

ところが、その獰猛《どうもう》な顔が引っこんだらしいと思うとまもなく、今度《こんど》は癇《かん》の強い声が指揮台から聞こえだした。新入生たちはちょっと顔をあげてその声の主《ぬし》をぬすみ見た。それはすごいほど眼の光った、青白い狐《きつね》みたいな顔の男だった。この男は、いかにも皮《ひ》肉《にく》な調子で、ゆっくり、ゆっくり、新入生に難癖《なんくせ》をつけはじめた。そして前の獰猛な顔の男とはちがって、地曳網の連中の声援があるごとに、それがひととおり終わるのを、一種の余裕《よゆう》をもって待っているかのようであった。

そのうちに時間は三十分とたち、四十分とたって行った。次郎は次第にいらいらして来た。そしてたまらないほどの憎悪《ぞうお》の念が腹の底からこみあげて来るのを覚えた。それでも、歯を食《く》いしばってがまんしていたが、指揮台の狐は、新入生を見わたしながら、つぎつぎにいろんな難癖の種《たね》をみつけだして、いつまでもねばっていた。そして、しまいには、とりわけ皮肉な調子で、こんなことを言った。

「上級生が訓戒《くんかい》をしてやっているのに、君らは地べたばかりを見ている。それを無礼《ぶれい》だとは思わんか。」

これには、地曳網《じびきあみ》の連中も、さすがに意想外だったらしく、すぐには声援ができなかった。しかし一人が思い出したように、「そうだ失敬千万《しっけいせんばん》だ！」と言うと、つぎつぎに、「こいつら、聞いちゃおらんぞ」とか「上級生をばかにするにもほどがある」とか、いろんな罵声《ばせい》がほうぼうから起こって来た。

新入生たちは、おそるおそる顔をあげた。しかし、みんな眼のつけどころに困っているようなふうだった。その中で、次郎一人だけが、わざとのように首をのばし、狐の顔をまともににらんでいた。

しばらく沈黙《ちんもく》がつづいた。狐は新入生たちの顔を一人一人たんねんに見まわしていたが、次郎の眼に出っくわすと、その視線はぴったりとそこでとまった。つぎの瞬間《しゅんかん》には、彼の頬《ほお》に、つめたい微笑《びしょう》が浮《う》かんだ。微笑が消えたかと思うと、彼の癇走《かんばし》った声がトタン屋根をびりびりとふるわすように響《ひび》いた。

「おい、そのちび！　貴様《きさま》はよっぽど生意気《なまいき》だ。出て来い！」

次郎は動かなかった。そして彼の眼は依然《いぜん》として狐を見つめたままだった。

「出て来いと言ったら、出て来い！」

もう一度狐が叫《さけ》んだ。しかし次郎はびくともしなかった。

「上級生の命令をきかんか！　ようし！」

狐は、そう叫んで指揮台を飛びおりると、新入生の列を乱暴に押《お》しわけて、次郎に近づいた。そして、いきなり彼の襟首《えりくび》をつかみ、引きずるようにして、彼を指揮台のまえにつれて行った。すると、ほかの五年生が四、五名、ぞろぞろとそのまわりによって来た。その中には、最初演説した生徒や、獰猛《どうもう》な山犬の顔は見えなかった。しかし、その代《か》わり、三つボタンが恐《おそ》ろしい眼をして彼を見すえていた。

「名は何というんだ。」

狐がたずねた。

「本田《ほんだ》次郎《じろう》。」

次郎はぶっきらぼうに答えた。

「ふむ、生意気そうだ。」

三つボタンがはたから口を出した。

「貴様はさっきおれをにらんでいたな。」

狐は今度はうす笑いしながら言った。

「見てたんです。」

「何？　見ていた！」

「ええ、見てたんです。地べたを見るのは無礼だって言うから、顔を見てたんです。」

「理屈《りくつ》を言うな！」

鉄拳《てっけん》が同時に次郎の頬《ほお》に飛んで来た。しかし、次郎の両手が狐の顔に飛びかかったのも、ほとんどそれと同時だった。

それからあと、次郎は何が何やらわからなかった。ただまっ黒なものが周囲をとりかこみ、そこから手や足が何本も出て、自分のからだを前後左右にはねとばしているような感じだった。

「もう、よせ！　もうこのくらいでいいんだ。」

山犬の声に似たどら声《ごえ》がきこえて、彼の周囲が急に明るくなったと思った時には、彼は地べたに横向きにころがっていた。彼の顔のまんまえには、ペンキのはげた指揮台が、二つ三つ節穴《ふしあな》を見せて立っていた。

彼はじっと耳をすました。

「ばかなやつだ。」

そんな声がどこからかきこえた。

彼は、その声をきくと、無意識に起きあがった。そして、くるりと向きをかえて新入生のほうを見た。彼はもうすっかり落ちついていた。新入生たちは、みんな青い、おびえきったような顔をして、彼を見ていた。その青い顔の両側に、五年生たちが、にやにや笑って立っているのが、はっきり見えた。

次郎は、その光景《こうけい》を見ると、これからどうしたものかと考えた。もとの位置に帰る気には、とてもなれなかった。かといって、いつまでもそのまま立っているわけには、なおさらいかない。彼は、しばらく、じろじろと周囲を見まわしていたが、ふと目のまえに、ふみにじられたようになってころがっている帽子《ぼうし》が眼についた。それは、彼がついこないだ父に買ってもらったばかりの、そして、きのうはじめて、組主任の先生に渡《わた》された新しい徽章《きしょう》をつけたばかりの、彼の制帽だった。

彼は思わずかっとなった。同時に、鼻の奥《おく》が酸《す》っぱくなって、そこから、熱いものが眼の底にしみて来るような気がした。しかし、彼は唇《くちびる》をゆがめてじっとそれをおさえた。そして、しずかにその帽子を拾い、ていねいに形を直し、ちりをはらってそれをかぶると、そのままさっさと渡り廊下のほうに向かって歩きだした。

「こらっ！　どこへ行くんだ！」

五年生の一人が叫んだ。それは三つボタンらしかった。次郎は、しかし、ふり向きもしなかった。

「あいつ、いよいよ生意気《なまいき》だ！」

「このまま放っとくと、上級生の権威《けんい》にかかわるぞ！」

「つかまえろ！」

五年生全体がざわめきたっているのをうしろに感じながら、次郎はもう渡り廊下を一、二間《けん》ほども歩いていた。

彼は、そこで、ちょっとうしろをふりかえってみた。すると雨天体操場の中から無数の視線がまだ自分をのぞいており、その視線の一部をさえぎって、二人の五年生が入り口の近くに向きあって立っているのが見えた。その一人は三つボタンであり、もう一人は最初に演説した生徒だった。

次郎は、三つボタンが自分を追っかけるのを、演説した生徒がとめているんだな、と思いながら、足を早めた。

次郎が本校舎の前まで来ると、ちょうど職員会議が終わったところらしく、先生たちがぞろぞろと玄関《げんかん》から出て来るところだった。彼は先生たちに顔を見られるのがいやだったので、校舎の陰《かげ》にかくれて、人影《ひとかげ》の見えなくなるのを待つことにした。

その間に、彼は、自分の着物——制服ができるまで和服に袴《はかま》だった——が破《さ》けていないかをしらべてみた。不思議にどこにも大した破損はなかった。ただ袴の右わきに二寸《すん》ばかりのほころびがあるだけだった。時間割をうつすために持って来ていた手帳と、父に買ってもらったがま口とを懐《ふところ》に入れていたが、それらは無事だった。

肩やものへんに二、三か所鈍痛《どんつう》が感じられだしたが、次郎はほとんどそれを気にしなかった。彼が最も気にしたのは、頬《ほお》がはれぼったく感ずることだったが、手でさわってみると、さほどでもないらしいので安心した。

（これならだいじょうぶ、自家《うち》で気がつく人はない。）

そう思って、門のほうをのぞいて見ると、もう人影は見えなかった。彼は思い切って立ちあがり、あたりに注意をはらいながら門を出た。

門を出ると、無念《むねん》さが急にこみあげて来て、涙《なみだ》がひとりでに頰を流れた。だが、同時に、不正に屈しなかったという誇《ほこ》りが、彼の胸の中で強く波うっていた。彼の涙はすぐとまった。彼は一人で歩きながら、少しも寂《さび》しいという気がしなかった。「武士道《ぶしどう》」——「慈悲《じひ》」——今日講堂で見たり聞いたりしたそんな言葉が、いつのまにか思い出されていた。そして、「慈悲」という言葉は、もう正木のお祖母《ばあ》さんを思い出させるような、そんなやさしい言葉ではないように思われて来た。

「涙のある人間だけが、すべてを支配することができるんじゃ。」

大垣校長の言ったそんな言葉が、いまさらのように強く彼の胸にひびいて来た。

歩いて行くうちに、山犬や、狐や、三つボタンのいやな顔がひとりでに思い出された。しかし彼はもう、それらをちっともこわいとは思わなかった。それどころか、彼らのまえに青い顔をして並《なら》んでいた新入生たちのことを思うと、一種の武者《むしゃ》ぶるいみたようなものを総身《そうみ》に感ずるのだった。

家に帰ると、彼は何事《なにごと》もなかったような顔をして、すぐ机《つくえ》のまえにすわった。そして、懐から手帳とがま口とを出して、それを抽斗《ひきだし》にしまいこんだが、つい今朝《けさ》まで、何かしらまだ気がかりになっていたそのがま口も、もうまったく問題ではなくなっていた。

彼の人生は、中学校入学の第一日目において、すでに急激《きゅうげき》な広がりを見せていたのである。

一五　親爺《おやじ》

雨天体操場事件は、翌日になると、もう全校生徒のうわさの種《たね》になっていた。恭一《きょういち》の教室でも、始業前からその話でにぎやかだった。

「その新入生、ちびのくせに、いやに落ちついていたっていうじゃないか。」

「五年生のほうが、かえって気味《きみ》わるがっていたそうだよ。」

「まさか。」

「いや、ほんとうらしい。さんざんなぐられていながら、涙一滴《なみだいってき》こぼさないで、じろりとみんなをにらみかえして、ゆうゆうと帽子《ぼうし》のちりをはらって出て行った様子《ようす》は、ちよっとすごかったって言っていたぜ。」

「それよりか、狐《きつね》のやつがその新入生にほっぺたをひっかかれたって、ほんとうかね。」

「それはたしかだ。」

「何でも最初になぐったのは狐だそうだが、なぐったと思った時には、もうほっぺたをひっかかれていたそうだ。」

「その新入生、よっぽどすばしこいやつだな。」

「狐もさすがにめんくらったろう。」

「少々てれているらしいよ。」

「いい気味だ。あいつも、たまにはそんな目にあうほうがいいだろう。」

「しかし、今年の五年生もそれで台なしだな。しょっぱなから、しかも新入生に対して味噌《みそ》をつけたんでは。」

「少々気《き》の毒《どく》になってくるね。」

「しかし、頭の悪いやつばかりそろっているんだから、それがあたりまえだろう。」

「そんなこと言ってるが、来年はいよいよ僕《ぼく》たちの番だぜ、自信があるかね。」

「あるとも。われわれはもっと堂々《どうどう》たるところを見せてやるさ。少なくとも、狐のやつみたいな、へまはやらんよ。あいつ、自分からわなに飛びこんだようなものだからね。」

「狐がわなに飛びこんだって！　そいつはおもしろい。いったいどうしたっていうんだい。」

「何でも、新入生に対して、上級生が訓戒《くんかい》をしているのに、地べたばかり見て聞いているのは無礼《ぶれい》だとか言ったそうだ。」

「なるほど、それでそのちびの新入生が狐の顔を穴《あな》のあくほど見つめていたっていうわけか。」

「そうだよ。だから、狐としては、それを生意気《なまいき》だとは、どうしても言えんわけさ。」

「それを生意気だって難癖《なんくせ》をつけたとすると、五年生も実際へまをやったもんだ。頭の程度《ていど》がうかがわれるよ。」

「そこで、四年生の責任はいよいよ大なり、だね。」

みんなは愉快《ゆかい》そうに笑った。四年生と五年生とのそりがあわないのは、毎年のことだが、今年の五年生には、とくべつ無茶《むちゃ》な連中が多いので、四年生の反感もそれだけ大きいのだった。

「それにしても、そのちびの新入生って、痛快なやつだな。」

「うむ、しかし相当《そうとう》生意気なやつにはちがいないよ。」

「生意気でも、そのぐらい勇敢《ゆうかん》だと頼《たの》もしいじゃないか。入学そうそう、五年生全部を向こうにまわしてゆうゆうたる態度を見せるなんて、この学校としても、まったく歴史的だよ。」

「歴史的とは驚《おどろ》いたね。はっはっはっ。」

「いったい、何というんだい、そいつの名は？」

「本田《ほんだ》とか言ってたよ。」

恭一は、それまで大した興味もなく、はたで聞いていたが、本田という名が出ると、ぎくっとして眼《め》をみはった。

「そうだ、本田次郎っていうんだそうだ。」

「どこのやつかね。……おい、本田、君知《きみ》らんか。君と同姓《どうせい》だが。」

みんなは一《いっ》せいに恭一を見た。恭一の青ざめた顔は、今度《こんど》は急にあかくなった。

「まさか、君の弟じゃないだろうな。」

他の一人が追っかけるようにたずねた。

「次郎だと、弟だが……」

恭一は、やっと答えて、眼をふせた。

「弟？　そうか。そう言えば、今度君の弟が入学試験をうけるって、いつか言っていたようだね。」

「しかし、本田の弟にしちゃあ、すごく勇敢だね。ふだんから、そうなんか。」

恭一はまた顔をあからめたが、

「うむ、小さい時から乱暴《らんぼう》だったよ。しかし、このごろはそうでもなかったんだが
……」

「それで、その次郎君、どうしていたんだ、昨日《きのう》は?」

「べつに何ともなかったよ。」

「君に、その話、しなかったんか。」

「ううん、ちっとも。……僕も君らの話をきいて、今はじめて知ったんだよ。」

「そうか。そうだと君の弟はいよいよ変わったやつだな。」

「本田の手には負《お》えんのじゃないかね。」

「だいいち、弟のほうが本田を相手にしていないのだろう。」

みんながどっと笑った。恭一はてれくさそうに苦笑《にがわら》いして、顔をふせた。

「冗談《じょうだん》はよそう。……どうだい、本田、君の弟ってのは、いったい、物がわかるほうなのか、それとも、ただの向こう見ずか。」

そう言って、まじめにたずねたのは、大沢雄二郎《おおさわゆうじろう》という生徒だった。彼《かれ》は、小学校を

出てから三年も町の鉄工場で働いたあと、ある人に見込《みこ》まれて中学校にはいることになったので、全校一の年長者だった。どっしりと落ちついて、思いやりがあり、しかも頭がいいので、「親爺《おやじ》」という綽名《あだな》でみんなに親しまれていた。とりわけ恭一は彼に親しんだ。親しんだというよりは、心から尊敬《そんけい》していたといったほうが適当かもしれない。性格はまるでちがっていたが、物の考え方はいつも同じで、しかも世間《せけん》を知っているだけに、大沢のほうにずっと深みがあった。大沢のほうでも恭一を真実の弟のように愛した。日曜などには、二人は、終日《しゅうじつ》、人生観めいたような話をして暮《く》らすこともあった。

「物はわかるほうだと思うがね。」

恭一は、多少みんなに気兼《きが》ねしながら答えた。

「もの事《ごと》をよく考えるほうかね。」

「うむ、去年一度入学試験で失敗したんだが、それから一年ばかり、しょっちゅう、いろんなことを一人で考えていたようだ。」

「僕、いっぺんも会ったことがないようだね。君の家でも。」

「ずっと田舎《いなか》の親類の家にいたもんだから……。」

「そうか。……」

大沢は何か考えるふうだったが、それっきり口をつぐんだ。すると、ほかの一人が言った。

「どうだい、本田の弟だったら、これから狐《きつね》なんかにいじめられないように、四年生でバックしてやろうじゃないか。」

「よかろう。」

すぐ賛成者があった。

「どうせやる以上は、堂々の陣《じん》をはって、だらしのない今度の五年生を反省させるところまで行くんだな。」

「むろんだ。個人の問題じゃつまらんよ。」

「しかし、そうなると、いよいよ四年対五年の対立になるが、それでもいいかね。」

と自重論《じちょうろん》が出て来た。

「かまうもんか、これも校風刷新《さっしん》のためだ。」

「しかし、下級生をバックして五年生に対抗《たいこう》するのは、やぶ蛇《へび》だぜ。来年は僕らが五年生だからね。」

と、今度は伝統尊重論《でんとうそんちょうろん》があらわれて来た。

「そんなばかなことがあるもんか。われわれのまもりたいのは正義だ。正義のあるところには必ず秩序《ちつじょ》が保たれる。正義は秩序に先《さき》んずるんだ。」

「秩序を破《やぶ》って、正義がどこにあるんだ。」

そこいらまでは、さほど真剣《しんけん》だとも思われなかった議論が、当面の問題をはなれて次《し》第《だい》に観念的になるにつれて、かえってみんなの調子が激《はげ》しくなって来るのだった。

大沢は、しばらくは、にこにこしてそれを聞いていたが、そろそろみんながけんか腰《ごし》になって来たのをみると、だしぬけにどなった。

「よせ！　そんな議論をしたって、なんの役にたつんだ。」

それから恭一のほうを見て、

「本田はどうだ。四年生にバックしてもらいたいのか。」

「僕は、いやだ。」

恭一は、唇《くちびる》のへんを神経的にふるわせながらも、きっぱりと答えた。

「そうだろう。僕も四年生全体の名でバックするのは不賛成だ。」

大沢はゆったりとそう言って、みんなを見まわした。

「どうしてだい。」

と、最初の提案者《ていあんしゃ》が、ちょっと間《ま》をおいて、たずねた。それはいかにも自信のないたずねようだった。

「本田の弟を侮辱《ぶじょく》したくないからさ。」

みんなは、それで黙《だま》りこんだ。すると大沢は恭一を見ながら、

「しかし、本田、このまま放っとくとあぶないぜ。ことに狐のやつと来たら執念深《しゅうねんぶか》いからな。ほっぺたを下級生にひっかかれて黙っちゃおらんだろう。」

「僕もそうだろうと思うが……」

恭一はいかにも不安そうな顔をしている。

「だから、陰《かげ》ながらバックしてやるさ。僕だって、それはやるよ。五年生にも話せばわかるやつはいるんだから、狐だけぐらいは何とか手出しさせせんですむかもしれん。……四年生全体がバックするなんて言うと、大げさになるし、そうなると、五年生だって負けてはいないだろう。それでは学校が大騒《おおさわ》ぎになる上に、君の弟のためにもかえって悪いよ。四年生に侮辱された上に、五年生全体にいじめられることになるんだからね。……どうだい、諸君《しょくん》、みんながそのつもりで、目《め》だたないように本田の弟をバックしてやろうじゃないか。」

ほうぼうで賛成の声が聞こえた。

「なるほど、そいつは名案だ。そんなぐあいにやると、五年生に対して自然四年生の権威《けんい》を示すこともできるわけだ。」

だれかがそんなことを言った。

「おい、おい――」

と、大沢はその生徒を見て、

「そんなけちなことを考えるのは、よせ。僕らは、四年とか五年とかいうことにこだわる必要はないんだ。それよりか、一年から五年までの正しい生徒が、縦《たて》に手を握《にぎ》りあうことがたいせつじゃないか。本田の弟も、その正しい生徒の一人だ。だから僕らはそれをバックしようと言うんだ。……四年生にだって、つまらんやつはいくらもいる。――僕らは――少なくとも僕だけは――そんなやつとは手を握りたくない。そんなやつと手を握って、五年生に対抗したって、それが何になるんだ。」

彼は、いつのまにか、演説でもするような態度になって、つづけた。

「元来《がんらい》、正義は階級にあるんじゃないんだ。どんな階級にだって、正しい人もいれば、正しくない人もいる。正義は、それをもっている一人一人の胸にしかないんだ。五年生は五年生なるがゆえに正義の持ち主ではない。同様に僕らも、四年生なるがゆえに正義の擁護《ようご》者《しゃ》だと主張するわけにはいかない。四年生とか五年生とかいうことは、要するに正義とは何の関係もないことなんだ。それをいかにも関係があるかのように思いこんでいるところに、この学校の病根があり、校風のあがらない大きな原因があるんだ。この学校では、上級の名においていつも正義が蹂躙《じゅうりん》されている。現に本田の弟の場合がそれだ。僕はもう一度はっきり言う、正義は階級にはなくて人にあるんだ。もしそうでなければ、全校一致《いっち》も期待できない。それが期待できるのは、正義が階級の独占物《どくせんぶつ》でなくて、何人《なんぴと》の胸にも宿りうるからだ。だから僕は、同級生の団結よりも、正しい人の団結がまず必要だと思う。僕は四年生を愛し、五年生を憎《にく》むために、本田の弟をバックしようと言うんじゃない。僕は学校全体を愛するんだ。学校全体の正義を愛するんだ。そのためには、本田の弟のような、不正に屈《くっ》しない魂《たましい》をあくまでも擁護《ようご》しなければならんのだ。問題は、四年生の権威がどうの、名誉《めいよ》がどうのというような、そんなけちけちしたことにあるんじゃない。大垣校長のいわゆる大慈悲《だいじひ》の精神に生き、全校の正義をまもろうと言うんだ。おれの言ったことを誤解《ごかい》せんようにしてくれ。」

大沢にしては、めずらしく激越《げきえつ》な調子だった。みんなは鳴りをしずめて聞いていた。だれよりも感激《かんげき》したのは、恭一だった。正義感の鋭《するど》いわりに、気の弱い彼は、大沢のこの言葉で、力強い支柱《しちゅう》を得たような気がした。彼は、何よりも、それを次郎のために喜んだ。そして、その日の授業が終わるまでに、彼は、次郎の生《お》いたちや、彼自身の次郎についての考えなどを、何もかも、大沢に打ち明けた。

大沢は、恭一の話をきいているうちに、いよいよ次郎に興味を覚えたらしかった。彼は最後の授業が終わると、言った。

「さっそく会ってみたくなったね。今日《きょう》、君の家に行ってもいいかい。」

「いいとも。今からいっしょに行こう。」

「よし行こう。しかし、僕らがバックする話は秘密だぜ。うっかりしゃべらんようにしてくれ。」

「うむ、わかってるよ。」

二人は校門を出てからも、しきりに次郎のことを話しながら歩いた。

二人よりもちょっとまえに、次郎も帰って来ていた。彼はもう机《つくえ》について、日記か何かをしきりに書いていたが、恭一のあとから大沢がはいって来たのを見ると、思わずいやな顔をした。五年生にしても老《ふ》けている大沢の顔つきや、その堂々たる体格が、恭一の同級生だとは、彼にはどうしても思えなかったのである。彼の頭には、すぐ雨天体操場の光景《こうけい》が浮《う》かんで来た。山犬や、狐や、三つボタンの仲間ではあるまいか。そう思うと、恭一がそんな生徒をつれて来たのが、腹だたしい気がした。彼は、しかし、しかたなしに、大沢に向かって窮屈《きゅうくつ》そうなお辞儀《じぎ》をした。

大沢は「やあ」とお辞儀をかえして、あぐらをかきながら、

「次郎君だね。」

と、恭一にたずねた。

「うむ。」

次郎の神経は敏感《びんかん》に動いた。

（二人は、自分のことを、もう何か話しあったにちがいない。）

彼は、そう思うと、同時に大沢の襟章《えりしょう》に注意した。それは四年の襟章だった。彼は、おやっ、という気がした。

「大沢君っていうよ。僕の親友で、同じクラスなんだ。」

恭一にそう言われて、次郎はあらためて大沢を見た。はりきった浅黒い顔には、頰《ほお》から顎《あご》にかけて一分《いちぶ》ほどにのびた髯《ひげ》さえ、まばらに見える。どう見ても恭一の仲間らしくない。彼は、大沢が五年生でないことがわかって、急に楽な気持ちになったが、同時に、何か滑稽《こっけい》なような気もした。

「みんなで僕を親爺《おやじ》って言うんだよ、わっはっはっ。」

大沢は自分でそう言って、次郎を笑わした。次郎は、それですっかり彼に好感を覚えたらしく、すわりかたまで楽になった。

三人はそれから、恭一が階下《した》から持って来た煎餅《せんべい》をかじりながら、いろんな話をした。これといってまとまった話題もなかったが、三人とも少しも飽《あ》いた様子がなかった。学校の話もおりおり出た。しかし、次郎は、雨天体操場事件について、自分から話しだそうとは決してしなかった。

おおかた一時間ほどもたったころ、とうとう大沢がたずねた。

「きのうは、どうだったい、雨天体操場では？」

次郎は大沢には答えないで、恭一のほうを見た。そして、

「恭《きょう》ちゃん、何か聞いた？」

「うむ、きいたよ。もう学校ではみんな知ってるよ。」

「そうか。……だけど、うちじゃだれもまだ知らんだろう。」

「そりゃあ、知らんだろう。」

「だれにも言わんでおいてくれよ。」

「どうして？　いいじゃないか、ちっとも恥《は》ずかしいことなんかないんだもの。」

「父《とう》さんだけならいいけど……」

次郎の気持ちは、恭一にはすぐわかった。

しばらく沈黙《ちんもく》がつづいたが、大沢はにこにこして、

「学校がいやになりゃしない？」

「そんなこと、ありません。」

次郎は怒《おこ》ったような調子だった。

「五年生、こわくない？」

「平気です。だって、僕、何も悪いことしてないんだから。」

「僕は五年生に友だちがいくらもあるんだが、これからいじめないように頼《たの》んでおこうか。」

「ばかにしてらあ。――」

と、次郎は大沢をさげすむように見て、

「そんなこと頼むの、卑怯《ひきょう》です。」

「だって、うるさいぜ。今年の五年生には、あっさりしないのが、ずいぶんいるんだから。」

「いいです、うるさくたって、卑怯者になるより、よっぽどましです。」

「そうか。で、どうするんだい、これから？」

「どうもしません。あたりまえにしているだけです。」

「あたりまえにしていても、生意気《なまいき》だって言ったら？」

「しようがないさ。」

「黙《だま》ってなぐられているんだな？」

「黙ってなんかいるもんか。」

「しかしけんかしたって、かないっこないぜ。それに、あんな連中を相手にしたって、つまらんじゃないか。」

「すると、あいつらにぺこぺこするほうがいいんですか。」

次郎は、もう、食《く》ってかかるような勢いだった。

「だから、ぺこぺこしないですむようにしてやろうかって、言ってるんだ。」

次郎はそっぽを向いて、返事をしなかった。大沢は、恭一と顔を見合わせて、微笑《びしょう》しながら、

「負けたよ。今日《きょう》は次郎君にすっかり軽蔑《けいべつ》されちゃった。わっはっはっは。……今日は、ここいらで失敬《しっけい》しよう。」

大沢が立ちかけると、次郎がだしぬけに恭一に言った。

「僕たち、自分のことっきり考えないのは、いけないことなんだろう。」

「あたりまえじゃないか。」

恭一は次郎と大沢の顔を見くらべながら、答えた。大沢は立ったまま、それをきいていたが、にっこり笑って、また腰《こし》をおちつけた。

「僕だって、なぐられるの、いやだよ。だから、自分のことっきり考えないでいいんなら、五年生のまえで、もっとおとなしくしていたんだよ。」

「じゃあ、どうしておとなしくしていなかったんだい。」

大沢がはたから口を出した。

「だって、五年生は無茶ばかり言うんです。あんなこと言われて、僕、へこんでいたくないんです。」

「しゃくにさわったんか。それじゃあ、やっぱり自分のためじゃないか。」

次郎はちょっとまごついた。しかし、すぐ、いっそう力《りき》んだ調子で言った。

「ちがいます。新入生みんなのためです。」

「うむ、新入生のために戦うつもりだったんだね。」

次郎は、そう言われて、まだ何か言い足りないような気がした。そしてちょっと考えてから、

「新入生のためばかりではありません。五年生は、ちっとも校長先生の教えを守ってないです。あんな五年生は、僕、学校のためにならないと思うんです。」

「ようし、わかった。」

と、大沢は、次郎の肩《かた》に手をかけて、

「しっかりやってくれ。君は僕たちの仲間だ。しかし、ほんとうの仲間は少ないぜ。だから、みんなが一本だちのつもりでやるより、ないんだ。いいかい。」

次郎は、あっけにとられたような顔をして、大沢を見つめた。

大沢は、しかし、そう言ってしまうと、

「じゃあ、失敬。」

と、二人にあいさつして、さっさと部屋《へや》を出て行った。恭一はすぐあとについて、階段をおりた。そして次郎が自分にかえって、急いで下におりた時には、大沢は、もう、門口《かどぐち》を出ているところだった。

大沢を見おくってから、二人はまたすぐ二階に行ったが、次郎は机にほおづえをついて、何かじっと考えこんだ。その様子を見ていた恭一は、しばらくして言った。

「次郎ちゃん、大沢君って、偉《えら》い人だと思わない？」

「思うよ。だけど年とっているなあ。」

「中学校にはいる前に、三年も工場で働いていたんだよ。」

「ふうむ、そうか。」

「だから、よけい偉いんだよ。」

次郎の頭には、一年おくれて中学校にはいった自分のことが、自然に浮かんで来た。が、彼の考えは、すぐまたもとにもどっていった。

（自分は、大沢に、心にもない偉がりを言ったつもりは少しもなかった。しかし、自分の言ったことに、ほんとうに自信があったかというと、そうでもなかったようだ。）

彼は何だかそんな気がして、不安だった。しかし、一方では、大沢に励《はげ》ましてもらったことがうれしくてならなかった。そして、

（これからやりさえすればいいんだ。それで偉がりを言ったことには決してならないんだ。）

と、自分で自分を励まし、どうなり気持ちを落ちつけることができた。

二人は、それからも、しばらくは大沢のうわさをした。次郎には、「親爺」という綽名《あだな》が、いかにも大沢にぴったりしているように思えた。そして、そんな友だちをもっている恭一をいっそう尊敬したくなった。同時に、彼の昨日からの気持ちが次第《しだい》に明るくなり、これからの闘《たたか》いが非常に愉快《ゆかい》な、力強いもののように思えて来たのである。

一六　葉《は》　書《がき》

花が散り、梅雨《つゆ》が過ぎ、そろそろ蟬《せみ》が鳴きだす季節になったが、その間、次郎《じろう》の身辺には、心配されたほどの事件も起こらなかった。

彼は毎日むっつりして学校に通った。

学課には彼はかなり熱心だった。また、教科書以外の本も毎日いくらかずつ読んだ。たいていは少年向きの雑誌や伝記類だったが、恭一《きょういち》の本箱《ほんばこ》から、美しく装幀《そうてい》された詩集や歌集などを、ちょいちょい引きだして読むこともあった。むろんそのいずれもが、彼にはまだ非常にむずかしかった。しかし、恭一におりおり解釈《かいしゃく》してもらったりしているうちに、詩や歌のこころというものが、いつとはなしに彼の感情にしみ入って来た。そして、時には、寝床《ねどこ》にはいってから、自分で歌を考え、そっと起きあがって、それを手帳に書きつけたりすることもあった。

恭一は、もうそのころには、詩や歌をかなり多く作っており、年二回発行される校友会誌には、きまって何かを発表していた。次郎には、それが世にもすばらしいことのように思えた。そのために、彼の恭一に対する敬愛《けいあい》の念《ねん》は、これまでとはちがった意味で深まっていった。が、同時に、彼が、何かしら、恭一に対して妬《ねた》ましさを感じはじめたことも、たしかだった。

（今に、僕《ぼく》だって、……）

彼は校友会誌に目をさらしながら、おりおり心の中でそうつぶやいた。彼が幼《おさな》いころ恭一に対して抱《いだ》いていた競争意識は、こうして、知らず知らずの間に、形をかえて再び芽《ふ》を吹きはじめているらしかった。

次郎と詩、――読者の中には、この取り合わせを多少こっけいだと感じる人があるかもしれない。なるほど、次郎は、詩を解するには、これまで、あまりにも武勇伝的であり、作為的《さくいてき》であったといえるだろう。

だが聡明《そうめい》な読者ならば、彼のそうした行為の裏に、いつも一脈の哀愁《あいしゅう》が流れていたことを決して見逃《みの》がさなかったはずだ。実際、哀愁は、次郎にとって、過去十五年間、切っても切れない道づれであったとも言えるのである。彼の負けぎらい、彼の虚偽《きょぎ》、彼の反抗心《はんこうしん》と闘争心《とうそうしん》、およそそうした、一見《いっけん》哀愁とはきわめて縁遠《えんどお》いように思われるもののすべてが、実は哀愁のやむにやまれぬ表現であり、自然が彼に教えた哀愁からの逃《に》げ道《みち》だったのである。そして、もし「自然の叡智《えいち》」というものが疑《うたが》えないものだとするならば、次郎の心がそろそろと詩にひかれていったということは、必ずしも不似合《ふにあ》いなことではなかったであろう。というのは、何人《なんぴと》も自己の真実を表現してみたいという欲望をいくぶんかは持っているし、そして、哀愁の偽《いつわ》りのない表現には、詩こそ最もふさわしいものだからである。

だが、彼の詩について、これ以上のことを語るのは、今はその時期ではない。何しろ、彼はまだ、歌一首作るにも、指を折って字数を数えてみなければならない程度《ていど》の幼い詩人だったし、それに、恭一の詩に対してある妬《ねた》ましさを感じていたとしても、彼の身辺には、詩以上に切実な問題がまだたくさん残されていたからである。

第一、入学の当初から、五年生の間に「生意気《なまいき》な新入生」として有名になっていた彼は、彼らに鉄拳制裁《てっけんせいさい》の口実《こうじつ》を与《あた》えまいとして、校内ではむろんのこと、ちょっと散歩に出るのにも、始終《しじゅう》頭をつかい、気をはっていなければならなかった。「狐《きつね》」や「三つボタン」のような上級生に対して、卑屈《ひくつ》にもならず、言いがかりもつけられないようにするには、次郎の苦心も、実際並《なみ》たいていではなかったのである。彼はちょっと門口《かどぐち》を出るのにも、必ず制服制帽《せいぼう》をつけていた。街角《まちかど》では、いちおう四方《しほう》を見渡《みわた》して、五年生の姿《すがた》が見えると、相手がどこを見ていようと、それに対してきちんと敬礼《けいれい》をした。むろん、校則は、どんな些細《ささい》なことでもよく守った。その点では、人一倍細心《さいしん》な恭一ですら、彼の几帳面《きちょうめん》さをおりおり冷《ひ》やかしたくらいであった。その代《か》わり、彼は、今後五年生に無法《むほう》な暴行を加えられたら、退学処分の危険を冒《おか》しても、思いきって反抗を試みようと、固く心に誓《ちか》っていた。彼が彼の小刀《ナイフ》を筆入《ふでい》れに入れないで、いつも衣嚢《かくし》に入れていたのも、実はそのためだったのである。

彼は、一年生の全部とはいかなくとも、少なくとも彼の組の生徒だけでも、彼と同じ気持ちになってもらうことを、心から望んでいた。彼はある日、五、六名のものに真剣《しんけん》にその気持ちを話してみた。しかし、だれもが反対もしなければ賛成もしなかった。落第して同じ一年にとどまっていた一生徒などは、あざけるように「ふふん」と答えたきりだった。で、彼はそれっきり、だれにもそのことを言わなくなってしまった。

何よりも彼がなさけなく思ったのは、彼の同級生が――竜一《りゅういち》や源次《げんじ》ですらも――彼と親しくしているところを上級生に見られると、妙《みょう》にそわそわして、彼のそばを離《はな》れようとすることだった。彼はすぐ彼らの気持ちを見ぬいた。そして心の中でひどく憤慨《ふんがい》した。思いきって彼らを面罵《めんば》してやろうかと思ったことさえ何度《なんど》かあった。しかし彼はいつもそれを思いとまった。

(五年生に口実を与えてはならない。)

それが、そのころ、彼の行動を左右する第一の信条だったのである。

こうして、彼は、彼の同級生の間に、一人として心の底から交わりうる新しい友人を見いださなかった。それればかりか、竜一や源次ですら、もう彼にとっては、心からの親友でも、従兄《いとこ》でもなくなったのである。むろん、小学校時代に培《つちか》われたあたたかい感情が、そう無造作《むぞうさ》に冷《さ》めてしまうわけはなかった。で、次郎の彼らに対する気持ちには、他の同級生に対するのとは、まだかなりちがったところがあり、また、彼が土曜から日曜にかけて彼らの家を訪《たず》ね、見たところ以前と少しも変わらない親しさで遊んだりすることさえも、しばしばだったが、そうしたことは、しょせん、過去の酒甕《さかがめ》からしたたって来る雫《しずく》のようなもので、彼の注意がいったん明日のことに向けられると、二人は、もう、彼にとって、他の同級生と少しもえらぶところのない存在だったのである。

彼は、しかし、彼のそうした孤独《こどく》をたいして寂《さび》しいとは感じていなかった。また、憤《いきどお》りや侮蔑《ぶべつ》の念も、たびかさなるにつれて、次第《しだい》にうすらいで行き、あとでは、かえって、同級生に対して憐憫《れんびん》に似た感じをさえ抱《いだ》くようになった。こうした感情の変化は、彼にとって、元来《がんらい》さほど不自然なことではなかった。それは、つまり、彼がかつて算盤《そろばん》事件で、弟の俊三《しゅんぞう》に対して示した感情の変化と、同じものだったのである。

彼にとっての最も大きな失望は、彼の教室に出て来る先生の中に、権田原《ごんだわら》先生のような人を、ただの一人も見いだせなかったことである。彼の眼《め》に映《えい》じた中学校の先生というのは、小学校の先生にくらべて、何か専門らしいことをほんの少しばかりよけいに知っているだけで、およそ人間らしいところを少しも持ち合わせない人たちばかりだった。貧しい知識を教室で精《せい》いっぱいにしぼり出すこと、点数や処罰《しょばつ》で生徒をおどかすこと、この二つのほかには、用はないといった顔をしている人間、それを次郎は中学校の先生において発見したのである。

もっとも、生徒間のうわさによると、校内に二人や三人は、尊敬《そんけい》に値《あたい》する先生がいないでもないらしかった。また、入学式の時に、彼が校長からうけた印象も、まだすっかり消えていたわけではなかった。しかし、そうした先生たちは、次郎たちとはまるでべつの世界に住んでいるようなもので、めったにその顔をのぞくことさえできないのだった。次郎は、そのために、中学校というところは、小学校にくらべてずっと奥行《おくゆ》きがあるような気もしたが、またいやに不便なところのようにも思った。

とにかく、このことは、彼が中学校の先生にかけていた期待が大きかっただけに、彼をこのうえもなく寂しがらせた。そして、ある先生の授業のおりなどは、その時間じゅう、小学校の教室で権田原先生に教《おそ》わっていたころのことを思いうかべて、筆記帳にその似顔をいくつも書《か》き並《なら》べていたことさえあった。しかし、一か月、二か月とたつうちに、中学校というところは、どうせそうしたものだ、とあきらめるようになり、その寂しさも、いつとはなしにうすらいでいったのだった。

あきらめるといえば、彼は家庭でも、お芳《よし》に愛してもらうことを、もうすっかりあきらめていた。同時に、お祖母《ばあ》さんに対しても、これまでのような、わざとでも反抗してみたいという気持ちはなくなっていた。

(母《かあ》さんやお祖母さんなんかを相手にするのが、ばかばかしい。)

彼は、いつとはなしに、そんな気がしていた。はっきり意識して、そうなろうと努めたわけでもなかったが、中学校に入学して以来、日一日と、母や祖母の問題がその深刻《しんこく》さを減《げん》じていき、このごろでは、よほどのことがないかぎり、たいして気にもかからなくなって来たのである。それは、たしかに、中学校というものの空気が、彼にいろいろの新しい問題をあたえ、彼の関心を、急に家庭以外の世界にまで広げてくれた結果にちがいなかった。その意味では、中学校というところも、尊敬すべき先生がいるいないにかかわらず、人間を成長させる何かの魔術《まじゅつ》をもったところだ、といえるであろう。

乳母《うば》のお浜《はま》には、次郎は、それからも、たびたび手紙を出した。返事には、いつもきまって、一番になれとか、偉《えら》い人になれとかいうようなことが書いてあり、また、それとなく、今度《こんど》の母との折り合いがうまく行っているかどうかを、知りたいような文句《もんく》がつらねてあった。次郎は、しかし、そのいずれにも、たいして心を動かさなかった。彼は、そうした手紙によって、お浜の自分に対する愛情を十分に味わいながらも、すでに一段と高いところに立って、その中の文句の意味を読もうとする気持ちになっていた。それはちょうど、多くの大学生が故郷《ふるさと》の母から来る訓戒《くんかい》の手紙を読む時の気持ちと、同じようなものであったらしい。

(「一番」――「偉い人」――乳母《ばあ》やのおきまり文句はいつもこれだ。乳母やは、しかし、何がほんとうに偉いのかわかっているのだろうか。)

彼はそんなふうに思った。また、お芳との関係についても、乳母《ばあ》やはいつまで自分を子供だと思っているんだろう、という気がしていた。もっとも、この気持ちのなかには、何かしら、まだ割《わ》りきれないものが残っていた。ゆさぶると、底から、にがいものが浮《う》いて来そうな気さえした。「一番」や「偉い人」を微笑《びしょう》をもって読んで行く彼も、「今度の母《かあ》さん」のくだりになると、だから、いくぶん顔がひきしまって来たのである。

さて、七月になって、お浜から、俊亮《しゅんすけ》にあてて一通の葉書《はがき》が来た。

俊亮あてのお浜の便りは、まったく珍《めずら》しいことだった。文字も、いつもとちがって、だれか相当《そうとう》の人に頼《たの》んで書いてもらったものらしかった。それには、四角ばった時候のあいさつのあとに、次のような文句が書いてあった。

「本月八日御地《おんち》に参上の用件これあり、その節《せつ》は久々《ひさびさ》にて次郎様にもお目にかかり度《たく》、それを何よりの楽しみに致居候《いたしおりそうろう》」

俊亮は、次郎が学校から帰ってくると、待ちかねていたように、彼にその葉書を見せた。そして、久方《ひさかた》ぶりに彼の頭をかるくぽんとたたいた。

次郎は、さすがに心がおどった。しかし、彼は、

「ふうん。」

と言ったきり、葉書を父にかえして、二階にかけ上がった。

机《つくえ》のまえにすわった彼の眼には、たった今、茶《ちゃ》の間《ま》で、自分の顔を見つめていた祖母と母との眼が、いつまでもはっきり残っていた。

一七　小　刀

七月八日は、ちょうど土曜だった。普《ふ》通《つう》の授業は午前中ですみ、午後に、剣道《けんどう》の時間が一時間だけ残されているきりだった。

次郎は、教室で弁当を食べながら、お浜《はま》のことばかり考えていた。

(あの葉書《はがき》には、汽車の時間が書いてなかったが、もう、うちに来ているだろうか。来ているとすれば、今ごろは、自分のことがきっと話の種《たね》になっているにちがいない。お祖母《ばあ》さんはどんなことを乳母《ばあ》やに話しているのだろう。……乳母やと今度《こんど》の母《かあ》さんとははじめて会うのだが、おたがいに、どんなふうなあいさつをかわしたのだろう。)

次郎は、それからそれへと想像をめぐらし、はては、みんなのすわっている位置や、ひとりびとりの表情などをこまかに心に描《えが》いてみるのだった。そんなことは、このごろの彼《かれ》には、あまり似つかないことだったのである。

弁当は、いつのまにかからになっていた。次郎は、しかし、箸《はし》を握《にぎ》ったまま、いつまでも机《つくえ》にほおづえをついてぼんやり窓の外をながめていた。

窓の五、六間《けん》さきは道路で、学校の敷地《しきち》との境は、木柵《もくさく》で仕切ってある。次郎は、見るともなく木柵を見ているうちに、急に「おや」と思った。木柵の外を二人づれの女が通り、その一人がお浜そっくりに見えたからである。

彼は、弁当がらをそのままにして、やにわに外に飛びだした。そして、木柵と銃器庫《じゅうきこ》との間を、その女の歩いて行く方向に走った。

うしろ姿《すがた》は、どう見てもお浜だった。次郎はあぶなく声をかけるところだった。しかし、彼女《かのじょ》と並《なら》んで向こう側を歩いている女が、赤い日傘《ひがさ》をさした十五、六歳《さい》の少女だと気がつくと、声をかけるのが妙《みょう》にためらわれた。もし人ちがいだったら……と思うと、少女の手前、いよいよ声が出せなくなるのだった。

彼は、顔を正面に向けて、そのまま彼らを追いこした。そして、三、四間《けん》もぬいたと思うころ、回れ右の練習でもやっているようなふうを装《よそお》って、木柵の隙間《すきま》から二人の顔をのぞいて見た。

やはりお浜にちがいなかった。向こうもこちらを見ていた。そしてこちらが声をかけるまえに、

「まあ！」

というお浜のとん狂《きょう》な声がきこえた。

木柵をへだてて、次郎とお浜とは向きあった。お浜の顔は、もう半分、木柵の間から、こちらに突《つ》き出《だ》している。

「まあ、まあ、お宅《たく》にあがるまえに、こんなところでお目にかかれるなんて、まったく不思議ですわ。……でも、……」

と、お浜はけげんそうに柵の内を見まわしながら、

「どうして、こんなところに、たったお一人でおいでなの？」

「僕《ぼく》、乳母《ばあ》やだと思ったから、ここまで追っかけて来てみたんだよ。」

「そう？　そうでしたの？　よく見つけてくだすったのね。あたし、今朝《けさ》着きましたけれど、この近所に用があったものですから、ついでに、坊《ぼっ》ちゃんの学校をそとからのぞかせていただきたいと思って、わざとこの道をとおってみたところですの……。でも、こんなところでお目にかかれるなんて、ちっとも思っていませんでしたわ。」

次郎はうつむいて制服のボタンをいじくっていた。お浜は彼の姿を見あげ見おろしながら、

「あれから、もうそろそろ二年ですわね。でも、なんて大きくおなりでしょう。そう

して制服を着ていらっしゃると、よけいお見《み》それしますわ。今は坊ちゃんお一人だったから、すぐわかりましたけれど。」

お浜はそう言って、うしろをふり向いたが、

「坊ちゃん、あの子、だれだかおわかり?」

次郎はうなずいた。彼は、お浜のうしろに立っている少女がお鶴《つる》であることが、もう、さっきからわかっていたのである。

お鶴は、ややうつむきかげんに、左頬《ひだりほお》を見せていた。白いものを少し塗《ぬ》っているので、以前ほどに目《め》だたなかったが、お玉杓子《たまじゃくし》に似たあざは、やはり、もとのままだった。

「あの子も大きくなったでしょう。今日《きょう》は、今から二人でお宅におうかがいしますわ。……坊ちゃんは何時ごろお帰り?」

「二時までだけれど、剣道だから、ちょっとおそくなるよ。」

「でも、三時には、お宅にお帰りになれるでしょう。あたしも、ちょっと買物をしますから、たいていごいっしょごろになりますわ。お宅でゆっくり話しましょうね。」

「僕、なるだけ早く帰るよ。」

次郎は、そう言って、柵をはなれながら、ちらっとお鶴のほうに眼《め》をやった。お鶴も、その瞬間《しゅんかん》、まともに彼のほうを見た。

二人は、視線がぶつかると、あわてたように下を向いた。

次郎は、すぐ教室のほうに帰りかけたが、途中《とちゅう》でもう一度立ちどまって、柵の隙間《すきま》をぬって行く赤い日傘を見おくった。

次郎の心は、もう五、六歳《さい》ごろの昔《むかし》にとんでいた。お鶴のほっぺたのお玉杓子をつねった時のことが、つい昨日《きのう》のことのようにはっきり思い出された。――お鶴の様子《ようす》はすっかり変わっている。今ではもう自分の姉《ねえ》さんとしか思えないほどだ。だが、お玉杓子だけは、相変《あいか》わらず、昔のままにくっつけている。お鶴にとっては、むろんいやなことにちがいない。しかし、思い出というものは、何と甘《あま》い、そして美しいものだろう。――

次郎は、つい、うっとりとなって立っていた。と、だしぬけに、うしろのほうから、いやに落ちついた声がきこえた。

「おい……本田《ほんだ》。」

次郎は、ぎくっとしてふり向いた。すると、ちょうど銃器庫の角のところに、一人の上級生が、巻煙草《まきたばこ》を吸いながら、にやにや笑って立っていた。

それは「三つボタン」だった。――もっとも、この時は、彼の制服のボタンは四つにふえていたが。――

「貴様《きさま》、そこで何をしていたんだ。」

三つボタンは、肩《かた》をゆすぶりながら、次郎に近づいて来た。

次郎はきちんとお辞儀《じぎ》だけをした。そして、そのまま黙《だま》って、にらむように相手の顔を見つめた。

「ふん、知っているぞ。」

三つボタンは、煙草《たばこ》の吸《す》い殻《がら》を捨てて、それを靴《くつ》でふみにじりながら、両腕《りょううで》をくんだ。

次郎は、やはりじっと彼を見つめているだけである。

「白状《はくじょう》せい、白状せんと、なぐるぞ。」

三つボタンは、腕組みをといて、右手の拳《こぶし》を次郎の顔のまえにつき出した。次郎はそれでもたじろがなかった。そして、いくぶん血《ち》の気《け》を失った唇《くちびる》をふるわせていたが、

「僕、何も悪いことなんかしていません。」

と、食《く》ってかかるように言った。

「何？　悪いことしていない？　じゃあ、何でこんなところに一人でいたんだ。」

「用があったからです。」

「何の用だ。それを言ってみい。」

三つボタンはにやりと笑った。

次郎には、その下品《げひん》な笑いが、鉄拳《てっけん》以上の侮辱《ぶじょく》のように感じられた。彼は返事をする

代《か》わりに、思わず手を衣嚢《かくし》に突っこんで、小刀《ナイフ》を握《にぎ》った。

三つボタンは、しかし、それには気がつかないで眼を柵の外に転じながら、

「言えないだろう。中学生が学校の柵の内から、道を通る女を眺《なが》めていたなんて、そりゃ自分の口から言えんのがあたりまえだ。」

衣嚢《かくし》の中で小刀を握りしめていた次郎の手は、もうすっかり汗《あせ》ばんでいた。

「本田、――」

と、三つボタンはいかにも訓戒《くんかい》するような調子になって、

「貴様《きさま》の行ないは全校の恥《はじ》だぞ。しかも、貴様はまだ一年生じゃないか。一年生の時から、女に興味を持つなんて、生意気千万《なまいきせんばん》だ。将来の校風が思いやられる。」

次郎は、相手がまじめくさった顔をして、そんなことを言うのを聞いているうちに、妙《みょう》にくすぐったい気持ちになって来た。同時に、彼の態度にはかなりの余裕《よゆう》ができた。彼の機知《きち》が動きだすのは、いつもそんな時である。

彼はすまして言った。

「僕、女なんか見ていません。」

「ばか！　現に見てたじゃあないか。」

「見てたっていう証拠《しょうこ》がありますか。」

「何！　証拠だと？　ずうずうしいやつだな。証拠はおれの眼《め》だ。」

「じゃあ、どんな女を見てたんです。」

「こいつ！」

と、三つボタンはまっ赤《か》になって次郎をにらんだ。が、すぐ、どうせ相手は鼠《ねずみ》でこちらは猫《ねこ》だ、というような顔をして、

「貴様《きさま》はなるほど偉《えら》い。おれも一年生に詰問《きつもん》されたのは、はじめてだ。五年生も、こうなってはだめだね。……まあ、しかし、せっかくの詰問だから、答えてやろう。……おれがいいかげんな当てずっぽうを言っているように思われても、つまらんからな。……貴様は、さっき、赤い日傘をさした女を眺めていたんだろうが。……どうだ、まいったか。」

次郎はかすかに笑った。しかし、それは相手に気づかれるほどではなかった。彼はすぐ、いかにも解《げ》せないといった顔をして、言った。

「そんな女が通ったんですか。」

「とぼけるな！」

と、三つボタンは大喝《だいかつ》して拳《こぶし》をふりあげた。もういよいよがまんがならんといった彼の顔つきだった。

が、その時には、次郎もすでに二、三歩うしろに身をひいていた。しかも、彼は、彼の右手に、二寸《すん》余の白い刃《は》を見せて、しっかりと小刀《ナイフ》を握りしめていたのである。

次郎は、その小刀を腰《こし》のあたりに構《かま》えながら、青ざめた微笑《びしょう》をもらした。そして、つばを一息《ひといき》ぐっとのみこんだあと、吐《は》き出《だ》すように言った。

「五年生だと、女が通るのを見ていいんか！」

次郎のあまりにも思い切った態度や言葉づかいは、病的な伝統をそのまま上級生の正義だと心得《こころえ》ている三つボタンにとっては、まったく信じられないほどの無礼《ぶれい》さだった。彼は、一瞬《いっしゅん》あっけにとられたような顔をして次郎を見た。

が、次の瞬間《しゅんかん》には、彼は世にもみじめな存在だった。彼は、次郎をなぶろうとして、あべこべに次郎になぶられていたことに気がついたのである。――何という辛辣《しんらつ》な皮肉《ひにく》だ。そして何という上級生としての恥辱《ちじょく》だ。こうなった以上、もう言葉だけで何と次郎をおどかそうと、ただ自分をいよいよ滑稽《こっけい》なものにするばかりだ。かといって、上級生の権威《けんい》をまもるための最後の手段に出ることは、次郎の右手に光っている小刀の危険を冒《おか》すことなしには、今やまったく不可能である――彼は、実際、自分以上の無法者《むほうもの》を、だしぬけに、しかも自分の小さな獲物《えもの》に発見して、進むことも退《ひ》くこともできなくなってしまったのである。

行きづまった三つボタンは、変なせせら笑いをするよりほかなかった。それは、多くの人々が自分の不正と卑怯《ひきょう》をごまかすために、しばしば用いる手段である。だが、それがいくらかでも役にたつのは、相手がこちら以上に不正で卑怯な場合だけである。次郎に対しては、むろん何のききめもなかった。しかも、次郎を動かしていたのは、もはや彼の機知《きち》だけではなかった。彼は公憤《こうふん》に燃えていた。いや、公憤というよりは、もっと全生命的な、己《おのれ》を忘れた、そして、ただちに死に通ずるといったような気持ちが、彼を三つボタンに対して身構《みがま》えさしていたのである。

三つボタンのせせら笑いを見ると、次郎はそれをはじきかえすように叫《さけ》んだ。

「ばか！　何を笑うんだ。あの女の子は僕の乳母《ばあ》やの子じゃないか。僕は乳母やと今までそこで話していたんだ。それから二人を見おくっていたんだ。それが悪いんか！自分で知りもしない女の子を眺めていた貴様《きさま》と、どっちが悪いんだ！」

次郎の眼からは、もう涙《なみだ》があふれていた。しかし、ののしりやめなかった。

「五年生は、制服のボタンがついていなくてもいいんか！　こんなところにかくれて、煙草《たばこ》を吸ってもいいんか！　そんな五年生が僕たちの上級生なら、僕はもうこの学校にいなくてもいいんだ！　なぐるならなぐってみい！　貴様のようなやつに死んだって負けるものか！　ち、ちくしょう！　卑怯者《ひきょうもの》！　ごろつき！」

次郎は、自分の声に自分で興奮《こうふん》して、何を言っているのか、もう、まるで夢中《むちゅう》だった。いよいよみじめだったのは、三つボタンである。そうまで言われては、彼も、いつまでもせせら笑いばかりはしておれなかった。さればといって、彼が「卑怯者」で「ごろつき」であることが、次郎の言うとおりであるかぎり、次郎が決死的になればなるほど、彼としては、始末《しまつ》がつけにくくなるのであった。

だが、彼にとって何というしあわせなことか、——たしかにこの場合に限っては、彼もそれでほっとしたにちがいないと思うが——そのせっぱつまった場合に、ひょっくり校内巡視《じゅんし》の先生がやって来たのである。

巡視は当番制で、ほとんど大ていの先生に割《わ》り当《あ》てられていた。その日の当番は朝倉《あさくら》先生だった。朝倉先生は、尊敬《そんけい》に値《あたい》するとうわさされている先生の一人だったが、一年の教室に出ないので、次郎は、まだ、しみじみとその顔を見たことがなかった。

先生がやって来たのは、次郎が三つボタンに対して最後の罵声《ばせい》をあびせ終わって、まだ三十秒とはたたないころだった。

それを最初に見つけたのは、三つボタンだった。それは、先生が次郎のうしろのほうからやって来たからである。

先生は、ほんのちょっと、次郎の一間《いっけん》ほどうしろに立ちどまって、二人の様子を見た。

それから、黙《だま》って二人の横に立った。

三つボタンは、もうその時には、すっかりうなだれていた。しかし、次郎はあくまで身構えをくずさなかった。

先生の眼は、すぐ次郎の小刀《ナイフ》にとまった。しかし、やはり口をきかない。そして、その眼はすぐ三つボタンの顔にそそがれた。それからおおかた二分近くもたったころ、先生は、だしぬけに草深い地べたにあぐらをかきながら、重いさびのある声で言った。

「まあ二人とも腰をおろしたまえ。」

三つボタンはすぐ腰をおろしたが、次郎はまだ身構えたまま、先生を見ていた。すると、朝倉先生は、にっこり笑って次郎を見かえした。次郎は、それですっかり身構えをくずし、気がぬけたように腰をおろした。

「小刀はもう握っていなくてもいい。しまったらどうだ。」

先生にそう言われて、次郎は、自分がまだ小刀を握っていたことに、はじめて気がついたらしく、あわててそれを衣嚢《かくし》に押《お》しこんだ。

「君《きみ》は一年だね。名は？」

朝倉先生は次郎の襟章《えりしょう》を見ながらたずねた。

「本田次郎です。」

「本田か、ふむ。……だが室崎《むろざき》と一騎打《いっきうち》では、ちょっと骨だったろう。」

次郎は、三つボタンは室崎というんだなと思った。

「しかし立派《りっぱ》だった。実は、君が室崎に言っていたことは、私もかげで聞いていたんだ。」

次郎はあらためて先生の顔をみた。色の浅黒い、やや面長《おもなが》の、髯《ひげ》のない人だった。眼がすきとおるように澄《す》んで、よく光っていた。年は権田原《ごんだわら》先生より少し若いくらいだった。

「だが、本田――」

と、先生は言いかけたが、ちょっと思案《しあん》して、

「まあ、しかし、室崎のほうからきこう。どうだ、君の気持ちは？」

室崎は、ただうなだれていた。先生は、あわれむように彼を見ながら、

「正しい人間の強さというものが、今日《きょう》こそしみじみわかったろう、いい教訓《きょうくん》だ。本田を下級生だと思うな。先生にもできない教訓を君に与《あた》えてくれたんだ。逆《さか》うらみはそれこそ恥《はじ》の上塗《うわぬ》りだぞ。何を恥《は》ずべきかがわかれば、君もほんとうの強い人間になれる。今のままだと、君ほど弱い人間はおそらくないだろう。私は、はっきりそれを言っておく。いいか。室崎。」

朝倉先生は、そう言って、室崎の首がさかさになるほどたれているのを、じっと見つめた。

「およそ恥ずかしいと言っても、無慈悲《むじひ》なことをするほど恥ずかしいことはないぞ。無慈悲な人間は、強いように見えて、実は一番弱いものなんだ。私は、君らが何の理由でけんかをやりだしたかは知らん。また、このまま無事に治まりさえすれば、強《し》いて知ろうとも思わん。だが、室崎の下級生に対する無慈悲な態度が、その理由の一つであったことに、間違《まちが》いはないだろう。講堂《こうどう》の額《がく》は、ただの飾《かざ》りではないぞ。大慈悲を起こし人の為《ため》になるべきこと、――君は、もう四年以上も、それを見つづけて来ているんではないか。校長が訓話《くんわ》のたびに慈悲心を説《と》かれるのを、君は何と聞いて来たんだ。……ねえ、室崎、君は、校長が口で説かれるとおりの慈悲の人であったればこそ、今日まで無事に学校にいられたんだぞ。先生たちのうちに、だれひとり君を弁護《べんご》する者がなかった時でも、校長だけは、がんとして君の退学処分を承知《しょうち》されなかったんだ。あんな生徒であればこそ見放してしまってはかわいそうだ、と言われてね。校長のその気持ちが少しでもわかったら、自分がもっとまじめになるのはむろんのこと、下級生にだってもう少しは人間らしい接し方がありそうなものだ。君は、元来《がんらい》、それほどのわからずやでもないはずだがね。」

朝倉先生の言葉は、切々《せつせつ》として、はたで聞いている次郎の胸にも、深くしみていった。

「じゃあもういい。もうまもなく午後の時間だ。二人とも、これを縁《えん》に仲よくせい。それも大慈悲の一つのあらわれだ。……それから、今日《きょう》のことはほかの生徒には秘密だぞ。しゃべったってだれの名誉《めいよ》にもならん。」

朝倉先生が立ちあがると、二人も立ちあがった。そしていっしょに銃器庫《じゅうきこ》の角をまがりかけたが、朝倉先生は思い出したように、

「おお、そうだ。本田にはまだ言うことがあった。本田は今度の時間は何だ。」

「剣道《けんどう》です。」

「じゃ道場のほうにいっしょに歩きながら話そう。教室にはもう用はないかね。」

「竹刀《しない》をとって来ます。」

次郎は走って自分の教室にはいり、机の上に放ってあった弁当がらを始末して、すぐ朝倉先生のあとを追った。

朝倉先生は、渡《わた》り廊下《ろうか》をとおらないで、白楊《ポプラ》の並木《なみき》を仰《あお》ぎながら、ぶらりぶらり外をあるいていた。次郎が追いつくと、ちょっと時計《とけい》を見て、

「まだ少し時間がある。腰をおろそう。」

と、一本の白楊《ポプラ》の根もとの草に腰をおろし、次郎を手招《てまね》きした。次郎が多少はにかみ

ながら、並んで腰をおろすと、先生はすぐ話しだした。

「自分より強いと思っていたものに一度勝つと、そのあと善《よ》くなる人もあるが、かえって悪くなる人もある。君は多分よくなるほうだと思うが、気をつけるがいい。とにかくうぬぼれないことだ。いい気になって増長《ぞうちょう》しないことだ。自分は強いとうぬぼれたら、もうそれは弱くなっている証拠なんだからね。やはり慈悲心さ。慈悲心がある人は、どんなつまらん人間をでも軽蔑《けいべつ》はしない。それから――」

と、朝倉先生は微笑しながら、

「君は小刀《ナイフ》を握っていたね。あの時はやむを得《え》なかったかもしれんが、これからは、もう兇器《きょうき》だけはよしたほうがいい。戦争じゃないからな。日本人同士が傷つけあうようになっては大変《たいへん》だ。それにあんなものを使って勝ったところで、ほんとうの勝ちにはならん。心で勝つのが、ほんとうの勝ちだ。つまり、相手を恐《おそ》れさせるんではなくて、慕《した》わせる。それが最上の勝ちだ。そうなるとやはり慈悲心だね、一番強いのは。……とにかく刃物《はもの》はいかんよ。相手のために危険であるというよりか君自身のために危険だ。なあに、自分がなぐられる覚悟《かくご》をきめさえすれば何でもないよ。なぐられるたびに偉くなると思えば、なぐられるのがありがたいくらいなもんだ。」

先生の言っている言葉の意味は、次郎にもよくのみこめた。しかし、気持ちとしては、まだどこかぴったりしないところがあった。彼はいくぶんためらいながら、たずねた。

「先生、剣道は何のためにやるんですか。」

「うむ――」

と、先生は、澄んだ眼で、じっと次郎の顔を見つめたあと、いかにも静かな調子で答えた。

「それはみごとに死ぬためさ。」

次郎には、まったく思いがけない答えだった。彼は驚《おどろ》いたように、先生を見た。

「むずかしいかな。」

と、先生は、ちょっと首をかしげて、微笑した。そして、しばらく考えていたが、

「山岡鉄舟《やまおかてっしゅう》という人は、非常な剣道の達人《たつじん》で、しかも幕末《ばくまつ》の血《ち》なまぐさいころに働いた人だが、一生、人を斬《き》ったことのない人だそうだ。むろん戦場に出たら、そういうわけにも行かなかったろうさ。しかし、その機会もなかったらしい。だいいち、日本人同士で戦うのを非常に残念がっていた人で、徳川慶喜《とくがわよしのぶ》の旨《むね》をうけて、官軍のほうに使いをしたこともあるんだ。そういう人だから、決してむやみに人を殺さなかった。つまり活《かっ》人剣《じんけん》――人を活《い》かす剣だね――それが山岡鉄舟の信念だったんだ。――」と先生はちょっと言葉を切って、

「この活人剣というのは、自分にけちな根性《こんじょう》があっては握《にぎ》れるものじゃない。己《おのれ》に克《か》つ、――聞いたことがあるだろう、己に克つって。――その己に克つことが、活人剣を握る人の心構《こころがま》えなんだ。己に克つというのは、自分だけの利益とか、名誉とか、幸福とかいうものをすてて、一途《いちず》に国のため、世のため、人のためにつくそうとする心になることなんだ。つまりみごとに死んで、みごとに生きよう、というのだね。武士道《ぶしどう》ということは死ぬことと見つけたり、――葉隠《はがくれ》にはそんなことが書いてある。君らには、葉隠はまだむずかしいかもしれんが、少しずつ読んでみるといいね。講堂にかかげてある額も、葉隠にある言葉だよ。四誓願《しせいがん》といって、それが葉隠の大眼目《だいがんもく》なんだ。武士道、忠孝《ちゅうこう》、大慈悲、この四つを神仏に念《ねん》じて、尺取虫《しゃくとりむし》のようにじりじりと進んで行こうというのだ。しかし、四誓願といっても四つがべつべつではない。心はただ一つ。忠も孝も、武士道も慈悲も、つまりみごとに死ぬことだよ。みごとに死んで、みごとに生きることだよ。君らは剣道でその稽古《けいこ》をしているわけなんだ。」

鐘《かね》がなった。

朝倉先生は立ちあがってズボンのちりをはらいながら、

「じゃあ、そのつもりで、しっかり稽古をしたまえ。大慈悲を起こし人のためになるべき事、――いいかね。」

次郎は、お辞儀《じぎ》をすますと、いっさんに道場のほうに走った。朝倉先生は、そのいきいきした姿が見えなくなるまで、彼を見おくっていたが、やがて大きく息をして白楊《ポプラ》の高い梢《こずえ》を見あげた。

まっ青《さお》な空には、一《ひと》ひらの白い雲がしずかに浮《う》いていた。

一八　転《てん》　機《き》

大巻《おおまき》のお祖父《じい》さんの仕込《しこ》みもあって、入学の当初から次郎は剣道《けんどう》に熱心だったが、その日はとりわけ懸命《けんめい》に稽古《けいこ》を励《はげ》んだ。彼の心構《こころがま》えには、何かしらいつもとちがったところがあり、打っても打たれても気分はさわやかに落ちついていた。ふだんだと、打たれていきり立つとか、勝ちほこって相手をからかってみるとか、いうようなことがないでもなかったが、その日は、ふしぎに、そんな気には少しもなれなかった。

稽古を終えて、校門を出ると、すぐ前の昔《むかし》の城址《じょうし》に、こんもりと盛《も》りあがっている樟《くす》の青葉がしずかな輝《かがや》きを彼の眼《め》に送った。彼は、何かこう、胸の中がすきとおるような気持ちだった。道場で流した汗《あせ》は、まだ流れつづけていたが、暑い日ざしもさして苦にはならなかった。

彼は朝倉《あさくら》先生のことを思いながら、歩いた。先生の一つ一つの言葉よりも、先生の人がらからうけた感じが、彼の心を強くとらえていた。

歩いて行くうちに、彼の連想は、つぎつぎに時間を逆に進んで行った。白楊《ポプラ》の蔭《かげ》、銃《じゅう》器庫《きこ》の裏、三つボタン、赤い日傘《ひがさ》、そしてお浜《はま》との柵《さく》をへだてての対話、そこまで行くと、彼の足どりはやにわに早くなった。

彼は、しかし、それからまだ一丁《いっちょう》とは行かないうちに、ふと、何かにぶっつかったように立ちどまった。そして、すぐまた歩きだすには歩きだしたが、その一歩一歩は何かにひっかかってでもいるかのようにのろかった。彼は、これまで彼の心にかつて浮《う》かんだことのない、ある妙《みょう》な考えにとらわれはじめていたのである。

(自分がきょう朝倉先生を知ることができたのは、室崎《むろざき》のおかげだ。朝倉先生は彼を無慈悲《むじひ》だと言ったが、その無慈悲な彼が、自分をありっぱな先生に結びつけてくれたのだ。)

これは次郎にとって、たしかに大きな驚《おどろ》きの種《たね》であった。が、彼の驚きは、ただそれだけではなかった。

彼はまた考えた。

（室崎が自分に無法《むほう》な言いがかりをしたのは、お鶴《つる》のためだった。そして、お鶴をつれて学校のそばを通ったのはお浜だった。お浜はなぜ学校のそばを通る気になったのか。それは自分の乳母《ばあ》やだったからだ。そうしてみると、自分を今日《きょう》朝倉先生に結びつけてくれたのは、ほんとうは乳母やだったということになる。）

彼はそこまで考えて、世の中というものは実に不思議なものだと、思った。「めぐり合わせ」という言葉が思い出された。かつて徹太郎《てつたろう》に聞いた「運命」という言葉も頭に浮かんで来た。やはりどこかに神様というものがいて、いつも自分たちを見ており、自分たちのために何か考えているのではないか、という気もした。

しかし、それまでは、彼の気持ちは、まだ割合《わりあい》に静かだった。彼の考えは、つぎの瞬《しゅん》間《かん》には、乳母やから亡《な》くなった母のことにとんで行ったのである。

（自分を乳母やの家にあずけたのは、亡くなった母《かあ》さんだったのだ。そして、母さんがもし自分を乳母やにあずけていなかったとしたら、乳母やは今日学校のそばを通りはしない。すると——）彼は、そう考えて、思わず大きな息をした。彼の眼には、ひさびさに、地下の母の顔がはっきり浮かんで来た。やはり、観音様《かんのんさま》に似た顔だった。笑っているようにも思えた。心配している顔のようにも感じられた。

やがて朝倉先生の顔が母の顔にならんで現われた。するとその二つの顔が、何か自分のことについて話しあっているようにも思えて来た。

次郎は、人間同士のつながりの広さと深さというものを、幼《おさな》い頭ながらも、考えてみないわけにはいかなかった。そして、悲しいような、恐《おそ》ろしいような、それでいて、何か気強いような、そしてまた楽しみなような、一種不思議な感じに包まれながら、いつのまにか、自分の家の前まで来ていた。

門口《かどぐち》をはいると、茶《ちゃ》の間《ま》からきこえるかん高い話し声で、もうお浜の来ていることがわかった。

お浜は次郎の姿《すがた》を見ると、飛びあがるように立って来て、彼を上《あ》がり框《がまち》にむかえた。お鶴も、はにかみながら、お浜のうしろにすわってお辞儀《じぎ》をした。

次郎は、しかし、さきほどからの感動から、まだ十分にはさめていなかった。彼は、何か不思議なものでも見るように、お浜を見、お鶴を見、そしてお祖母《ばあ》さんや、俊亮《しゅんすけ》や、お芳《よし》や、俊三《しゅんぞう》を見まわして、突《つ》っ立《た》っていた。

「どうかなすったの?」

とお浜が心配そうにたずねた。

「ううん、――」

と、次郎はほとんど無意識に首をふった。それから、急に思い出したように、

「ただいま。」

と、みんなにあいさつして、そのまま、さっさと二階へ上がって行った。

お浜はうろたえた顔をして彼を見おくった。俊亮はちょっと厳《いか》めしい顔をした。お祖母さんはじろりとお浜とお芳の顔を見くらべた。お芳には、これといってとくべつの表情は見られなかった。そして、俊三とお鶴とは、不思議そうにみんなの顔を見まわした。

次郎は自分の机《つくえ》のうえに学校道具をおくと、立ったまま、何か思案《しあん》した。恭一《きょういち》はまだ帰っていないらしく、帽子《ぼうし》も雑嚢《ざつのう》も見当たらなかった。

見るともなく恭一の本立てを見ているうちに、次郎の眼はその中の一冊《いっさつ》にひきつけられた。仮《か》り綴《とじ》の袖珍本《しゅうちんぼん》で、背文字《せもじ》に「葉隠抄《はがくれしょう》」とあった。次郎はいきなりその本を引き出して、頁《ページ》をめくった。

最初の頁に、学校の講堂《こうどう》の額《がく》になっている「四誓願《しせいがん》」が大きな活字で印刷してあった。つぎの頁には、朝倉先生の言った「武士道《ぶしどう》ということは死ぬことと見つけたり。」という文句《もんく》が見つかった。それには朱線《しゅせん》がひいてあった。彼はそれから、つぎつぎに、朱線のひいてあるところだけを見て行った。わかりにくい文句がかなり多かったが、また、彼の今の気持ちにぴったりする文句もちょいちょい見つかるので、吸いつけられるように、さきへさきへと眼を通して行った。

「……人に勝つ道は知らず、我に勝つ道を知りたり。……」

「……損さえすれば相手はなきものなり。……」

「……大慈悲《だいじひ》よりいずる知勇《ちゆう》が真のものなり。……」

「……よきことをするとは何事《なにごと》ぞというに、一口《ひとくち》にいえば苦痛をこらうることなり。……」

「……わがために悪《あ》しくとも、人のためによきようにすれば、仲悪《なかあ》しくなることなし。……」

「……若きうちは、ずいぶんふしあわせなるがよし。ふしあわせなるとき、くたびる者は役にたたざるなり。……」

そうした文句は、どれもこれも、彼自身のために書かれているような気がした。とりわけ、最後の二句は、悲しいまでに彼の心に響《ひび》いた。彼は読み進むのに夢中《むちゅう》だった。

「おや、もうお勉強？」

いつのまにか、お浜がうしろに立っていた。次郎がふりむくと、お浜はぴったりと彼によりそってすわりながら、

「お試験でもありますの？　今日《きょう》は土曜でしょう。」

お浜の眼は何か寂《さび》しそうだった。次郎ははっとして本を閉じた。そして、いきなりお

浜の膝《ひざ》に両手を置いて言った。

「僕《ぼく》、きょう、乳母《ばあ》やのおかげで、先生にこの本の話をきいたもんだから、ちょっと読んでいたんだよ。」

「乳母やのおかげですって?」

「うん、そうだよ。乳母やのおかげだよ。」

「坊《ぼっ》ちゃんてば。……ほほほほ。」

「ほんとうだい。ほんとうに乳母やのおかげさ。うそなもんか。」

次郎は怒《おこ》っていると思われるまでに、真剣《しんけん》だった。

「そう? じゃあ、そのわけを聞かしてちょうだい。」

お浜は、まだ信じられない、といった顔をして笑っている。

「話すよ。……だけど、父《とう》さんにも聞いてもらおうかなあ。……そうだ、お祖母《ばあ》さんにも、母《かあ》さんにも、聞いてもらったほうがいい。階下《した》におりようや。」

次郎は何か喜びに興奮《こうふん》しているようだった。

「階下に?」

と、お浜は、もうしばらく二人きりでいたいようなふうだったが、すぐ思いかえしたらしく、

「そう、階下《した》にいらしってくださるほうがいいわね。どうせ乳母《ばあ》やは今夜《こんや》はとめていただきますから。」

「恭《きょう》ちゃんは、まだ帰らないかなあ。僕の話、恭ちゃんにも、いっしょにきいてもらうといいんだけれど。」

次郎はそう言ってさっさと先におりた。お浜は、ちょっと恭一と次郎との机の様子《ようす》を見くらべてから、そのあとにつづいた。

二人が階下におりるとまもなく、恭一も帰って来た。それまで、あまりきげんのいい顔をしていなかったお祖母《ばあ》さんも、すると、急に顔がほぐれだした。座はわりあいににぎやかだった。少なくとも次郎には、何かしら、いつもよりにぎやかなように感じられた。

彼は今日《きょう》のできごとを話しだすいい機会をねらっていたが、なかなかそれが見つからなかった。お浜は、そのことを忘れてしまっているかのように、お芳に向かって昔《むかし》の話ばかりした。そして、

「今日学校でお会いできたのも、ただごとではございませんよ。だって、生徒さんもずいぶんたくさんでしょうのに、たまたま坊ちゃんが一人でおいでの時に、通りあわせるなんて。」

と、もうまえに何度《なんど》も話したらしいことを、もう一度ぎょうさんに言った。それから、

「ああ、そうそう。」

と、次郎を見て笑いながら、

「さっきのお話、どんなことですの、乳母やのおかげで、ご本がどうとかって？」

次郎は、そこで、父のほうを見ながら、今日学校でお浜にあってからのできごとをくわしく話した。何もかもかくさなかった。小刀《ナイフ》のこともむろん話した。ただ室崎のことだけは、五年生とだけで名を言わなかった。朝倉先生をほめあげたのはむろんだが、室崎のことも、事実を話す以外には、決して悪くは言わなかった。

「だって、朝倉先生にいろいろ教えてもらったのは、五年生のおかげでしょう。もとは乳母やのおかげだけれど。」

彼は非常に真剣な顔をしてそんなことを言った。

亡くなった母のことが、話しているうちに何度も彼の頭にひらめいた。彼は、しかし、それだけは決して口に出さなかった。最後に、彼は、両膝《りょうひざ》の間に握《にぎ》り拳《こぶし》をならべて、きまりわるそうに体をゆさぶりながら、

「僕、もうきっとだれともけんかなんかしません。学校でだって、家でだって。……これまで、僕、自分のことっきり考えてなかったことが、よくわかったんです。だから

……だから……」

彼は何度も言いよどんでは、お祖母《ばあ》さんと、お芳の顔を見くらべていたが、そのまま首をがくりとたれて、涙《なみだ》をぽたぽたと拳の上に落とした。

一瞬《いっしゅん》、しいんとなった。

それまで、お祖母さんは、小刀《ナイフ》のことでいつ俊亮が次郎を叱《しか》るかと、それを待っているかのように、眼ばかりじろじろさしていたが、次郎の涙を見ると、ちょっと意外だという顔をした。それから、ちらとお浜を見たあと、少してれたように、そして、うわべだけでもなさそうな笑顔《えがお》をして、言った。

「次郎もそこに気がついたのかえ。なあに、そこに気がつきさえすれば、お祖母さんだって叱ってばかりはいないよ。やっぱり中学校には行くものだね。」

お芳はただうなだれていた。

お浜は、少しけんのある眼をして、お祖母さんとお芳とを見くらべていたが、そのまつばをのみこんで、今度《こんど》は俊亮のほうを見た。

俊亮は眼をつぶって木像のようにすわっていた。

「次郎ちゃん、僕、すっかり次郎ちゃんに負けちゃったよ。」

と、恭一が、その時、膝《ひざ》を乗りだすようにして、

「しかし、朝倉先生はやっぱり偉《えら》いなあ。僕、これまで偉いとは思っていたんだが、それほどだとは思っていなかったよ。……そして、その五年生ってだれだい。」

「ううん、だれにも名前は言えないよ。」

次郎は、うつむいたまま答えた。

「そうか、多分あいつだろうと思うけれど。……しかし、まあいいや、だれだって、よくなりさえすりゃ、いいんだから。」

俊亮は、その時、やっと眼を見開いて、

「父《とう》さんも、もう次郎には負ける。うちで一番偉いのは次郎らしいね。これも乳母《ばあ》やのおかげかな。」

「坊ちゃん！……」

と、お浜はやにわに次郎に飛びついて、その肩《かた》を抱《だ》きすくめた。

お鶴は顔をあからめて見ておおり、俊三はきょとんとして眼をみはった。

一九　夜の奇蹟《きせき》

お浜《はま》には、しかし、まだ何か割《わ》り切《き》れないものが残っているらしかった。

「一晩泊《ひとばんと》めていただくつもりで、あがりましたの。」

彼女《かのじょ》は、来ると、すぐ、そう言っておきながら、夕飯ごろになると、お鶴《つる》に向かって、

「でも、やっぱり、おいとましましょうかねえ。」

などと言って、お祖母《ばあ》さんとお芳《よし》の顔色を読んだりした。それでも、俊亮《しゅんすけ》が、

「何を言うんだ。次郎ががっかりするじゃないか。あすは日曜だし、次郎も、一日、うちにいるんだぜ。」

と、叱《しか》りつけるように言うと、変に浮《う》かない顔をしながらも、結局、泊まって行くことにしたのである。

夕食の食卓《しょくたく》は、わりになごやかだった。以前だと、本田《ほんだ》の家で、お浜たちがみんなと同じ食卓につくことなどめったになかったのだが、きょうは俊亮の言いつけもあって、二人は、むしろお客あつかいにされた。

お浜は、しかし、そんなことよりも、やはり次郎の皿《さら》の中のものが気になった。彼女は、食卓につくと、すぐ、じろりと兄弟《きょうだい》三人の皿を見まわした。そして、べつにわけへだてがあっている様子《ようす》も見えなかったので、やっと安心したように箸《はし》をとった。

「次郎ちゃん、今夜《こんや》は、乳母《ばあ》やと二階に寝《ね》ろよ。僕《ぼく》は階下《した》に寝るから。」

恭一《きょういち》は、夕食がすんだあとで、そう言って自分の夜具《やぐ》を二階から座敷《ざしき》に運んだ。夜具といっても、夏のことで、敷《しき》ぶとんと丹前《たんぜん》ぐらいだった。

「じゃあ、蚊帳《かや》がせまくて窮屈《きゅうくつ》だろうけれど、お鶴もいっしょに二階に寝てもらったら、どうだえ。」

お祖母さんが、わりあい機嫌《きげん》のいい顔をして言った。

「それがいい。狭《せま》いのも、かえって昔《むかし》を思い出していいだろう。校番室だって、そう広いほうでもなかったからね。」

と、俊亮が笑った。

お浜も、やっと笑顔《えがお》になった。

そのあと、お芳が、一人でこそこそと夜具をそろえて、それを階段のほうに運びだした。それに気づくと、次郎がすぐ立って行き、階段のところでそれを受け取って、二階に運んだ。

二人はべつに口をききあわなかった。次郎は、しかし、妙《みょう》に心がおどるような気持ちだった。それはお浜と二階に寝るようになったからばかりではなかったらしい。

「まあ、すみません。あたしたちの夜具まで、坊《ぼっ》ちゃんに運んでいただいて。」

次郎が夜具を運び終わったころ、お浜が二階にあがって来て、言った。お鶴もそのあとについて来ていた。

六畳《じょう》の蚊帳《かや》の中に、三人の夜具を入れるのは、かなり無理だった。それでも、どうにか蚊《か》がはいらないだけの工面《くめん》をして、三人は、はしゃいだ笑い声をたてながら、もう一度、階下《した》におりた。

みんなが床《とこ》についたのは、十一時ごろだった。二階では、お浜がまん中に、その右に次郎、左にお鶴が寝た。さほど暑い夜でもなかったので、寝てみるとあんがい楽だった。三人の胸の中には悲しいまでの喜びが、しっとりしみ出ていた。

むろん、だれもすぐにはねむれなかった。お浜の口からは、校番室のころの思い出が、つぎつぎにくりひろげられて行った。次郎とお鶴とはほとんど聞き役だった。ことにお鶴は無口《むくち》で、相《あい》づちもめったにうたなかった。それでも、彼女が耳をすましていたことは、何かおかしい話が出ると、すぐ「くっくっ」と笑いだすので、よくわかった。

お浜の思い出話の中には、次郎の記憶《きおく》に残っていないことが、かなり多かった。次郎とお鶴がよく乳《ちち》を争って泣いたこと、それがやかましいと言って先生に叱《しか》られ、お浜が一人を抱《だ》き、一人をおんぶして田圃道《たんぼみち》を歩きまわったこと、抱かれたほうはすぐ泣きやむが、おんぶされたほうはなかなか泣きやまなかったこと、――また、三歳《さい》か四歳ごろ、次郎が昼寝をしているお鶴の耳に豌豆《えんどう》を押《お》しこんで、大騒《おおさわ》ぎをしたこと、弥作爺《やさくじい》さんの入れ歯を玩具《おもちゃ》にして、一日、どうしてもそれを返そうとしなかったこと、北山の山王祭の人ごみの中で、買ってもらったおもちゃの風車《かざぐるま》をやたらにふりまわし、若い女の結《ゆ》いたての髪《かみ》にそれをひっかけて、その女を泣かしたこと――お浜は、そうしたことを、次から次に話していったが、次郎にとっては、たいていはもう覚えのないことだった。

「それでも、あたし、坊ちゃんがどんなおいたをなすっても、叱ったことなんて、一度もありませんでしたよ。お鶴のほうがしょっちゅう叱られ役でしたわ。その代《か》わり、勘《かん》さんが、よく坊ちゃんを叱りましたわね。」

次郎は、そう言われて、すぐお鶴の頰《ほっ》ぺたのお玉杓子《たまじゃくし》をつねった時のことを思い出した。そして、そのお鶴がこんなに大きくなって、お浜のすぐ向こう側に寝ているんだ、と思うと、何だかうそのような気がするのだった。

「でも、乳兄弟《ちきょうだい》って、いいものですね。小さい時には、自分の乳をとられたうえ、いつもいじめられてばかりいたお鶴が、坊ちゃんからの手紙っていうと、そりゃ大さわぎで私に読んできかせるんですもの。ほんとの兄弟でも、なかなかそんなじゃありませんわね。」

お浜は、しみじみとした調子でそう言った。次郎は、お鶴の顔を闇《やみ》の中で想像しながら、きょう学校の帰りにふと頭に浮かんだ「運命」という言葉を再び思い出して、深い気持ちになった。

お浜にとって、何よりも悲しい思い出は、何といっても、校舎の移転と同時に校番をやめなければならなくなったおりのことだった。彼女は、その話をしだすと、もう涙声《なみだごえ》になり、その当時の村長や校長を何かとこきおろすのだった。

「あたしたち、そのころはもう校番をやりだしてから、十年近くにもなっていたんですよ。それを、学校が新しくなったからって追い出すんですもの。あんな不人情の人たちってありゃしませんよ。それに、だいいち、私には坊ちゃんて方があったんでしょう。これで坊ちゃんにもいよいよお別れかと思うと、もう、くやしくって、くやしくって、いっそひと思いに新しい校舎に火をつけてやろうかと思ったこともありましたよ。」

次郎にも、そのころの記憶は、まだまざまざと残っていた。彼《かれ》は言った。

「僕、あれから、毎日一度は、きっと古い校舎に遊びに行ってたよ。」

「そう? 坊ちゃんも、やっぱり、乳母《ばあ》やにわかれて、寂《さび》しくっていらしったのね。」

「でも、あの校舎がなくなって、野っ原になった時には、いやだったなあ。僕、校番室のあとに残ってた石に腰《こし》かけて、泣いたことがあったよ。」

次郎は、お鶴から来た年賀状のことを思い出したが、それについては何とも言わなかった。

部屋《へや》の中は、しばらくしいんとなった。が、やがてお浜の夜具がもぞもぞと動いたかと思うと、次郎は、もう夜具の上から、彼女の腕《うで》に抱《だ》かれていた。

「坊ちゃん、ほれ、このお乳《ちち》ですよ。お鶴と二人で取りあいっこなすったのは。」

お浜は、次郎の手を捜《さが》して、むりに自分の乳を握《にぎ》らせた。

「もうこんなにしなびてしまいましたわ。あのころは、坊ちゃんのお顔をすっかり埋《う》めてしまうほどでしたのに。」

次郎は、お浜のあばら骨にへばりついている、つめたい、弾力《だんりょく》のない肉の上に、ちょっぴり盛《も》りあがっている乳房《ちぶさ》を指先に感じて、変に気味《きみ》わるく思いながらも、何か、こう、泣きたいような甘《あま》さを胸の奥《おく》に覚えた。

「坊ちゃんが、お母《かあ》さんのお乳をおいただきになったのは、たった二十日ばかりで、あとは、みんなこのお乳でしたのよ。だから、あたし、心のうちではいつもお母さんにいばっていましたの。……でも、……」

と、お浜は、かなりながいこと黙《だま》りこんでいたが、急に身をおこして、自分の夜具にもぐりこみながら、

「ああ、あ、そのお母《かあ》さんも、もういらっしゃらないし、乳母《ばあ》やも、いばるのに、ちっともはり合いがありませんわ。こうしてひさびさでおうかがいしても、坊ちゃんのことを、どなたとしみじみお話ししていいのやら……」

お浜は、それから、お民《たみ》の危篤《きとく》の電報を受け取って正木《まさき》の家に駆《か》けつけたおりの話をしだし、

「お母さんは、乳母やに、一度あやまっておかないと気がすまないって、おっしゃってくださいましたわね。覚えていらっしゃるでしょう。」

と、鼻をつまらせた。そして、

「気がお強くって、あたしも、しょっちゅう叱《しか》られてばかりいましたけれど、そりゃあ、何でもよくおわかりの方でしたわ。坊ちゃんのことだって、ああして最後までお気にかけて、わざわざあたしをお呼びくだすったんですものねえ。それに、何と言ったって、実のお母さんですわ。実のお母さんなればこそ、あたしのようなものにまで、あやまるなんておっしゃってくだすったんですわ。血をひかない他人には、とてもできないことですよ。」

お浜の言葉にさそわれて、亡《な》くなった母の思い出にひたりきっていた次郎は、そこで、急に何かにつきあたったような気がした。

（乳母やは、今度《こんど》の母さんのことで、何かいけないことを言おうとしているんだ。）

彼はすぐそう思って、落ちつかなかった。そして、お浜のつぎの言葉を待つのが、何だかいやだった。で、彼はとっさに言った。

「そんなこと、あたりまえじゃないか、乳母や。」

「あたりまえって言えば、あたりまえですけれど、……」

と、お浜は、そのあとをどう言ったら、自分の言いたいことが言えるのか、ちょっとまごついたらしかったが、急に調子をかえて、

「あたし、ねえ、坊ちゃん、きょうおうかがいして、ほんとうは、がっかりしていますのよ。」

「どうして？」

次郎は、不安な気がしながらも、そう問いかえさないわけにはいかなかった。

「どうしてって、あたしは坊ちゃんの乳母やでしょう。それがきょうしばらくぶりでお訪《たず》ねしたんじゃありませんか。そしたら、かりにも坊ちゃんのお母さんと言われる人なら、何とか、もう少しぐらい、しみじみと坊ちゃんのお話をしてくださるのが、あた

りまえですわ。」

「母《かあ》さんは、ふだんから、あまり物を言わないんだよ。」

「そうかもしれませんが、それにしても、あんまりですよ。坊ちゃんが学校からお帰りになるまえだって、一言《ひとこと》も坊ちゃんのことはおっしゃらなかったのですよ。お話しになるのは、お祖母《ばあ》さんばっかり。……ねえ、お鶴、そうだろう。」

「ええ。そうだわ。」

お鶴は、いかにも不平らしく、強く相づちをうった。

「それに、お祖母さんのお話ったら、きいてて腹のたつことばかりなんでしょう。そりゃあ、もう、お祖母さんは、どうせそうだろうと、あきらめてはいましたのさ。だけど、あたしだって、ひさびさでお訪ねしたんですもの、坊ちゃんにちっともいいところがないように言われると、何ぼ何でもねえ。」

次郎は、黙《だま》ってきいているよりしかたがなかった。

「そんな時に、ですから、お母さんがはたから何とかおっしゃってくださるのが、あたりまえだと思いますわ。そりゃあ、お祖母さんのおっしゃることに、まともに反対もできますまいさ。だけど、その気がありさえすれば、何とかとりなしようがありそうなものですよ。そうすりゃあ、あたしだっていくらか察しがつきますわ。それでお母さんがいくらかでも、坊ちゃんのことを考えてくださるってことがね。だのに、まるで知らん顔でしょう。あたし、失礼だと思ったけれど、わざわざお母さんに、はばかりに案内していただいたんですよ。それでも、坊ちゃんのことはひとこともおっしゃらないんですもの。あたし、がっかりしたのあたりまえでしょう。」

「だって、母さんは物を言わない人なんだから、しかたがないさ。」

「いいえ、少しでも坊ちゃんのことをお考えなら、あんなにまで知らん顔はできませんよ。やっぱりお祖母さんといっしょになって、坊ちゃんを憎《にく》んでおいでですでしょう。」

「乳母《ばあ》や――」

「でなけりゃあ、ばかか気違いですわ。」

「乳母やったら――」

「坊ちゃんがおかわいそうなばかりに、お父《とう》さんがあの方をお呼びになったっていうじゃありませんか。それだのに――」

お浜は、自分の言うことに自分で激《げき》して行くらしかった。

「乳母や、よそうよ、もうそんな話――」

「坊ちゃんは、どうしてそんな意気地《いくじ》なしなんでしょうね。お手紙では偉《えら》そうなことばかり書いておよこしのくせに。」

次郎は、自分の手紙に書いてやる文句《もんく》のほんとうの意味が、お浜にはちっともわかっていないのが寂しかった。同時に、きょう自分がみんなの前で学校のできごとを話し、将来を誓《ちか》ったことを、乳母《ばあ》やはどんなふうにとっているのだろうか、と心細くなって来た。で、彼は、わざとはぐらかすような調子でたずねた。

「だって、父《とう》さんは、うちで一番偉いのは僕だって言ったんだろう。」

「まあ、坊ちゃんは、お父さんにあんなこと言われてほんとうに偉くなったおつもりでしたの。ご自分は泣きながら、お祖母《ばあ》さんやお母《かあ》さんにあやまっていらしったくせに。」

「じゃあ、どうして、父さんは僕を偉いって言ったんだい。」

「そりゃあ、あの時、坊ちゃんがあんまりおかわいそうでしたからですわ。」

「でも、恭《きょう》ちゃんも、僕に負けたって言ったんじゃないか。」

「坊ちゃんは、どうしてそんなにお人よしにおなりでしょうね。恭さんだって、やっぱり坊ちゃんをかわいそうだと思って、取りなしてくだすったんですわ。」

「だって、乳母やも、あの時は喜んでいたんじゃないか。」

「喜んでなんかいませんわ。あたし、しゃくでしゃくでならないでいた時に、お父さんが、ああ言って、お祖母さんやお母さんの鼻をあかしてくだすったのが、ありがたかったけなんですわ。……坊ちゃんは、何てじれったいお気持ちでしょうね。」

お浜は、そう言ってため息をついた。

次郎は、自分とお浜との気持ちのへだたりが、あまりにも大きいのに驚《おどろ》いた。

（いつのまに、二人はこんなにちがって来たのだろう。以前は、乳母やの気持ちと自分の気持ちとがべつべつであったことなど、一度もなかったのに。）

彼はそう思わないではおれなかった。そして、はっきりとではないが、母が亡くなったころのこと、入学試験にしくじったあとのこと、いよいよ中学にはいってからのこと、と、つぎつぎに考えて来て、やはりこの二年ばかりの間に、自分が次第《しだい》に伸《の》びて来たのだ、という感じを深くした。しかし、最後に、

（もし乳母やの来るのが、今日《きょう》でなくて昨日《きのう》だったとしたら、どうだろう。今度のお母さんのことを、さっきのように乳母やが悪く言うのを、自分は、果たして、味方を得たような気にならないで聞いていられただろうか。）

と考えた時に、彼はいまさらのように、きょうの学校でのできごとを思いおこし、何か厳粛《げんしゅく》な気持ちにさえなるのだった。

同時に、彼は、お浜が自分を意気地なしだと言って、一途《いちず》に腹を立てているのが、あわれに悲しいことのように思えて来た。

「乳母《ばあ》や――」

と、彼は、お浜のほうに手をのばして、その腕《うで》を握りながら、

「乳母や、おこってる?」

「…………」

お浜は返事をしないで、またため息をついた。

「乳母やは、僕がかわいいんだろう。」

次郎に握られたお浜の腕が、ぴくっと動いた。しかし、やはり、返事がない。

「ね、かわいいんだろう。ちがう?」

「坊ちゃん!」

と、お浜はいきなり次郎を自分のほうに引きよせて、

「坊ちゃんは、どうしてそんなことを乳母やにおききになるの?」

「ほんとうにかわいいんなら、僕、乳母やに言うことがあるからさ。」

「そりゃあ。かわいいんですとも、かわいいんですとも。乳母やがこんなにおこったりするのも、坊ちゃんがかわいいからですわ。だから乳母やがおこったからって、心配することなんかありませんわ。おっしゃりたいことがあったら、何でもおっしゃい。乳母やにならなら、何をおっしゃっても、かまいませんよ。……どんなこと? 乳母やのまだ

知らないことで、なにかきっといけないことがあるんでしょう？　お祖母《ばあ》さんのこと？　それともお母《かあ》さんのこと？　きっとお母さんのことでしょう？　ね、そうでしょう。」

次郎は、自分の言おうとすることと、お浜のききたがっていることとが、まるであべこべなことだと知ると、出鼻《でばな》をくじかれたような気持ちになり、しばらく黙っていた。するとまたお浜が言った。

「じれったいわね、坊ちゃんは。……お鶴がいるのがいけませんの？　だって、お鶴は坊ちゃんの味方じゃありませんか。乳兄弟ですもの。」

「お鶴がいたっていいさ。」

「じゃ、早くおっしゃいね。」

「ねえ、乳母や。――」

「ええ。」

「僕の言いたいことは、乳母やの考えてるような悪いことじゃあないんだよ。」

「そう？」

「お祖母さんのことでも、母さんのことでもないんだよ。」

「そう？」

お浜は、何か拍子《ひょうし》ぬけがしたような調子だった。

「ねえ、乳母《ばあ》や――」

「ええ……?」

「僕は乳母やよりも偉《えら》いんだろう。偉くない?」

「乳母やより? まあ、おかしな坊ちゃん。乳母やどころですか、ほんとうはやっぱり恭さんよりも、お父《とう》さんよりもお偉いんですよ。だれよりもお偉いですよ。」

「ほんとうにそう思ってるんかい?」

「思っていますともさ。」

「でも、僕には、乳母やがうそをついているように思えるんだよ。」

「どうして? さっき、あたしがあんなこと言ったからですの?」

「うむ。……乳母やには、僕、ほんとうは意気地なしに見えるんだろう。」

「そんなことあるもんですか。あの時はちょっと言ってみただけなんですよ。坊ちゃんがあんまり負けてばかりいらっしゃるようだから。」

「負けるの、意気地なしなんだろう?」

「そ……そうね、そりゃあ、ほんとうに負けたら、意気地なしですともさ。」

「だから、僕、やっぱり意気地なしだろう。偉くなんかないんだろう。乳母やはそう思ってるんだろう。」

「まあ、坊ちゃん！　坊ちゃんは、どうしてそんなにひねくれてお考えになるの？　坊ちゃんらしくもない。」

「ひねくれているんじゃないよ。」

「だって――」

と、お浜は、もう泣き声だった。

「乳母や、……乳母や……」

と、次郎は、お浜のからだをゆすぶりながら、

「僕は、ちっともひねくれてなんか、言ってるんじゃないよ、ほんとうにそうだよ。」

「じゃあ、ど……どうして、あんな意地悪なことおっしゃるの？」

「意地悪じゃないよ。だって、乳母やの考えてることと、僕の考えてることとが、まるでちがってるんだから、しようがないよ。」

「じゃあ、どうちがっていますの？」

「乳母やは、僕がみんなに負ける、だから偉くないって、そう思ってるんだろう。」

「ほれ、また。」

「わかんないなあ、乳母やは。」

「わからないのは坊ちゃんですよ。」

次郎は笑いだした。お浜も、つい、つりこまれて寂しく笑った。次郎は、しかし、すぐまじめになって、

「乳母《ばあ》や、負けるって、どんなこと？」

「負けるって、負けることですよ。」

次郎はまた笑った。すると、今度はお浜がたずねた。

「じゃあ、坊ちゃんは、どうお考えなの？」

「僕はね、乳母やが勝ちだって考えていることが負けるってことで、負けるって考えていることが勝ちだってことだと思うよ。」

「まあ！　変ですわね。それ、どういうことですの？」

「乳母やは、人の喜ぶようなことをするの、いいことだと思う？」

「そりゃあ、いいことですともさ。」

「僕がお菓子《かし》をもってる。それを俊《しゅん》ちゃんがほしがるから、やる。すると俊ちゃんが喜ぶから、いいことだろう。」

「ええ、……それは……まあいいことでしょうね。」

「お祖母《ばあ》さんや、母《かあ》さんに、僕がこれまでわるかったってあやまる。すると二人とも喜ぶ。それもいいことだろう。」

「ええ、……でも……」

「悪いの？」

「時と場合によりますわ。どんなに無理を言われても、坊ちゃんがあやまってばかりいらしったんでは……」

「だって、それで、お祖母さんも母さんもやさしい人になったら、いいんだろう。」

「それなら、いいんですとも。」

「僕、きっと二人をやさしい人にしてみせるよ。」

次郎は、きっぱりと言いきった。お浜は黙って考えこんだ。

「僕、ね、乳母や――」

と、次郎は、また、しばらくして、

「僕、これまで人にかわいがられたいとばかり考えたのが悪かったんだよ。僕、これから、人にかわいがられるよりも、人をかわいがる人間になりたいと思うよ。いつか、僕、乳母やにやった手紙に、人にかわいがられなくても、独《ひと》りで立って行けるような強い人間になりたい、って書いたと思うんだけど、あれだけではいけないんだよ。ほんとうに強い人間になるには、人をかわいがらなくっちゃだめなんだよ。僕たちの校長先生は、いつもそう言ってるよ。」

「坊ちゃんは、まあ、何てお偉くおなりでしょう。」

お浜は、またきつく次郎を抱きしめた。次郎は抱きしめられながら、

「乳母《ばあ》やよりも、だから、僕、偉いんだろう。」

「ええ、ええ、……」

「父《とう》さんが僕を偉いって言ったの、うそじゃないんだろう。恭ちゃんが僕に負けたって言ったのも。」

「ええ、ええ、……乳母やはほんとうにだめでしたわねえ、さっきはあんなこと言って。……あやまりますわ。ほんとうにあやまりますわ。そして、これから、坊ちゃんにお手紙でいろんなことを教えていただきますわ。……でも――」

と、次郎を抱いていた腕を、少しゆるめて、ひとり言《ごと》のように、

「こんなおやさしい坊ちゃんを、お祖母《ばあ》さんもお母《かあ》さんも、どうしてこれまで、いじめてばかりいらっしったんでしょうねえ。」

「僕、わるかったからさ。正木のお祖父《じい》さんが、僕のちっちゃい時、人間に好ききらいがあっては偉くなれない、って言ったことがあるんだけど、僕、それが今までわかってなかったんだよ。」

「でも、坊ちゃんだけがお悪いんじゃありませんわ。坊ちゃんは何ていったって、子

供ですもの。やっぱりお祖母さんやお母さんが……」

「乳母やは、だめだなあ。まだあんなこと言ってる。乳母やは、僕がお祖母さんや母さんをきらいになるのが好きなんかい。」

「そうじゃありませんけれど……」

「なら、よせよ。僕がお祖母さんや母さんがきらいになったら、お祖母さんや母さんだって、僕をきらいになるんだろう?」

「………」

お浜は深い吐息《といき》をした。

「おっかちゃん!」

と、その時、お鶴がだしぬけに声をかけた。

「だめね、おっかちゃんは。……あたしだって、次郎ちゃんの言ってること、もうわかってるわよ。」

「乳母や、まだわかんないの――」

と、次郎はお浜の首に手をかけて、

「お鶴だって、もう乳母やより偉いんだぜ。」

お浜は、もう一度深い吐息をした。そして、

「ほんとうにね。」

と、しみじみと言ったが、

「だけど、それでいいんでしょう？　許してくださるでしょう。だって、だれよりもお偉い坊ちゃんをお育てしたのは、この乳母《ばあ》やですもの。」

お浜は、そう言って、もう一度そのしなびた乳房を次郎の手に握らせた。

三人は、涙《なみだ》ぐましい気持ちを、そのまま夢《ゆめ》の中に運んで行った。そして、その夜は、抱く者と抱かれる者とが、まったくその位置をかえたような一夜であった。

二〇　朝の奇蹟《きせき》

子供の健気《けなげ》な道心《どうしん》というものは、しばしばおとなの世界に奇蹟を生みだすものである。次郎は、一夜にして、お浜《はま》の盲目的《もうもくてき》な愛情に理性の輝《かがや》きを与《あた》えた。そして、この奇蹟は、その翌日には、本田《ほんだ》一家の生活に、さらに一つの奇蹟を生みだす機縁《きえん》になったのである。

お浜は、翌朝は、もう五時まえに眼《め》をさましていた。そうして、床《とこ》の中で何かしきりに考えているようなふうだったが、店の戸を開ける音が聞こえると、そっと、お鶴《つる》を起こし、二人で台所に行って、何かとお芳《よし》の手伝いをした。やがて、みんなが起きだし、家の中がひととおり片づいたあとで、彼女は、茶《ちゃ》の間《ま》に一人で茶を飲んでいた俊亮《しゅんすけ》の前にすわって、言った。

「あたし、今日《きょう》は、ついでに、大巻《おおまき》さんにもごあいさつにあがっておきたいと存じますが……」

「大巻に?」

と、俊亮はちょっと腑《ふ》におちないといった顔をして、

「そりゃ行くにこしたことはないし、向こうでも喜ぶだろうが、そう無理をせんでもいいよ、私から、そのうちに、お前の気持ちはつたえておくから。」

「でも、やっぱり、一度はぜひおうかがいしておきたいと思いますし、またと申しておりますと、今度《こんど》はいつ出《で》て来《こ》れますやら……」

「そうか。しかし、今日そんな時間があるのかい。」

「ええ、朝のうちにおうかがいすれば、夕方の汽車には間《ま》にあいますから。」

「ずいぶん忙《いそが》しいね。」

「もしか間《ま》にあわないようでしたら、ご迷惑《めいわく》でも、こちらにもう一晩《ひとばん》泊《と》めていただくつもりで……」

「そりゃあ、ここに泊まるぶんには、幾晩《いくばん》でもいいさ、お前の都合《つごう》さえつけば。……じゃあ行ってくるかな。」

「はい、ぜひそうさしていただきます。……それで、あのう、坊《ぼっ》ちゃんをおつれ申したいのですけれど。」

「なあんだ、そうか。ゆうべのうちにちゃんと次郎と約束《やくそく》ができていたんだね。はっはっは。」

「いいえ、決してそんなわけではございません。あたし、大巻さんへは、はじめてですし、だしぬけに一人でもどうかと思いますものですから……」

お浜はまじめだった。俊亮はやはり笑いながら、

「そりゃあ、次郎をつれて行くのに相談はいらんよ。行くなら、やはりあれをつれるほうがいいね。しかし……」

と、俊亮は急にまじめな顔になって考えていたが、

「お芳も、大巻へはしばらく行かないようだが、あれもいっしょだと、なおいいね。」

「そうお願いできれば何よりですけれど、急に、ご無理じゃございませんかしら。」

「そんなことはないよ。お前さえ、そのほうがよければ……」

「そりゃあ、もう、そうしていただければ……」

二人の気持ちは、いつのまにか、よく通じているらしかった。

「おい、お芳。」

と、俊亮は台所のほうを見て、

「お浜が、きょう、大巻にごあいさつに行きたいって言っているが、どうだい、久しぶりで、お前も次郎といっしょに、案内かたがた行って来ないか。」

お芳はすぐ茶の間に顔を出して、そして、

「あたしは行ってもよろしゅうございますが、ちょっとお祖母《ばあ》さんにおたずねしてみませんと。」

彼女はそう言って仏間《ぶつま》のほうに行った。その時、二階から、お鶴も交じって子供たちが四人でおりて来た。俊亮は微笑《びしょう》しながら、

「次郎、お前、きょう大巻に行くのか。」

次郎は、きょとんとした顔をしていたが、

「どうして？」

と、俊亮とお浜の顔を見くらべた。

「なるほど、約束があっていたわけじゃなかったのか。」

と、俊亮はてれたように笑いながら、

「乳母《ばあ》やが今日は母《かあ》さんと大巻に行くんだ。お前も行って来たらどうだい。」

「うん。」

次郎はすぐうなずいた。が、自分のそばに立っている俊三《しゅんぞう》に気がつくと、

「僕《ぼく》だけ？　俊ちゃんは？」

「俊三か。……そうだね、行きたけりゃあ、行ってもいいが……」

俊亮の答えは変にしぶっていた。次郎は、しかし、それに頓着《とんちゃく》せず、

「行こうや、俊ちゃん、母さんも行くんだから。」

「うん、行くよ。」

俊三はもう乗り気だった。すると、次郎は、今度は恭一《きょういち》に向かって、

「恭ちゃんも行くといいなあ。どうする恭ちゃん。」

「行ってもいいよ。」

恭一はあっさり答えた。

「なあんだ、それじゃあ、みんなが行くことになるんじゃないか。」

と、俊亮は、ちょっと苦笑して、

「お鶴もいっしょだと、六人だぜ。大巻でびっくりしやしないかな。」

「大ぜいのほうが、大巻のお祖父《じい》さんだって、喜ぶんです。」

次郎は、俊亮が何を考えているのか、まるで気がついていないらしく、そう言って、一人で喜んでいた。そこへ、お祖母《ばあ》さんとお芳が仏間から出て来たが、お祖母さんは、すぐ俊亮に言った。

「お芳さんまでが、わざわざついて行くにも及《およ》ぶまいよ。あたしは、次郎だけのほうが、かえっていいと思うのだがね。」

お祖母さんは、べつに皮肉《ひにく》を言っているようなふうでもなかった。しかし、俊亮は、変に顔をゆがめながら、

「ええ――」

と生返事《なまへんじ》をして、しばらく眼をつぶっていたが、

「じゃあ、母さんはよすか。ねえ、次郎。」

次郎はちょっと失望したらしかった。が、すぐ、

「ええ。」

とすなおに答えて、

「すると、俊ちゃんは？」

「俊三は、行きたければ行ってもいいさ。」

「どうする？　俊ちゃん、母さんが行かなくても、行く？」

「ううん――」

俊三はあいまいに答えて、お芳を見た。すると、お祖母《ばあ》さんが、けげんそうに、

「俊三も行くことになっていたのかい。」

「ええ、実は、私は次郎だけのつもりだったんですが、次郎が俊三をさそったものですから。」

「次郎が？　俊三を？　そうかね。」

お祖母さんは、まじまじと次郎を見て、何か考えるらしかった。

「だって、母《かあ》さんも行くのに、俊ちゃん残るの、つまんないや。ねえ、俊ちゃん。」

俊三はあかい顔をした。俊亮も、次郎がそう言うと、じっとその顔を見つめて、考えていたが、

「お祖母さん、どうでしょう、やっぱりお芳もやることにしては。」

「そうだねえ――」

と、お祖母さんは、お芳のほうを見て、

「じゃあ、俊亮もああ言っているし、やっぱり行ってやることにしますかね。」

「はい。ではそういたしましょう。」

お芳はちょっとお浜を見て、台所のほうに立って行った。お浜はその時、次郎の顔を

見ていたが、その眼は、いくぶん涙《なみだ》ぐんでいるようであった。

「すると結局、六人になってしまったな。大巻では、だしぬけに大変《たいへん》だろう。ご馳走《ちそう》はこちらから用意して行くんだな。」

「六人っていうと?」

と、お祖母さんがまたけげんそうな顔をした。

「恭一とお鶴、それで六人でしょう。」

「おや、おや、恭一も行くのかい。」

「次郎がみんなをひっぱりだすもんですからね。」

「そうかい。……次郎がねえ。……そうかい。」

と、お祖母さんは、やたらにうなずいた。

「どうだ、次郎、ついでにお祖母さんもひっぱりだしちゃあ。」

「ええ――」

次郎は顔を少しあからめて、お祖母さんの顔を見ていたが、

「そうだなあ、お祖母さんも行くといいや。ねえ、恭ちゃん。」

恭一はにがい顔をして、じっと次郎を見つめた。見つめられて、次郎ははっとしたように目を伏《ふ》せた。

（ませっくれ！）

彼は恭一にそう叱《しか》られているような気がしたのである。

俊亮も、二人の様子《ようす》にすぐ気づいた。彼は、しかし、今は次郎の努力を買ってやりたい気持ちでいっぱいだった。いつもなら、次郎のませっくれた態度がだれよりも気になる彼だったが、なぜか今日は、次郎をそんなふうにみる気には、少しもなれなかったのである。

「ほんとうにお祖母《ばあ》さんもどうです。こんな時に、お祖母さんがついて行ってくださると、大巻でも、そりゃあ喜びますよ。」

「そうねえ。」

と、お祖母さんは、気のあるような、ないような返事をして、しばらく思案《しあん》していたが、ふと何かを思いついたように、

「そうそう、こうなれば、あたしより俊亮が行くのが、ほんとうだよ。次郎、ねえ、そうじゃあないかい。」

お祖母さんは、ずるそうな、しかし、まったく上《じょう》きげんな顔をして俊亮と次郎との顔を見比べた。

「私が？」

と、俊亮は、次郎のどぎまぎしている様子に、ちらりと眼をやりながら、自分もいくぶんうろたえて、

「そ、それはいけません。私は店のこともありますし、やはり、今日《きょう》はお祖母さんに行っていただくほうがほんとうですよ。」

「いいや、お前のほうがほんとうだよ。店は、お前が留守《るす》でもこれまでだって、一日ぐらいどうにかなっていたんじゃないかね。」

「でも、お祖母さんがお一人でお留守番では……」

「なあに、留守番なら、あたしのほうがお前より、はまり役だよ。男の留守番では、お茶をわかすにも困るじゃないかね。」

「いっそ、父《とう》さんも、お祖母さんも、行っちまったら、どうです。」

と、恭一がだしぬけに口を出した。もう、さっきの不愉快《ふゆかい》そうな顔は、どこにもなく、何か喜びに興奮《こうふん》しているようなふうだった。

みんなが、いっしょに声をたてて笑った。

「なるほど、そいつも一案だ。どうです、お祖母さん、恭一があぁ言っていますが。」

俊亮が、そう言うと、恭一は、お祖母さんが答えるまえに、

「一案じゃないんです。絶対案です。ねえ、お祖母さん。」

お祖母《ばあ》さんは眼をきょろきょろさして、

「ぜったいあんって、何だね。」

俊亮と恭一が、それでまた高笑いした。俊亮は、

「名案だって言うんですよ。」

すると、恭一が追っかけるように、

「きょうは、お祖母さんも、僕の言うとおりにならなきゃあならないってことですよ。」

「まあ、まあ大変《たいへん》なことになったね。」

と、お祖母さんはお浜を見て、にこにこしながら、

「じゃあ、あたしもお浜のお伴《とも》をさしてもらいましょうかね。」

お浜は、もうその時、眼にいっぱい涙をためていたが、やにわに畳《たたみ》につっぷして、

「みなさん、ありがとうございます。もったいのうございます。」

みんなは、それから、涼《すず》しいうちにというので、大急ぎで朝飯をすまし、したくをはじめた。俊亮は、その間に、店の者に命じて、蒲鉾《かまぼこ》だの、缶詰《かんづ》めだの、パンだのを買い集めさせ、それをいくつにもわけて包ませた。ビールが何本か縄《なわ》でしばられたのはいうまでもない。

「夕飯まえには帰って来るが、おひるは、何かですましておいてくれ。」

そう店の者に言って、みんなが家を出たのは九時近くだった。

お祖母さんのほかは、めいめい何か包みをぶらさげていた。ビールは恭一と次郎の二人が棒《ぼう》につるしてかついだ。陽《ひ》はもうかなり強く照りつけていたが、風があって、さほどの暑さでもなかった。みんなはいかにも楽しそうだった。お芳でさえいくぶんはしゃぎ気味《ぎみ》だった。実際こんなことは、本田家はじまって以来のできごとだったのである。

むろん、だれも次郎をませっくれだなどと思っているものはなかった。次郎自身でも、さっきそんなことを自分で気にしたことなど、もうすっかり忘れていた。彼の眼には、おりおりお鶴の赤い日傘《ひがさ》がちらついた。そして、今日こうして、みんなで大巻を驚《おどろ》かすのも、あの日傘がもとだと思うと、彼はまた「運命」というものを考えないではおれなかった。

彼は町はずれまで行くと、恭一に言った。

「きょうは何だかうそみたいだなあ。父《とう》さんやお祖母さんまでが、いっしょに来るなんて……。でもあの時は恭ちゃんもうまくやったよ。」

「なあに、あんなぐあいになったのは、やっぱり次郎ちゃんの力さ。」

「そんなことないよ。」

次郎は、そう答えながらも、何か誇《ほこ》らしい気持ちだった。

（自分は、もう、どんな運命にぶつかっても、それを生かしてみせるんだ。）

そうした自信が、大巻の家に近づくにしたがって、彼の胸の底に次第《しだい》に強まりはじめていたのである。


「次郎物語 第二部」は、こうして、次郎にとってこれまでにない幸福な日曜日に、その結末を告げることになった。次郎の一見《いっけん》きわめて不幸であった過去の「運命」は、今から考えると、むしろ、その幸福な日曜日の準備《じゅんび》であったらしく思われる。彼の「愛」についての理解が、人に愛せられることから、人を愛することに一大飛躍《いちだいひやく》をとげ、したがってまた彼の魂《たましい》が「永遠」への門を、たしかに一つだけはくぐることができたのも、まったく彼の過去の「運命」のおかげだった、と言わなければなるまい。

だが、次郎はまだようやく中学一年である。彼の「運命」の波はこれからまたどう高まって行くか知れたものでない。彼もおそらくそれを覚悟《かくご》していることであろう。そして、彼がその覚悟どおりの人間であるかどうかは、実際に彼をその「運命」の波に漂《ただよ》わしてみなければわからないことである。で、もし私が、今後も、これまでどおり彼の身《み》ぢかにいて、彼を見守ることができさえすれば、「青年次郎物語」とでもいったようなものを書いて、その報告をしたいと思っている。しかし、そうした縁《えん》がはたして都合《つごう》よく私に恵まれるか、どうか、それはやはり「運命」に任《まか》せるよりしかたがないであろう。

「なぜもっと早く次郎を青年に育てなかったか」という一部の読者の抗議《こうぎ》に対しては、どんな人間でも育つ時が来なければ育つものではない、ということをお答えするだけで十分であろう。無理な育て方は人間を虚偽《きょぎ》にする。次郎は筆者《ひっしゃ》の空想で育ててあげられてはならない。空想で、偶然《ぐうぜん》をつなぎ合わせて、手軽に次郎の「小説」をこしらえあげてしまうことは、これからも生きた「運命」の中で育とうとしている次郎本人にとって、実はこの上もない迷惑《めいわく》なのである。次郎に好意をもつ読者は、このことをよくのみこんでおく必要があろうかと思う。

「次郎物語　第二部」あとがき

昨年二月末、「次郎物語」を上梓《じょうし》してから、すでに一年三か月になる。私は、あの物語の最後に、「次郎のほんとうの生活はこれから始まるであろう。」と書いておきながら、その当時、自分でそれを書きつづけるかどうかを、まだはっきり決めていなかった。ところが、その後まもなく、小山書店主にすすめられて、同店発行の「新風土」誌上に、その「ほんとうの生活」の一部を、「続次郎物語」と題して連載《れんさい》することになり、この五月、十三回目で一《ひと》まずけりがついた。けりがついたというのは、次郎の成長が一段階に達したという意味で、彼《かれ》の「ほんとうの生活」が全部それで終わったというわけでは、決してない。しかし、ともかくも、一つの段階に達したのを機会に、それを一冊《いっさつ》にまとめ、「次郎物語　第二部」として世に送ることにした。

もっとも「新風土」に連載しただけでは、多少書き足りない点もあったので、いよいよまとめることになってから、書き足した部分がある。一五、一九、二〇の三章がそれである。

*

念《ねん》のために一言しておきたいのは、「次郎物語」第一部と第二部とは、次郎という一少年の成長記であるという点で、むろん一連の物語であるが、主題的には、両者はそれぞれ独立した物語になっているということである。

前者においては、私は、運命の子次郎の生《お》い立《た》ちを描《えが》きつつ、実は主として「教育と母性愛」との問題を取扱《とりあつか》った。その意味では、次郎は物語の主人ではあっても、問題の持主ではなかった。彼の生活の大部分は、むしろ、世の親達《おやたち》にそうした問題を考えてもらいたいための材料として描かれたようなものだったのである。

だが、後者においては、次郎はもっと独立性をもった存在になっている。彼は、依然《いぜん》、母性愛に恵まれない運命の子として、世の親達にいろいろの問題をなげかけるではあろうが、最も大きな問題の持主は、実は彼自身である。「自己開拓者《かいたくしゃ》としての少年次郎」――それが、つまり、この篇《へん》の主題なのである。

第一部において、彼の幸不幸を決定したものは、主としてその環境《かんきょう》であった。そして、彼はその環境に対して、いつも、自然児的、本能的、主我的《しゅがてき》な闘《たたか》いを闘って来たのである。だが、第二部においては、彼は徐々《じょじょ》に彼自身の内部に眼《め》を向けはじめ、そこに、周囲から与《あた》えられる幸福以上の何ものかを、探し求めようとしている。かくて彼の闘いは、次第《しだい》に、理性的、意志的、道義的になって行くのである。

*

では、かような変化が、彼にどうして起こったか。それはいろいろなことが考えられるであろう。年齢《ねんれい》か、環境か、教育か、愛か、運命か、人間共通の自然か、そもそもまた、そうしたことのすべてか。それについては、本篇に描かれた次郎の生活の実際に即《そく》して、読者と共に考えて行くことにしたいと思う。

昭和十七年五月五日

湖人生

〔編集付記〕

一、本書の編集にあたっては、『次郎物語 第一部～第五部』(新小山文庫、一九五〇)、『定本 次郎物語』(池田書店、一九五八)、角川文庫版(一九七一)、『下村湖人全集』(国土社、一九七五)の1～3巻、新潮文庫版(一九八七)などの既刊の諸本を校合のうえ本文を決定した。

二、漢字、仮名づかいは、新字体・新仮名づかいに統一した。

三、今日ではその表現に配慮する必要のある語句もあるが、作品が発表された年代の状況に鑑み、原文通りとした。

(岩波文庫編集部)

次郎《じろう》物語《ものがたり》（二）〔全5冊〕

2020年6月16日　第1刷発行

作　者　下村湖人《しもむらこじん》

発行者　岡本　厚

発行所　株式会社 岩波書店
〒101-8002 東京都千代田区一ツ橋2-5-5
案内 03-5210-4000　営業部 03-5210-4111
文庫編集部 03-5210-4051
https://www.iwanami.co.jp/

印刷・三陽社　カバー・精興社　製本・中永製本

ISBN 978-4-00-312252-5　Printed in Japan

読書子に寄す

——岩波文庫発刊に際して——

岩波茂雄

真理は万人によって求められることを自ら欲し、芸術は万人によって愛されることを自ら望む。かつては民を愚昧ならしめるために学芸が最も狭き堂宇に閉鎖されたことがあった。今や知識と美とを特権階級の独占より奪い返すことはつねに進取的なる民衆の切実なる要求である。岩波文庫はこの要求に応じそれに励まされて生まれた。それは生命ある不朽の書を少数者の書斎と研究室とより解放して街頭にくまなく立たしめ民衆に伍せしめるであろう。近時大量生産予約出版の流行を見る。その広告宣伝の狂態はしばらくおくも、後代にのこすと誇称する全集がその編集に万全の用意をなしたるか。千古の典籍の翻訳企図に敬虔の態度を欠かざりしか。さらに分売を許さず読者を繋縛して数十冊を強うるがごとき、はたしてその揚言する学芸解放のゆえんなりや。吾人は天下の名士の声に和してこれを推挙するに躊躇するものである。このときにあたって、岩波書店は自己の責務のいよいよ重大なるを思い、従来の方針の徹底を期するため、すでに十数年以前より志して来た計画を慎重審議この際断然実行することにした。吾人は範をかのレクラム文庫にとり、古今東西にわたって文芸・哲学・社会科学・自然科学等種類のいかんを問わず、いやしくも万人の必読すべき真に古典的価値ある書をきわめて簡易なる形式において逐次刊行し、あらゆる人間に須要なる生活向上の資料、生活批判の原理を提供せんと欲する。この文庫は予約出版の方法を排したるがゆえに、読者は自己の欲する時に自己の欲する書物を各個に自由に選択することができる。携帯に便にして価格の低きを最主とするがゆえに、外観を顧みざるも内容に至っては厳選最も力を尽くし、従来の岩波出版物の特色をますます発揮せしめようとする。この計画たるや世間の一時の投機的なるものと異なり、永遠の事業として吾人は微力を傾倒し、あらゆる犠牲を忍んで今後永久に継続発展せしめ、もって文庫の使命を遺憾なく果たさしめることを期する。芸術を愛し知識を求むる士の自ら進んでこの挙に参加し、希望と忠言とを寄せられることは吾人の熱望するところである。その性質上経済的には最も困難多きこの事業にあえて当たらんとする吾人の志を諒として、その達成のため世の読書子とのうるわしき共同を期待する。

昭和二年七月

岩波文庫の最新刊

オスカー・ワイルド作／富士川義之訳
童話集 幸福な王子 他八篇

無垢なるものの美や純愛への限りない讃嘆にあふれた、十九世紀耽美主義文学を代表する英国の作家オスカー・ワイルド(一八五四―一九〇〇)の全童話。新訳。
〔赤二四五―五〕 本体八四〇円

コンスタン著／堤林 剣・堤林 恵訳
近代人の自由と古代人の自由 征服の精神と簒奪 他一篇

小説『アドルフ』で知られる十九世紀フランス自由主義の思想家バンジャマン・コンスタンの政治論集。近代的自由の本質を解明し擁護する三篇を収録。
〔赤五二五―二〕 本体一〇一〇円

鈴木大拙著／坂東性純・清水守拙訳
神秘主義 キリスト教と仏教

エックハルト、中国と日本の禅僧、真宗の念仏者・妙好人、東西三者を通して、「神秘主義」を論じた代表的英文著作。初の日本語訳。(解説＝安藤礼二)
〔青三二三―六〕 本体一〇一〇円

サルマン・ラシュディ作／寺門泰彦訳
真夜中の子供たち(上)

インド独立の日の真夜中に生まれた、不思議な力を持つ子供たちの運命は――。ブッカー賞受賞、「『百年の孤独』以来の衝撃」と言われる二十世紀小説の代表作。(全二冊)
〔赤N二〇六―一〕 本体一二〇〇円

…… 今月の重版再開 ……

ジンメル著／清水幾太郎訳
愛の断想・日々の断想
本体五八〇円 〔青六四四―二〕

桑原隲蔵著
考史遊記
本体一四〇〇円 〔青N一〇三―一〕